Zu diesem Buch

Einige Wochen nach dem Tod ihres Mannes Dylan Thomas in New York flüchtete Caitlin aus der hoffnungslosen Enge von Wales in ein winterliches Exil nach Italien. In schonungslosem Umgang mit den eigenen Gefühlen beginnt der Aufbruch in ein neues Leben, das immer wieder von den Spuren der Beziehung zu ihrem dionysischen Mann durchkreuzt wird. Aber auch auf Elba empfängt sie eine kleinbürgerliche Welt, die sie mit schwarzem englischem Humor persifliert – der Hotelbesitzer, bei dem sie wohnt und der ein alter Freund von ihr und Dylan war, spielt sich als Tyrann und Beschützer auf; die Bewohner der Kleinstadt, in der sie lebt, begegnen der Fremden mit Mißtrauen und Ablehnung, weil sie sich der ihr zugedachten Rolle entzieht und statt dessen eine Liebesbeziehung zu einem zwanzig Jahre jüngeren Bergarbeiter beginnt.

Dieser autobiographische Lebensroman von Caitlin Thomas ist das mutige Zeugnis einer Frau, die sich in der Trauer über den Verlust ihrer »Dylan-Welt« sämtlichen gesellschaftlichen Konventionen entzieht, ohne daß dieser Fluchtversuch gelingen kann.

»Das Buch habe ich in einem Zug gelesen.« (Annemarie Böll)

Caitlin Thomas, geboren am 8. Dezember 1913, ging mit siebzehn Jahren als Chorsängerin ans »Palladium« nach London. Später hielt sie sich für ein halbes Jahr mit einer Eurythmik-Tanzgruppe in Paris auf. Nach ihrer Rückkehr nach England heiratete sie am 11. Juli 1937 den großen Lyriker Dylan Thomas, dessen poetisch klangreiches Hörspiel »Unter dem Milchwald« auch als Stück für die Bühne zur Weltliteratur zählt. Aus der Ehe gingen drei Kinder hervor. Der fünfjährige Colm begleitete sie bei ihrem Aufenthalt auf Elba. Caitlin Thomas lebt heute auf Sizilien.

Caitlin Thomas

Riß im Himmel quer

Roman

Deutsch von
Siegrid Toth

rororo
Rowohlt

I make this in a warring absence

Veröffentlicht im Rowohlt Taschenbuch Verlag GmbH,
Reinbek bei Hamburg, Dezember 1991

Die deutschsprachige Ausgabe des Buches trägt als Titel eine Gedichtzeile
aus Dylan Thomas' »Auf einen Hochzeitstag«
in der Übersetzung von Erich Fried. Caitlin Thomas legt Wert auf die
Feststellung, daß der Mann, mit dem sie zusammen lebt,
nicht identisch ist mit Giovanni, den sie in diesem Buch trifft.
Die Originalausgabe erschien 1957 unter dem Titel
»Leftover life to kill« by Grove Press, Inc., New York
Umschlaggestaltung Britta Lembke unter Verwendung
eines Fotos von Dylan und Caitlin Thomas
Gesamtherstellung Clausen & Bosse, Leck
Printed in Germany
880-ISBN 3 499 12931 0

1

Das also ist mein Teil, um wieviel einfacher und so viel löblicher ist es doch, zuerst zu gehen. Die abgeernteten Krautstrünke in dem fahlen Hintergarten recken mir ihre trostlosen Stengel entgegen, die Natur ist wahrhaft groß darin, dir einen Spiegel vorzuhalten, welch ein Abbild meiner Stimmung, einfach kompromißlos alles fallen zu lassen. Kein ganzes Leben: theoretisch die bessere, und wie ich hoffe die größere Hälfte ist vorbei. In guten wie in schlechten Tagen, schlechten meistens. Nur die abnehmende Hälfte bleibt noch, dem Alter entgegen. Was soll ich tun mit diesem lästigen Ding, das niemand will? Und was hilft es, sich graziös auf das alte, mißbrauchte Klischee der Unentbehrlichkeit zurückzuziehen? Selbst die Menschen, die am meisten bewundert wurden, die uns einzigartig erschienen, die zu verlieren unmöglich scheint, selbst sie sind nicht unentbehrlich, sobald sie einmal gegangen sind: ein Peitschenhieb in das Gesicht der Menschheit. Wenn ich darüber hinaus mit eigenen Augen die ungeheuerliche und unziemliche Geschwindigkeit sehe, mit der der momentane Schnitt versorgt und verbunden wird, mit jeglichem gerade greifbaren Mut und ganzen Kübeln voll überschwenglichem Gerede, wie sollte ich mich dann wohl abmühen und in erhebliche Verstörung hineinsteigern über meinen eigenen kaum sichtbaren Kratzer auf dieser harten Erdoberfläche.

Und doch, es geht um mich, und ist schon deshalb wichtig für mich. Was für einen beunruhigenderen Gedanken als diesen kann es geben: ich bin ich, einmal und für alle Zeiten; es sei denn, man gehört zu dieser glücklichen Kategorie der liebenswerten Tölpel, die sich geradezu berauschen an ihren eigenen lieben, kleinen Egos, die sich doch immer gleich bleiben; aber das ist das größte Kompliment in Wales. Und wohin ich mich auch drehe und wende, womit ich mich auch aufspiele, welche lächerlichen Masken ich auch antue, welchen blendenden höheren Zielen ich mich widme, die meine heiligste Hingabe fordern, aber seltsam verschwommen bleiben, wenn man sie benennen will, es ist so klar wie kriechend graues, unwillkommenes Tageslicht, daß ich keine wie auch immer geartete Aufgabe auf dieser Welt habe.

Ich frage mich nur, wieviel mühseligen Müll man noch von mir erwartet; die stumpfsinnigste, automatische Aufgabe wie einen Tisch abzuwischen, ist ein hochwissenschaftliches Problem für mich, mit all den trägen Köpfen, die mir die eine und einzig mögliche Methode vorkauen, wie man das Tischabwischen noch perfekter gestalten könnte: und wofür? Ich sehe, andere Leute werden nicht von diesen idiotischen Überlegungen in ihrer Arbeit aufgehalten. Und wenn eine Stunde unbemerkt verstreicht, ohne daß ich ihre Minuten mit der Stechuhr gezählt und abgehakt hätte, ist es fast mit einem Gefühl des Triumphs, daß ich denke: die habe ich anständig herumgebracht, als ob es mein inständigster Wunsch wäre, den Ablauf der Zeit zu beschleunigen. Wobei ich vollkommen vergesse, wohin es mich so besessen zieht und welche Fährnisse und Beschwernisse diese grabgebundene Odyssee begleiten.

Aber wenn ich nichts habe und nirgends hingehe, warum all der Lärm, die Unzufriedenheit, das rastlose Wiederkäuen, das unablässige Suchen nach einem weit entfernten und unbeschreiblichen, jedoch innig befriedigenden Zustand: ein Mittelding zwischen der Geborgenheit des Schoßes und dem Überschwang kreativen Schaffens; ein Mittelding, das unter keinem bekannten Zusammentreffen von Umständen möglich wäre: oder höchstens ein- oder zweimal in einem Leben. Und warum all das unnötige Zanken, Diskutieren, sich Aufspielen, Moralisieren, was niemanden auch nur im geringsten interessiert, solange er nicht auch ein Wörtchen mitzureden hat. Was für ein Erbe, und wer hat es hinterlassen?

Und warum nicht mich zur Ruhe setzen und mein Alter akzeptieren, was diese reizenden Freunde mir so absichtsvoll zu verstehen geben; das heißt also, mich geduldig ins Unvermeidliche fügen, resignieren (Resignation, vielleicht das erstickendste Wort der Sprache). Aber wie macht man das und womit? Alles, was ich mir vorstellen kann, ist eine brütende Henne, die grimmig deprimiert auf ihren Eiern sitzt, bereit, den ersten zufällig des Weges kommenden Besucher anzufallen; und was, wenn es gar keine Eier gibt, um darauf zu sitzen? So wird mir bewußt gemacht, daß diese Art von verkrüppeltem Geisteszustand für eine Frau in meinen Jahren wünschenswert und passend sei: seht her, wie sie gluckt und sich putzt, wie sie ihre Brust aufplustert, die mit den Federn der Tugend beneidenswert geschmückt und von den Krallen der Ehrbarkeit fest umschlossen ist. Sie ist der Schrecken des Hühnerstalls, so phantastisch viel jünger als die trägen, drögen Jungen, durch diesen Hautgout von Verwesung, der für immer ihre Flügelspitzen tränkt und ihren Schwanz versengt. Wen wundert es, wenn sie in ein letztes, hektisch wildes Blühen ausbricht und Samen um sich streut wie eine überreife Sonnenblume.

Und wie oft und wie hartnäckig ich auch dem Tod in seine idiotische Fratze starre: es ist unmöglich, so lange allein zu leben, wie ich allein gelebt habe, ohne diesen aufgeblasenen Niemand zu bemerken, der überall herumschnüffelt, in alles seine stumpfe, kalte Nase steckt; und niemals aufgibt. Immer noch bin ich nicht imstande, bin ich geistig unfähig, das tote Ding, den zerbrochenen Körper, der nicht offenbaren will, warum oder wohin sein Bewohner gegangen ist, mit dem lebenden Ding in Verbindung zu bringen. Kein faßbares Glied ist zwischen beiden.

Dasselbe Zärtlichkeit fordernde, kindliche Haar, der schwere, unförmige Kopf; die kleinen feinen und überlangen Hände, die ich Finnen oder Flossen nannte; unverkennbar war da die Verwandtschaft mit den Fischen. Vielleicht waren sie mir am nächsten, und am schwersten zu begreifen, zu ertragen; so gelassen untätig. Und die ganze Unschuld war wieder da, er war wieder ungeboren; und die Verkrustungen durch die Jahre des Guten und Bösen, der Verderbnis und der Errettung – der Dünger, der den Charakter formt, waren verschwunden. Vollständig verschwunden.

Dylan und sterben. Dylan und sterben, das gehört nicht

zusammen: oder gehört das zwangsläufig zusammen? Er sagte es oft genug, aber ich hörte nicht auf ihn. Ich war so töricht, wie man es von Frauen gemeinhin erwartet, vom Klischee des Weibchens, ich gab nicht acht auf ihn, nahm ihn als gegeben hin, war nur daran interessiert, wie ich mein eigenes aggressives, forderndes, frustriertes, niederträchtiges, eifersüchtiges Ich zur Geltung bringen könnte. Und seht, was er mir angetan hat. Wie ungemein grausam ich bestraft worden bin; ganz sicher in keinem Verhältnis zu meinem Vergehen. Eine Lektion für alle aufsässigen Ehefrauen; aber ein armseliger Trost für mich.

Bei solch teuflischen Kniffen könnte man geradezu schwören, da steckt jemand mit den niedrigsten Absichten dahinter; meine dickschalige Bitterfrucht, schon seit der Kindheit heimlich da, schwillt zu Überdimensionen an, verwinzigt die glückliche Landschaft, vergiftet den lächelnden Bauern. Sie verdüstert sogar die Sonne, während lähmende Erstarrung auf die Nerven meiner Augenschächte drückt. Meine Bitterkeit ist nicht abstrakt, sie ist so gehaltvoll wie ein Weihnachtsstollen, ich kann Stücke davon abschneiden und herumreichen und immer noch ist genügend da, für morgen.

Man braucht sich nur meine Hände anzuschauen, gerade das Gegenteil von Dylans Händen, eckige, knorrige, plumpe, schwerfällige Fleichklumpen, als wären sie für die Scholle bestimmt, als wären sie nur fürs Kartoffelsetzen geeignet. Und dann erst die Nägel: ein schändliches Abbild meiner Seele, blutend, zerrissen, zerfressen; und die toten Hautfetzen rollen sich in grotesken Wellen ab. Mein schlimmstes Laster und Wurzel all meiner Schwierigkeiten, all meines Unglücks, und beunruhigenderweise Teil von mir. Und kein Gedanke daran aufzuhören, und Gott weiß, wie oft ich es versucht habe.

Man sagt; dieses schreckliche man, wer ist das, man? Man sagt, die Beichte sei eine große Erleichterung für den Sünder, so befreiend und lösend wie Tränen. Ich kann dem nicht zustimmen – ich finde sie ausgesprochen schmerzhaft, ein scharfer Galopp, der mich schlapp und ausgepumpt zurückläßt.

Und wie kommt es, daß dieses »man« die übelsten Instinkte der Gemeinschaft verkörpert: die kleinlicher Verfolgung? Weil ich offen tue, was sie im Geheimen tun, bin ich das ständige Opfer ihrer Gehässigkeit, keine größere Sünde kennen sie, als wenn man ihre Konventionen verächtlich macht; was man nicht sieht, das gibt es nicht.

Bin ich also so pervers veranlagt, mich darüber zu beklagen, daß ich – nachdem ich sorgsam und methodisch alle Familienbande gekappt habe, absichtlich mir alle Freunde zu Feinden machte, und ganz allgemein mich so widerspenstig, beleidigend, ungestüm gezeigt habe, so ähnlich einem wütenden Wildschwein aus dem dichtesten Dickicht, wie ich es verstehe, und das ist etwas, worauf ich mich verstehe – daß ich geächtet bin? Ja. Daß ich keine Freunde habe? Ja. Daß mich niemand liebt? Ja. Kann man den Wahnsinn noch weiter treiben? Und alles um der mythischen, majestätischen, berghohen Furche willen, die ich in meinem kleinen sumpfigen Graben des stetigen Mich-Bemühens vermeintlich ziehen soll.

Und dann, wenn ich einen guten, altmodischen Tritt in die Fresse kriege, was tue ich? Ich fange an, nach Freunden zu schniefen und nach Mama zu rotzen und all den entfernten, nur dunkel erinnerten, Schmerz lindernden Tröstern meiner entrüstet ferngehaltenen Vergangenheit. Jeder Knochen in meinem Körper schmerzt einzeln in lähmender Müdigkeit, und die Gelenke schreien laut nach warmem Balsam, nach Honig und Öl, das mich umspült und überfließt in die rostigen Gelenkpfannen. Schlafmittel, Rauschmittel, Nektar und Elixier, ich will sie alle; irgend etwas, um mich zu verwandeln, mich anders zu machen, um mich, und sei es nur für eine Sekunde, zu vergessen.

Aber hinterher, wenn ich wieder zu mir komme, geht es mir nur noch schlechter; ausgesetzt auf einer Insel des nachwirkenden Suffs, unberührbar, unrein wie ein Aussätziger mit meinem Schmerzglöckchen, das so eifrig bimmelt, mit der Beharrlichkeit eines Weckers beim Aufwachen.

Er sagte, er liebt mich; daß ich die einzige Frau für ihn sei; und wie immer auch die Beweise für das Gegenteil aussahen, ich glaubte ihm, und glaube ihm immer noch; und ich bin dankbar für dieses kleine Stück Vertrauen. Denn was den Glauben der menschlichen Spezies betrifft, so kennt sie glücklicherweise keine Grenzen hier, sie glaubt, was sie glauben will. Aber der plötzliche Entzug einer solchen Liebe, solch einer besonderen Liebe, unvergänglich, meine einzige Liebe, mußte notwendigerweise den Boden aus meiner Einzig-und-allein-Dylan-Welt herausschlagen.

2

Es ist eine Sache, ein neues Leben mit der ersten Flut allmächtigen Ehrgeizes zu beginnen, wenn die Konstellationen wie Sterne in verheißungsvollen Reihen vor dir aufgefächert sind und nur darauf warten, daß du zugreifst. Eine ganz andere ist es, wenn der Strom von Zwietracht, Enttäuschung und Desillusionierung deine Adern durchströmt und dein Blut entfärbt hat und nach seinem rußigen Durchgang nichts als einen schwarzen, verstopften Kamin zurückließ.

Aber nach und nach, durch pure, dickköpfige Beharrlichkeit, in den Klauen deiner Abneigung gegen jegliche Bewegung, die abgegriffene Wiederholung einst gedankenlos gebrauchter Gebärden, die die Kluft zwischen dir und ihm ständig vergrößern, streichholzweise – taucht ein zartes Muster auf, ohne Fundierung, der Anschein eines schwebenden Namens, gerade erkennbar in den umhüllenden Nebeln, und ebenso flüchtig. All deine Instinkte drängen darauf, dieses Spottgerippe zu zerschmettern, das undeutlich auf den Himmel geritzt ist und ebenso krakelig wie die ersten Kringel eines Kleinkinds, es auf den Boden zu zerren und darauf herumzutrampeln. Aber so oft du dem nachgibst – und mein Phantasiebild war bedenklich nahe am Versinken – bedeutet das wieder ganz von vorn anzufangen, am qualvollen, zermürbenden Anfang.

Schlurren, schlurfen, schleppen, schlenkern, Fuß vor abgestumpften Fuß, die klirrenden Ketten des Sträflings auf ausgetretenem Pfad im Kreise schleppend, rund und rund im Hof. Und immer so fort: Hoch für einen keuchenden Augenblick des Luftschnappens. Runter für eine Ewigkeit des Ertrinkens. Das Problem beim Ertrinken ist, daß es immer zu schnell vorbei geht; es hält nicht vor; und oh, dieses zerfleischende Wiederzusichkommen! Das Nieniewieder. Die heiligen Schwüre, dieser höllische Haken, der dich heraufholt; die glühenden Beteuerungen ewiger Abstinenz.

Was die Methoden des Ertrinkens betrifft, so gibt es, allgemein gesprochen, drei Hauptkategorien: Alkohol, Drogen, Sex; oder alle drei zusammen, obwohl sie sich in der Wirkung gegenseitig leicht aufheben können.

Alkohol: Ich muß schnell sprechen, oder der Alkohol wird für mich sprechen: Trinken ist entweder gut oder schlecht, und wenn es schlecht wird, laß die Hände davon.

Drogen: Eines der wenigen Laster, in denen ich nicht herumgepfuscht habe, vor allem, weil ich keine Gelegenheit dazu hatte; außer bei Schlaftabletten, diesem Gottesgeschenk, die, wenn es nach mir ginge, die Nacht in den Tag und den Tag in die Nacht hinein verlängern würden.

Sex: Ein ekelhaft heikles Thema, über das ich meiner Meinung nach kein Recht zu reden habe, nicht als ob eine so unbedeutende Überlegung mich davon abhalten würde, mich bis zu den zitternden Nüstern hineinzustürzen. Zunächst einmal kann ich nie bestimmen, welchem Geschlecht, wenn überhaupt, ich eigentlich angehöre; obwohl man mir einreden will, daß es in einiger Leute Köpfe gar keinen Zweifel darüber gibt, was für eine Schlange und ein Biest ich sei. Ich würde das aber lieber einen Machtkampf nennen, in den Fällen, wenn jemand absolut auf dem Schlauch steht. Ich bin von der Linkischkeit des Städters, der in seinen feinen Kleidern bis zu den Knien im Mist über einen Bauernhof geführt wird und mit einer Mischung aus hysterischer Leutseligkeit und Ekel den Schweinen aufmunternd auf ihre nackten Hintern klopft – wenn ich mich, widerstrebend wie üblich, Aug in Auge diesem sehr eigentümlichen, leicht lächerlichen, zuweilen ganz netten, und einmal in tausend Jahren unbefangen erlebten, seltsamen Phänomen gegenübergestellt sehe. Es ist so schwer, seine Gedanken auf das Nächstliegende zu konzentrieren, immer machen sie sich selbständig; durchforschen die Speisekammer nach etwas Leckerem; entwerfen eifrig ein neues, unvergleichliches Kleid; oder starren einfach unbeteiligt auf dieses auf- und abpumpende losgelöste Ding, das sich so aufbläht über diese belanglose Lappalie von einer Muschi, so weit entfernt, so vertraut wie die bocksfüßigen Satyrn. Es ist ausgesprochen quälend und als Antidotum wenig wirksam. In diesem platten, sauren, verwässerten Land, das an einer chronischen Verstopfung der Gefühle leidet, in diesem Land, fürchte ich, habe ich zu lange gelebt, als daß ich in der anerkannten Weise reagieren könnte. Daher die Vorliebe der Engländer für Auslandsreisen, eine Lockerungsübung für Emotionen, um die kostbare Ekstase freizusetzen, die in ihrer eigenen grimmigen Heimat zu Worten und Poesie verkorkt und verpackt werden muß. Zweifellos entwerfen sie auf diese Weise unsere erhabene Tradition: ihre Gesellschaft allerdings ist kein so riesiges Vergnügen. Und ob dich das nun freut oder nicht, Tatsache ist, und der Geruch von Arbeit hat noch niemanden berauscht, daß Arbeit im Schweiße deines Angesichts der einzig zuverlässige Baumeister ist. Alle zufälligen Ablenkungen oder Vorspiegelungen dienen nur dazu, die Notwendigkeit hinauszuschieben, die banalen Werkzeuge selbst in die Hand zu nehmen; Pinsel, Schaufel, Besen oder Stift; und aus deinem eigenen trüben Bodensatz das Objekt zu formen, und wenn es nicht mehr geworden ist als eine verunglückte, einäugige Kartoffel.

Deshalb bin ich so skeptisch, wenn die Rede auf Ferien im Ausland kommt: »Leg' dich einfach in die Sonne und entspann' dich«, wie leicht gesagt, mich entspannen, genausogut könntest du einem Korken, der auf stürmischen Wellen tanzt, sagen, er soll von seinen sinnlosen Anstrengungen lassen und ruhig auf den Meeresgrund sinken.

Das erklärt auch, warum ich krankhaft pervers in diesem feuchten, erstickenden, verlorenen Schlammloch ausharre, das in wunderschöner Trägheit erstarrt ist, vor romantischen Nostalgien und groben, trägen Leuten, die zwischen der Anbetung des Pennies und der Dekadenz des ersten Schrittes steckengeblieben sind. Sogar liebenswerte Menschen, einige davon; aber sie bilden die Ausnahme zu den engstirnigen, verschlagenen, begierigen, stochernden, immer die Kosten überschlagenden Walisern. Ihr drängendstes Motiv ist Furcht: Furcht vor den Elementen: schnell, verriegel die Tür gegen die diebische Nacht; Furcht vor den Nachbarn: was werden die *Nachbarn* sagen? Genau das gleiche; Furcht vor dem *Vergnü-*

gen: mit verdammendem Gusto rollen sie das Wort um ihre lüsternen Zungen. Allein der Tod wird nicht gefürchtet, er wird hofiert wie eine blühende, heiß begehrte Braut.

Hochzeiten sind langweilige, bürgerliche Veranstaltungen, vergleicht man sie mit dem leidenschaftlichen Getue und den orgiastischen Feiern eines Begräbnisses; denn kaum stirbt irgendein Wurm, der unbesungen blieb in seinem ihm mißgönnten Leben, wird er hochgehalten vor der ganzen beschämten, kerngesunden Menschheit als steingewordenes Beispiel untadeliger Heiligkeit. Und wenn er, herrlicher noch, ein prächtiges Unterpfand seiner Identität und seiner Reichtümer zurückgelassen hat, übertrifft die Pracht und die Herrlichkeit alle Maßen.

Hier: in dieser Stadt, wo jeder lügt, in dieser Stadt, wo niemand lacht, in dieser Stadt, diesem gesichtslosen Laugharne, beschloß ich, aus eigenem freien Willen, falls ich denn überhaupt einen Willen hatte, zu bleiben. Ich hatte noch nicht den Mut, fremden Einfällen in meine feuchte, abgeschlossene Höhle mit meinen vertrauten, verzogenen Drachen zu trotzen. Nicht dem grellen, blendenden Italien, das mich bloßstellt, in mich dringt, schändliche Geschichten über mich erzählt: noch nicht.

Nicht eine brilliante Idee hieß mich bleiben, gerade das Gegenteil: blindlings, intuitiv, wie ein krankes Tier den verbergenden Schatten der Hecken sucht, das belaubte Dunkel der Gräben.

Auf meinen langen, schlafwandlerischen Streifzügen durch die Einöden des Marschlandes, während das kitzelnde Spinnennetz der Feuchtigkeit ständig über mein Gesicht fuhr, mußte ich mit der ganzen erstickten Kraft meines zerstörten Geistes den beinahe wollüstigen Wunsch bekämpfen, mich einfach hinzulegen. Mich auszustrecken auf irgendeiner grasbedeckten, meergeformten Böschung, auf angespültes, vergessenes Treibholz, um nie wieder aufzustehen. Meine Füße schleppten sich, als seien sie von eisernen Stiefeln beschwert und meine Haut schrumpfte und zog sich zusammen wie die Gänsehaut, die man beim Betreten unbekannter Folterkammern spürt: vor Schmerzen ganz klein werden ist keine bloße Redensart; im vorweggenommenen Einklang mit den tonlos trommelnden, sich immer wiederholenden Schlägen. Mein Kopf wurde für einen kurzen Augenblick über den stürzenden Wogen hin- und hergeworfen, wie die wilde Mähne des Pferdes, das sich nach einer Küste reckt, die nicht mehr da ist; und meine triefenden, gleichgültigen, salzgetränkten Augen waren nicht länger gleichgültig.

Wäre ich weggegangen, wie ich es eigentlich wollte, hätte ich meinen Ruf, meinen Stolz und meine Würde bewahren können: ich wäre die »perfekte Dame« geblieben, das höchste Lob aus ihrem Mund. Ich könnte mir vorstellen, daß eine solche Dame, die allein auf einem kaum sichtbaren Einschnitt in den Hügeln zwischen den gottverlassenen, gezeitengeprägten Barbaren strandet, keine große Leinwand aus Bewegungsfreiheit oder Gelegenheiten hat, um sich auszutoben. Ich fragte mich, was man wohl von ihr erwarte, aber es galt wohl eher, was man ihr gemäß ihrer rigiden Vorschriften zu tun erlauben würde. Ein wenig müßige Gartenarbeit, wobei sie sich unelegant im handgewebten Tweedrock bückt, bewaffnet mit Bastkörben, Kalbslederhandschuhen und Gartenschere, zerstreut in den Blumenrabatten das Unkraut rupft und aufs Geratewohl in den Rosenbeeten die Triebe stutzt. (Ein Beet von Brennesseln mit der kräftig geschwungenen Sense anzugehen, rostig, stumpf, in jede mögliche, nur nicht die richtige Richtung stechend, furchtbar nach meinen Knöcheln hauend, im Wege stehenden Baumstämmen, nach rebellisch aufschießenden faserigen Wurzeln, rasend vor Begierde, in Todesgefahr die Nesseln niederzumachen; das war eher die Art von Buße, mit der ich mich ablenken würde.)

Oder zarte Aquarelle von botanischen Gewächsen, detailliert und im Querschnitt, wäßrige, blaßblau fließende Gewässer mit anämisch reflektierten Sonnenuntergängen, die malvenfarbig darin verschwammen. Und am Abend, Whistturniere; Tennispartien konnten sie sich nicht mehr leisten, mit steifen Gelenken waren sie über die hinausgewachsen; zusammen mit den letzten, diese öde Insel überlebenden, vor sich hinmodernden

Damen von Stand, die noch auf ihren Heringsgrätenbeinen herumwackelten. Den Frauenverein gab es natürlich, aber solch unerhörte Teilnahme zog eine entschiedene Senkung des gesellschaftlichen Umgangstons nach sich. Sie mochte gar so bäuerisch verwegen sein, sich der Aufzucht von 1-a-Geflügel hinzugeben; aber an der Rangordnung des Snobs kommt man nicht vorbei, nach der Jagdhunde als Hobby mehr *comme il faut* sind als Hühner, die, wie immer man vermeidet hinzusehen, nicht recht *de rigeur* sind.

Es war schon sonderbar, soviel ich es auch versuchte, die Rolle wollte mir nicht passen. Etwas war durch und durch falsch mit mir. Stattdessen wählte ich das entgegengesetzte Extrem, tat all die Dinge, die eine Dame nicht tun sollte, und zeigte ihnen kampflustig, wie undamenhaft eine Dame sein kann. Selbstlos ergab ich mich darin, schrecklich zu sein. Ich schwelgte in Exzessen, Exzessen körperlicher Übersättigung, um die kritisch nörgelnde alte Jungfer von einem Geist in mir zum Schweigen zu bringen, die meine darniederliegende Seele totkeifte. Im Schmutz versuchte ich, die blutschwellenden Teufel aus mir auszutreiben, indem ich des Teufels eigene, noch schmutzigere Werkzeuge gebrauchte.

Ich raubte ihre Söhne und Ehemänner, tat unseren unterschiedlichen wunden Gefühlen Gewalt an, ihren und meinen; vergewaltigte vorsätzlich meine kostbarsten, heiligsten Schwüre gegenüber Dylan, indem ich seine goldenen, zärtlichen Worte für mich zu ihnen sagte, dieselben vertrauten, süßen, liebevollen Gesten machte; erbarmungslos die langen Jahre unserer ineinander verflochtenen Herzen plünderte; bewußt ein Sakrileg beging, unsere Liebe, die zu beharrlich war, als daß ich sie hätte auslöschen können, zum beschämenden Opfer brachte.

Und all diese grimmig betriebene Zerstörung, ohne auch nur ein Fünkchen Besserung, ohne irgendeine heilende Wirkung in meiner begrabenen, erbarmungslos schwarz brennenden Welt; lächerlich: meine unentrinnbare Hingabe an Dylan wurde stärker und mein Körper verstümmelt, schuldgetränkt und von jeglichem Stolz entblößt.

Aber je mehr sie mich züchtigten, verleumdeten und moralisch anspuckten; mit Freuden würden sie mich geteert und gefedert und mit ekstatischem Geschrei auf ihrem Marktplatz verbrannt haben; um so mehr beharrte ich darauf, sie zu schockieren. Hätten sie mir nur ein Körnchen Sympathie entgegengebracht, mir einmal zugenickt oder mir verständnisvoll die Hand auf den Arm gelegt, es wäre mein Untergang gewesen: meine harten, bis zum Zerreißen gespannten Eingeweide, die sich doch nichts anmerken lassen wollten, hätten sich zu ihren reizenden Füßen in eine unscheinbare Pfütze ergossen. Wie die Dinge lagen, konnte ich mit bewundernswerter Überzeugung – zuweilen fragte ich mich selbst, ob es wahr sei oder nicht, denn was jemand lange genug mit Überzeugung tut, das kann er auch werden – den unmöglichen Mythos von der abscheulichen scharlachroten Frau aufrechterhalten, bis ich schließlich wegging und die Brücke-der-Frauen hörbar erleichtert aufseufzte.

»Wenn sie nur«, wisperten sie und zischelten boshaft in Küchenwinkeln und Hinterraumbars, und ihr einschnürendes, selbstgerechtes Ich-bin-besser-als-du glühte beruhigend in ihren verwelkenden Vogelkäfigbrüsten; »wenn sie nur eine anständige Anonymität durch die Jahre abgewartet hätte.«

Jahre; hast du das gehört; was glauben sie eigentlich, wieviel Zeit ich habe, und was sollte ich ihrer Meinung nach mit diesem empfindsam aus den Augen fortgeräumten Regal voll von Jahren machen? Wenn ich eine Million Jahre wartete, könnte ich Dylan nicht vergessen: er wird nicht noch einmal den Pfad herunterstolpern, in lauter unförmigen, bauchigen, klumpigen Umrissen, während seine Taschen mit Flaschen und Süßigkeiten durchhängen und sein voller Kopf mit alten unvergeßlichen Gedichten schwingt, aus denen, noch unterdrückt, die wachsenden Wunder von morgen singen; und ungeduldig an die Tür bummern und rufen »Cait, komm schnell runter und laß mich rein.« Niemand wird an die Tür schlagen, er ist bereits drin.

Aber obwohl ich vorgab, die Schwachköpfe zu verachten, schmerzte mich ihre Unfreundlichkeit schrecklich und ich wäre gestorben für ein kleines bißchen Wärme. So viel von mir hatte ich in diesen gottverlassenen, mit-Dylan-geteilten, kaum sichtbaren Einschnitt in den Hügeln investiert – viel mehr als Dylan, der sich so gut *zurückzuhalten* verstand – daß ich mich wie ein höchst ungerecht mißhandelter Märtyrer fühlte, als sie über mich herfielen und, bildlich gesprochen, mich steinigten.

Der Friedhof war mir immer gegenwärtig, in dieser schlimmsten aller schlimmen Zeiten, als seltsam unglaubwürdiger Ort, den ich trotz ausgefeiltester Abweichungen nie verfehlen konnte; Dylans modernde Knochen zogen mich an. Und ich versuchte mir vorzustellen, wieviel von ihm noch übrig war; wieviel schon zerfallen war; und eine hilflose Wut gegenüber der groben Geschmacklosigkeit der Natur, die sich diesen Übergriff erlaubte, auf ihn, ausgerechnet auf ihn, ließ den Wunsch in mir aufsteigen, diesen schiefen, grauen, sprachlosen Grabhügel aufzureißen; hinunterzustöbern zu dem langen, kalten, vernagelten Sarg und ihn auseinanderzubrechen. Um dort kopfüber mein heißes Fleisch in seines zu pressen, ihn mit meinen starken Knochen zu zerquetschen, uns zusammenzumengen, zu mischen, bis Tod und Leben zur ersehnten Einheit würden.

Stattdessen stand ich unbeweglich, so nahe wie möglich ohne gesehen zu werden, denn ich schämte mich, an diesem konventionellen Ort des rechtmäßigen Schmerzes aufzutreten, und weinte ungesehen. Und *man* sagte: »Es ist ihr schon zuviel, ein Marmeladenglas mit Blumen auf sein Grab zu stellen.«

3

Jetzt bin ich endlich auf dem Weg, im Rom-Expreß, und soviel von Laugharne, der Friedhof und alles von Dylan, Gutes, Schlechtes, Großartiges füllt mich an, daß ich für Chianti eigentlich undurchlässig bin: und doch sauge ich alles auf, als sei ich Ewigkeiten in einer Wüste verdurstet; Reben, Oliven und, ganz außerordentlich – daß ich nicht länger wie Abschaum behandelt werde.

Ich dachte, es sei nicht möglich, noch etwas zu fühlen: daß ich bis zu dem schmutzigen Ende meines Rattenpfades gegangen sei; daß ich nichts mehr verlieren könne, nachdem ich alles, was ich besaß, verloren hatte; daß ich immun sei, unberührbar, innen und außen, durch jedes nur denkbare Ereignis, das mir zustoßen könne. Aber ich war nicht gefaßt darauf, daß mir die Ratten so dicht folgen würden; nicht auf meine schwache Verwundbarkeit, wenn ich mich der schrillen, fremden Welt gegenübersehe; nicht auf den unschuldigen Vorwurf meines lebenslustig lebendigen, viel zu jungen Sohnes.

Woher sollte der unglückselige Wurm von dieser absurden, rückwärts gerichteten Pilgerfahrt, die ich unternahm, etwas wissen? Wo mir jedes Wahrzeichen so entgegenkam, als hätte ich es schon gesehen – und doch nicht gesehen: das war das Komische, daß wir niemals etwas wirklich gesehen haben, einzeln, für sich; so versunken waren wir in unsere idiotischen Ichs. Und der Junge: entweder küßte ich ihn leidenschaftlich, voller Schuldgefühle, oder stieß ihn wild von mir, voller Ärger; oder ich kreuzte ruhig in einer verschwommenen, eigenen Welt, wo ich für seine unnachgiebigen, plebejischen Fragen nicht erreichbar war. Und trotz dieses ganzen Theaters, und obwohl ich schon lange mit Gott fertig war, und seine betrügerischen Spielchen und die hinterhältigen Tricks, die er mir gespielt hatte, gründlich satt hatte, wiederholte ich immer wieder »Gott, Gott, Gott«.

Welcher böse Geist flüsterte mir ein, daß eine vage, idealistische Vorstellung, die sich direkt von den Verrücktheiten meines Vaters herschrieb, mir himmlischen Frieden und Erfüllung geben und mich über den Berg bringen würde? Wenn alles, worauf das Auge bei der Ankunft fällt, die häßlichste Stadt der Insel ist, wo die Küste entstellt wird von den tiefen rotbraunen Wunden der Natur, die die beklemmend staubig dampfenden Eisenminen ihr geschlagen haben. Aus der Entfernung erkennt man sie an dem ewigen Staubfilm, der über ihr hängt. Und wir fragten uns, warum der Ort nicht beliebt war. Dann das hypnotisierte Starren, wenn du dich hinauswagst, so daß du dich wie eine aufgeblasene Mißbildung vom nördlichsten Pol fühlst; was du ja wirklich, denkst du, vielleicht bist. Um es noch erfreulicher zu machen, haben sie mir *la stessa camera* gegeben, unser altes Zimmer, und ich erinnerte mich an jedes Detail, bis vor Colm. Eine Aspidistra steht an der Seite auf den Fliesen, vorsintflutliche Geweihspitzen als Kleiderhaken: und nicht die Spur heißen Wassers oder eines Bades.

Und der Lärm, das ist der beste Teil für mich, je mehr umso besser, und je weniger ich verstehe, umso sympathischer: vom Dröhnen der gebieterischen Kirchenglocken am frühen Morgen bis zu dem sich steigernden Gegacker des Marktes genau unter unserem Fenster, von sieben Uhr an. Wenn es Nacht wird, hört man ein gleichbleibendes Crescendo von durchdringend aufeinanderprallenden Geräuschen und Stimmen, das auf mich wie ein Wiegenlied wirkte, ebenso wie das Plätschern der Wellen; und das Hotel steht nicht einmal am Meer. Ich meinerseits war verblüfft beim Anblick der runden, drallen Hintern, die bedenklich auf den langen mageren Beinen balancierten, überragt von den weichen, schmelzenden, verführerischen, filmstargleichen Mädchengesichtern: das waren die Jungen. Und die Männer, dasselbe gehärtet in plastische Form; gehackte, gehauene Züge, sonnengetränkt und -getoastet und schön feurig schwarz gebacken: und jede Menge Haar überall. Und die Frauen, in Mottenkugeln konserviert zumeist und einmal im Jahr zum Lüften herausgebracht; schlimmer als in Wales, wenn das denkbar ist. Nur alte Vetteln sichtbar, die über die Straßen brüllen in rutschigen Baumwollstrümpfen, Stoffschuhen und geflicktem Sacktuch.

Mit wirklichem Abscheu nahm ich zur Kenntnis, daß ich noch immer die zweifelhafte Fähigkeit besaß, das schwärzeste, niedrigste Gesindel unter ihnen anzuziehen, das offensichtlich niemand sonst auch nur eines Blickes gewürdigt hätte. Unfehlbar flatterten und flogen sie um mich herum wie Brieftauben um den Schlag, entweder, um mich mit ihren öligen Komplimenten anzuwidern, oder um mir meine wenigen unverständlichen Lira aus der Tasche zu ziehen. Da ich wußte, daß für diese fatale Anziehung ein künstlicher Blondkopf genügte, ein rosiges, seichtes Babygesicht – laß dich schnell beruhigen, das traf hier garantiert nicht zu – und ein Körper, der an den richtigen Stellen mehr oder weniger gerundet oder eingebuchtet ist, fühlte ich mich nicht übertrieben geschmeichelt.

Als Dylan und ich auf der Insel waren, lernten wir einen Mann kennen, der für mich alle idealen Eigenschaften verkörperte: Zuverlässigkeit, verborgene Stärke, hart wie ein Felsen, aber mit sanfter Stimme, instinktiv feinfühlig und durch Lernen nicht beschwert; kurz der perfekte Pfeiler, um sich anzulehnen. Und doch besaß er eine gewisse Schönheit. Ich hatte diesen Mann seit Jahren aufgespart, als einzigartig, als eine unschätzbare Zuflucht; glücklich könnte ich bis zum Ende meiner Tage neben ihm leben, glaubte ich. Natürlich war ich dazu verdammt, diese optimistische Einschätzung zu verifizieren; die Antwort ist leicht zu erraten, sein Bauch war ganz einfach um so viel dicker und sein Haar um so viel dünner geworden, und diese beiden unbedeutenden Nebensächlichkeiten waren leider genug, um das Zauberbild zu zerstören. Er war so gut und freundlich wie er immer gewesen war, aber Meilen um Meilen entfernt, und ist erst einmal, wie jeder weiß, dieser unsinnige Zauber gebrochen, müßte man Himmel und Hölle in Bewegung bringen, wollte man ihn wieder beleben. Doch schien er ganz zufrieden mit meinen Gebärden und Mienen eines sterbenden Schwans, und ohne weiteres Palaver zeigte er unmißverständlich, Gabel über die Schulter, auf die Schlafzimmertür. Unerklärlicherweise löste mich diese freundliche Einladung in einen erneuten Tränenstrom auf, ich bedachte, wie tief ich gefallen war und überschlug angstvoll, um wieviel Einwilligung oder Zurückweisung meinerseits meine Rechnung belasten würden. Mit schmerzlichen Ausflüchten behauptete ich mich dennoch für den Augenblick, und war dankbar für Colm in meinem großen Bett.

Ohne Übertreibung war die einzige Ruhepause in diesen ersten, eisigen Meilensteintagen die Stunde, wenn wir endlich zu Bett gehen durften; und ich in meine *Woman* eintauchen und für kurze Zeit vergessen konnte, wo ich war. Wie ich mich davor fürchtete, sie ausgelesen zu haben. Wie ein Eichhörnchen, das zu lange überwintert hat, kaute ich weiter zerstreut an meinen Nüssen und betete um einen ersten Frühlingsschimmer; der nicht kam. Und mein Herz schnürte sich in immer engeren Knoten zusammen, während ich dieses einzigartige Kind beobachtete; und das ist kein Muttermilchgeschwätz, das kann ich versichern und Außenstehende werden es bestätigen: Colm Thomas, verloren, verpflanzt mit seinen fünf Jahren intensivierter Klarheit in seiner winzigen, beengten Pfütze, widerstand tapfer den unbeschreiblichen Barrieren und Schrekken des Unbekannten. Keine Sprache, kein Kontakt, aber er läßt sich nicht abschrecken, benutzt alle ihm zur Verfügung stehenden Schliche, von denen er unzählige kennt, und gelangt genau dorthin, wo er hin möchte: als Hahn im Korb, fest eingebettet, tief im sentimentalen italienischen Busen. Aber dieses nachgemachte Nuttenleben, dem die Legitimierung durch einen Mann fehlt, bringt ihm nichts, und mir auch nicht.

Eimervoll Schmutz und Hilflosigkeit: den halben Morgen rein und raus aus dem Bett, das mit kaputten Tabletts förmlich überhäuft ist, mit Tee, den man nicht trinken kann, bleiernem Brot, saurer Butter, und Colms unvermeidlicher *aranciata*, dem einzigen, was er trinken wollte, außer Bier; und Spaghetti, dem einzigen, was er essen wollte, unweigerlich zu jeder Mahlzeit, während er kläglich um sein geliebtes *Weetabix* bettelte; nicht gerade eine ausgewogene Ernährung. Dann ein kurzer Spaziergang vor dem Mittagessen, in einem schneidenden Ostwind, während Colm pausenlos wiederholt: »*Komm* jetzt, wir wollen nach Hause«, und sobald ich wieder drin bin: »*Komm* jetzt, wir wollen raus«; und er verstand nicht, daß wir kein Zuhause hatten und keinen Ort, wo wir hingehen konnten. Nach zwei Tagen wollte er zurück nach Laugharne; und wie sehr ich ihm das nachfühlen konnte! Aber welche Mutter kennt nicht die himmelschreiende Tyrannei dieses erpresserischen Geheules und wird nicht zwischen Abscheu und Liebe in Stücke gerissen; wobei Abscheu durchaus im Vordergrund steht. Bis diese Ausgeburt *endlich* einschläft, wie eine Versammlung, eine Menge, eine Ekstase von Engeln, und die Mutter – der nicht einmal der Teufel helfen könnte – von Schuldgefühlen und Gewissensbissen überwältigt wird.

Wer glaubt, er könne als Erwachsener in irgendeiner Weise eine Art Austausch mit einem Kind haben, kann sich begraben lassen – und würde sehr viel weniger enttäuscht sein, würde er die unüberbrückbare Kluft beachten, die sie trennt. Die Schnur, die ein Kind mit seiner Mutter verbindet, ist nicht Liebe in dem anspruchsvollen Geben-und-Nehmen-Sinn: es ist eine organische, alles gebende Pflanzenfunktion der Mutter ohne bindende Gegenleistung, auf die das Kind unpersönlich und egoistisch reagiert, genau wie eine Pflanze auf die Sonne, als sein angestammtes Recht, natürlich und notwendig, in seinem selbstgefällig dominierenden Reich. Und wenn hin und wieder überraschend eine liebevolle Geste kommt, die du nicht ausdrücklich verlangt hast, ein erstaunliches ›Danke schön‹, nimm sie gelassen hin als verirrte, aber außerordentliche Zuteilung, weiter nichts.

Und so geht es weiter; und so gilt es auch für mich; nur daß ich keine Privatsphäre habe, wo ich diese unterirdischen Kriege unbehelligt führen könnte. Ich bin ständig auf dem Präsentierteller, fast so wie die königliche Familie, nur fehlt mir deren Protektion und Prestige. So ist mein erster Gedanke eine Schule für Colm, wofür ich mich wahrscheinlich mit des Teufels Großmutter verbinden muß; und ein Zimmer für mich, weit weg und allein, mit Musiktruhe, um meinen Unfug zu treiben. Es ist kaum zu glauben, daß ich keinen einzigen Ton gehört habe, seit ich hier bin, weder gute noch schlechte Musik, was mir ganz gleich ist, solange ich überhaupt etwas höre, als pulsierendes Moment des Tages, mit anderen Worten den ganzen Tag lang.

Wie ich sehnsüchtig, sehnsüchtig, sehnsüchtig an meine unvergleichliche Schwester Brigit dachte; wie immer, wenn ich wirklich in der Klemme saß; wie ich mir vorzustellen suchte, wie sie über diese Situation triumphiert hätte, denn triumphiert hätte sie sicher. Sie besitzt diese so seltene, universale Fähigkeit: sie akzeptiert und toleriert jegliche Verirrung der menschlichen Natur; dabei ist sie weder kleinlich noch neidisch und nicht ein bißchen scheinheilig. Mehr noch, sie bringt dem Menschen als solchen spontane Liebe und Verständnis entgegen, gleich welcher Klasse oder Nationalität er angehört; und natürlich vergöttern sie ausnahmslos diesen wärmenden Faktor in ihrem Leben, und niemand will sie gehen lassen.

Ich kann sie vor mir sehen: groß, unbeholfen, plump, in formlosen klumpigen Mänteln und klobigen Schuhen, behängt mit unanständig unförmigen Taschen und Körben; und ein Strom von echten oder vorgestellten, vor der Kraft ihrer Persönlichkeit beide gleichermaßen realen Kindern, die sich mit Bitten und Betteln um sie drängen, während sie von einer Straßenseite auf die andere kreuzt, vorbei an der Schlangenbiß-Lasterhaftigkeit der in Grüppchen herumstehenden Männer, sie ganz offensichtlich voll Wonne ignorierend. Später versicherte sie mir wütend, daß dieses Bild nicht richtig sei, daß sie im Gegenteil sehr viel mehr als ich zu leiden habe, die ihrer Meinung nach nie auch nur einen Funken Befangenheit zeige. Die starr auf den fernen Horizont blickt, einen Ausdruck verächtlicher Überlegenheit vortäuschend, und den Anschein zu erwecken sucht, irgend jemand anders, nur nicht sie selbst zu sein: gewöhnlich ein großes, alabastergleiches, wollüstig sich wiegendes Geschöpf in engsitzender schwarzer Samtscheide, mit den funkensprühenden Schlitzaugen des Tigers. Was für ein Kontrast zu mir! Und in dieser Maske tat ich mein möglichstes, um zu verstehen zu geben, daß ich in keiner Weise, auch nicht im Geringsten, etwas mit dieser prahlerischen Figur, die an meiner Seite schwankte, zu tun hatte. Meine Attraktivität dürfte wohl niemandem Zweifel aufgeben und hat es wohl auch nie getan. So fragte ich mich nun, ein ganzes Leben später, was hätte sie an meiner Stelle getan? Du kannst sicher sein, sie hätte nicht wie der größte Trottel auf Erden in diesem selben Hotelzimmer herumgesessen, zögernd, kramend, ziellos rein und rausstolpernd, während sie zerstreut hin und her räumte und aufs Geradewohl ihrem Sohn antwortete, bis wir uns alle beide rappelig gemacht hatten. Sie doch nicht – sie wäre angezogen und unterwegs gewesen seit dem ersten Licht, hätte auf dem richtigen Essen für Kinder bestanden, hätte sie angetrieben, an die frische Luft gebracht (sie besaß eine unanständige Leidenschaft für frische Luft), ob sie wollten oder nicht, hätte sie fühlen lassen, daß sie es *wert* seien, am Leben gehalten zu werden. Im Nu wären wir erfreulich organisiert und es gäbe keine gähnenden Lücken, um zu grübeln. Ohne weitere Verzögerungen, glücklich, würde ich mein krittelndes Getue und Gejammer fallen lassen und den Fransen ihres Trosses auf den Fersen folgen: mein altes frivoles, unmögliches Ich. Es ist anstrengend, diesen würdevollen, pflichtbewußten Schmerz, den ich hier aufgelegt habe, weiter zu tragen, er ist in Gefahr, ein permanenter Putz zu werden, es sei denn, ich schmiere noch Senf dazu. Bis zum jüngsten Tag könnte ich den Clown mimen, dieser geistergleiche Kummer würde mir noch immer seinen heißen Atem in den Nacken blasen. Aber Brigit würde ihn auf annehmbaren Abstand bringen, mit ihrer sachlichen Haltung, ihrer Konzentration auf wesentliche, unmittelbare Notwendigkeiten: die Brot-und-Wein-Schlichtheit, die auch unter meinem übertriebenen Geschwätz verborgen liegt. Sie hat die ehrfurchtgebietende Gabe, dich fühlen zu lassen – und nicht nur mich zu meinem Kummer – daß sie die einzige Person ist, die dein »wahres« Ich versteht und weiß, wie man die besten, tiefsten, reichsten Schätze deines Innern hebt: muß ich es erwähnen, ein Thema, das dich stets bewegt, dich nie für eine Sekunde langweilt und dir unauslotbar scheint. Aber um ein immerwährendes heißes Bad, wo man in Selbstmitleid schwimmen und schwelgen könnte, zu vermeiden, ist sie mit dem Schwung dessen, der gern im Freien ist, unablässig dabei, Fenster zu öffnen, metaphorische und andere, und unbarmherzig reinigende Winde hineinzulassen, geliebte Spinnweben hinwegzufegen und die aufmerkenden Zimmer mit gesunden Essensgeräuschen und Geklapper zu füllen. Dann, ohne irgendeine Warnung, mitten in einer köstlichen Offenbarung vielleicht, springt dieses Vorbild aller Frauen plötzlich auf – und geht, mit einem knappen, verheerend beiläufigen ›Auf Wiedersehen‹. Verschwindet einfach, und vielleicht sieht man sie jahrelang nicht wieder. Und du fühlst dich beängstigend ähnlich einem Jungen, das unversehens aus dem Nest geworfen wurde und gezwungen ist, zum ersten Mal seine eigenen, kläglichen Flügel zu benutzen.

Einen gewaltigen Schritt tat ich endlich und schickte, mit qualvollem Schieben und Bangen, Colm zur Schule. Hätte ich ihn auf die Guillotine geschickt, ich hätte nicht mehr gelitten: aber nach viel Geschrei, Schrecken vor ihnen, die ihn anstarren könnten – er hatte es auch bemerkt, während ich Unsinn redete und ihn mit phantastischen Geschenken zu bestechen suchte – kriegte ich ihn hin. Es war gar nicht so qualvoll, wie ich befürchtet hatte: eine liebevolle, lächelnde Schwester, ich war auf der Stelle bekehrt; und kariert-geschürzt und Bänder-gestärkt eine rosige Reihe aus dem Ei gepellter, blinkender kleiner Jungen. Anstatt Colm trostlos, wie sie es meiner Erfahrung nach meistens tun, im Hintergrund herumhängen zu lassen, als hätte er nichts zu schaffen mit *ihnen*, nahm ihn meine wunderschöne Schwester bei der Hand, führte ihn vor die Klasse und stellte ihn mit seinem Namen vor, erklärte, daß er Engländer sei und bat sie, nett zu ihm zu sein.

Mit freudigem Geschrei und Geklatsche wurde er empfangen, und ich konnte sehen, daß ihm diese Aufnahme ungeheuer gut gefiel. Ich schickte ein stilles Dankgebet zum Himmel und kroch zurück, noch immer verschraubt und verknotet vor Spannung, um zwischen den Trümmern der Nacht zu sitzen.

Ich müßte sechs Stunden täglich auf den Feldern sein und

schuften, ehe ich mit mir selbst ins Reine kommen könnte. Freudig wäre ich dazu bereit – aber ich scheine nicht den Nerv dazu zu haben, nicht mehr, ein offensichtliches Monstrum abzugeben (an die komische Alte in mir bin ich gewöhnt und versuche, sie zu verbergen); und ich glaube nicht, daß ich gerade jetzt die aufgerissenen Mäuler mit ihren Bemerkungen und schrillem Geschrei ertragen könnte.

Aber meine Schulprobleme waren nicht gelöst, natürlich nicht: der zweite Tag ist fast immer schwieriger, weil sie denken, sie haben es hinter sich gebracht, ein für alle Mal, und es ist alles vorbei. Wenn du ihnen also am nächsten Tag schmeichelnd vorschlägst, sie wieder hinzubringen, stemmen sie die Absätze des Aufruhrs in den Boden, hart und scharf, mit der heuchlerischen Waffe der Tränen obendrein und ein guter altmodischer Mutter-Sohn-Konflikt ist die Folge. Gewinnt die Mutter diese Runde, kann sie sich vergleichsweise sicher fühlen. Er ärgerte sich über das Knuffen und Puffen, das gierige Fragen der älteren Mädchen: als wenn er ein faszinierend fremder Hätschelaffe sei, und ich konnte es ihm, nach Wales, aus tiefstem Herzen nachfühlen. Trotzdem versuchte ich mich selbst zu beruhigen, ich und *dieses* Hotelzimmer waren unendlich viel schlechter für ihn. Und ausnahmsweise einmal war ich nicht selbstsüchtig; nicht nur, jedenfalls. Und die Vorstellung von ihm in einem dieser immer begehrten, total entwaffnenden Schürzchen, die Hände gefaltet, mit den anderen im Gebet, mit gesenkten Köpfen, schrill plappernden Stimmen, war viel zu rührend für selbst mein eingeschlagenes Herz.

Und so geht das monotone Anhäufen der Stunden weiter: ist es wissenschaftlich haltbar, daß wir noch keine Woche auf diesem häßlichen Stück Felsen verbracht haben? Ich zum Beispiel bin sehr skeptisch. Das geschickte Vorgehen an einem neuen und besonders so ungewohnten Ort wie diesem ist, den Kopf einziehen und seine Zeit abwarten, und mehr zu schlukken als zu spucken. Bis du – wenn schon nicht so klug wie dein Protagonist; danach zu streben wäre höchst optimistisch für jeden, ganz zu schweigen von mir – bis du ein gewisses Maß von Vertrauen besitzt, im Besitz deiner selbst bist, letzten Endes;

und fähig, grob zu unterscheiden zwischen den Lämmern und den Schafen, den Wölfen, dem Schwan und dem häßlichen Entlein.

Die Kirche nahm uns manchmal mit auf seinem sogenannten Motorrad; die Insel wimmelt von diesen absolut komischen Spielzeugen, und liebend gern hätte ich selbst eins, um damit zu verschwinden, wenn sie nicht so aufdringlich hinterherstarren würden; Colm – Colombo nennen sie ihn hier – steht vorne, Mann mit Bauch ist in der Mitte postiert und ich wie ein Huhn auf der Stange dahinter und Röcke, Taschen, Haare fliegen in alle Himmelsrichtungen – um die Küste entlangzustreifen, auf sich windenden, Todesfallen gleichen Straßen, oder um die steilen, wilden Berge zu erklimmen. Ich war völlig immun gegen diesen Abklatsch, diese Landschaft im Stil der Alten Meister, und nervös berechnete ich, wieviel Angst ich weiblich schwach zu zeigen habe und den entsprechenden Grad vorschriftsmäßigen Sich-Anklammerns, um die unbewegliche Rückseite der Kirche herum, die mich überschattete. Vielleicht hatte ich ihn doch etwas zu voreilig zurückgewiesen, und jetzt war ich leicht pikiert, daß er nicht darauf bestand. Es gibt Gelegenheiten, wo gute Manieren und Rücksichten nicht am Platze sind, und Beharrlichkeit im Sinne von ein-Nein-akzeptiere-ich-nicht wäre viel schmeichelhafter. Nicht, daß ich ihn gewollt hätte, *beileibe* nicht.

Aber er war so gut, ich hätte weinen mögen, und er wußte es nicht einmal. In großen Balken stach es hervor, mit jedem Schritt, den er machte, jeder Sache, die er in die Hand nahm, jedem Wort, das er sagte. Wie konnte solch ein Tugendklotz unter den Intriganten und Parasiten seine Eichen-Integrität ungestört bewahren? Aber niemand schien irgend etwas Ausgefallenes an ihm zu bemerken; ich vermute, er hatte eine durchtriebene italienische Seite, von der ich absolut nichts wußte: immerhin war er ein guter Geschäftsmann und ein Kapitalist in den Augen der Insel. Aber wenn ich nicht viel von ihm wußte, er wußte ganz sicher *nichts* über mich, sieht man ab von den kleinsten Äußerlichkeiten, und das ist, vermute ich, genau so gut. Unsere Unterhaltung beschränkte sich auf einsilbige ›*Questo bello's*‹, in diese Richtung ging es also nicht viel weiter: und es gibt nichts Irritierenderes, als das Wort, das du brauchst, nicht parat zu haben.

4

Dylan war immer etwa drei Sprünge weiter als ich und hatte die Streitfrage schon wieder umgekehrt, von innen nach außen, und auf den Kopf gestellt, wenn ich sie mir endlich zurecht- und geradegerückt hatte. Und diese üble Gewohnheit, mit dem unbezahlbaren Mittel des Spotts eine vollständig adäquate Arbeit, oder, ebenso häufig, ein Meisterwerk zu zerstören, um es dann in seiner eigenen launenhaften Art wieder aufzubauen, ließ mich immer im Quadrat springen, wahrscheinlich, weil ich keinen Boden unter den Füßen spürte. Und obwohl ich ihm niemals recht gab, bestand er darauf, daß Frauen keinen Sinn für Scherze haben: verbale Scherze, meinte er wohl; und ein spuckender Haufen von Verallgemeinerungen und *Clicks* (wie unsere intellektuelle Poetin von Laugharne Clichés nennt) wären gerade gut genug für Bett und Küche.

Wenn ich morgens aufwache, wenn es noch dunkel ist, noch bevor die Glocken oder der Spektakel unter meinem Fenster begonnen haben, und die Tränen strömen ungerufen über mein Gesicht, und Colm liegt im Schlaf so klein und Erinnerungen weckend an mich gedrückt; und ich mich erinnere, wer ich bin, und wo ich bin, und an Dylan denke: Dylan in Laugharne, Dylan auf dieser Insel, und Dylan wo immer ich bin; und mich nach ihm sehne, so heftig wie eine kranke Kuh nach ihrem gerade weggebrachten Kalb, wie er sich anfühlt, wie er riecht; und halb warte ich darauf, daß er zurückkommt, dämlich, wenn ich doch weiß, daß er nicht kann; und es hilft kein bißchen, daß die Vernunft mir das sagt, es kann dieses heftige Wollen nicht bremsen, vernünftig oder nicht; und wo soll ich es hintun, was soll ich damit machen? Es ist kein Abgrund, es ist ein riesiger Früchtekuchen an Verlangen: ein Strom von unaufhörlich plappernden, mißtönig klappernden – oh, warum kann es nicht für eine Minute aufhören? – Gestern durchdringt mich. Und die Morgen strecken sich in schläfriger Lethargie, und es ist ihnen völlig gleich, daß ich hinter den Läden stehe und mich zermürbe und zerfleische.

Ich gehe zum Spiegel und schaue in die nadelspitzen, krähenfüßigen Höhlen, in denen, tausend Klafter tief, meine verstrickten, vorwurfsvollen Augen sitzen und denke, ›Dies ist nicht der Fels Caitlin, den Dylan liebte: dieser faulige, schmutzige Algenstrang.‹ Und überschwemmen würde er mich mit verachtenden Worten, es gibt keine Raserei, die der der Schwachen gegen Schwache gleichkommt; und er wußte, wie man die Worte braucht, beleidigend genauso wie in Versen. Aufgrund seiner eigenen walisischen Hypochondrien haßte er ihre Zeichen in anderen und brachte keinerlei Geduld auf für nervöse Leiden oder Unpäßlichkeiten bei seinen Kindern, sie stammten ja von ihm; aber geneigt, seine eigenen zu hegen und zu pflegen, oder besser noch, pflegen zu lassen, wenn es sich machen ließ, mit liebevoller Fürsorge und vielen detaillierten Beschreibungen.

Er war nie wirklich er selbst, bis ihm etwas fehlte, und falls irgendwann einmal die Gefahr bestand, ›heil‹ zu werden, was schon ziemlich unvorstellbar war, brach er sich flugs ein andres seiner Hühnerbeine, um glücklich herumzuschwirren mit seiner Schlinge, und Teller voll Gurken, marinierten Zwiebeln, Büchsen mit Dorschrogen, gekochten Süßigkeiten zusammenzuraffen und mit blinder Hand wie es eben kam in seinen Mund zu schieben, während er weiter gründlich seinen Schund las. Seine Leidenschaft für Lügen war angeboren: mehr ein Sichüben im Erfinden als lügen. Gewöhnlich erzählte er ganz unnötige, die seine Lage um nichts besser machten: zum Beispiel, daß er, wenn er in einem Kino gewesen war, behauptete, er sei in einem anderen gewesen, und sogar den Film erfand, der lief; und die offensichtlichen, die nur seine Mutter nicht zu durchschauen vorgab, so wenn er vom Bus weg nach Hause geschafft wurde und behauptete, er sei mit einem Freund im Café gewesen, um Kaffee zu trinken.

Der Grund, weshalb wir so gut miteinander auskamen im Haus, lag an unserer gemeinsamen organischen Veranlagung – das heißt, die Organe funktionierten, viel mehr nicht – sobald wir unter uns waren. Das Heim war für Dylan, besonders für ihn, ein privates Heiligtum, wo er ausnahmsweise nicht genötigt war, durch sich selbst, wie er zugab, sich aufzuspielen, amüsant zu sein, den Mythos vom *enfant terrible* aufrechtzuerhalten: einer der verheerendsten Mythen und höllisch schwer, dem zu entkommen. Wir lebten fast getrennte Leben, wenn auch in körperlicher Nähe und begegneten einander mit einem gleichgültigen Satz über rein praktische Angelegenheiten: als wären wir nicht mehr als vertraute Gegenstände unter dem Mobiliar unseres Geistes. Ausgenommen die Zeiten, vorwiegend nachts, wenn das Haus klapperte und knallte und dröhnte und stöhnte, während wir uns gegenseitig umbrachten.

Aber diese Kämpfe, die ein wesentlicher Teil unseres täglichen Lebens waren, und hitziger und tödlicher mit jedem neuen Ansturm wurden, so daß man hätte schwören können, es gäbe keine zwei Menschen auf dieser Welt, die einander stärker in den Schmutz zogen; und die nie, unter welch sagenhaft veränderten Umständen auch immer, wieder zusammenkommen könnten – lohnten sich beinahe, denn wenn die Versöhnung kam, je nachdem wie lange wir durchgehalten hatten, war sie doppelt, dreifach, vierfach süß; und wir hätten uns niemals vorzustellen gewagt, daß so etwas noch einmal geschehen könnte.

Was das Spiel mit dem Warten betrifft, so war ich um ein Quentchen geschickter als Dylan; ich hatte einfach, das erkenne ich traurigerweise jetzt, mehr falschen Stolz, mehr Zeit zu vertrödeln, so daß er fast immer den ersten Schritt zur Normalität zurück machte, während ich mich zögernd überreden ließ. Und wenn ich jetzt zurückdenke, sehe ich, daß er es eilig hatte, so vieles reinzupacken; und sich nicht abgeben konnte mit der zusätzlichen Plackerei, mit der sich die meisten Leute herumschlagen müssen. Und so viele Nachmittage wollte er mit mir ins Bett, und ich wollte nicht, wegen irgendeines lächerlichen Aufrecht-Prinzips, von dem ich annahm, es leite mich. (Gott hält einige linke Karten im Ärmel, und auf welche Weise du auch versuchst, ihn auszutricksen oder ihm zuvorzukommen, dort, wo du es am wenigsten erwartest, schlägt er dich.)

Mein Gott, er wiederholte sogar immer, daß er vor mir sterben werde, daß er niemals die vierzig erreichen und ich als leichte Witwe auf seinem Grab tanzen würde. Und ich lachte, völlig unberührt; genausogut hätte er zu einem Elefanten sprechen können, so beeindruckt war ich. Und mehr für mich Schändliches fällt mir ein: wie oft er mich mit der letzten Fassung eines Gedichts, an dem er arbeitete, verfolgte; und nur bat, ich möchte stillstehen und ihn lesen lassen. Und wie ich mich wand und alles in meiner Macht Stehende tat, dem zu entkommen, meine Ohren verstopfte (ohne es zu zeigen, hoffe ich), bis er meinen schroffen Widerwillen endlich zur Kenntnis nehmen mußte und schwor, mir nie mehr etwas vorzulesen: und es doch wieder tat. Und dieses Benehmen finde ich schlicht unverzeihlich, kein Weg führt daran vorbei, und ich kann meine Reaktion auch nicht begründen, denn ich glaubte immer an Dylan als Dichter: und half ihm sogar, wenn es galt, zwischen zwei Worten zu wählen oder in kleineren Alternativen, und er vertraute rührend meinem Urteil. Betrachte ich es vom wohlwollendsten Standpunkt aus, kann ich sagen, daß ich unterbewußt mich von Dylans höchst verwirrendem, beunruhigendem Zeug nicht beeinflussen lassen wollte, weil ich etwas Eigenes hatte, Wertvolles, das ich beschützen mußte. Vom unfreundlichsten Standpunkt aus: daß ich boshaft eifersüchtig war und voll Gehässigkeit, wie jedes typische männermordende Weib, voll Groll gegenüber diesem mächtigen Konkurrenten. Aber das will ich nicht glauben und glaube ich nicht, auch jetzt nicht. Und ich tat alles, was ich konnte, um ihn zum Arbeiten zu bringen, seine eigene, besondere Arbeit und nicht die öffentliche, mit der er Geld verdiente. Und nur durch diese rein vegetative Basis, die für mich Monate um Monate an isolierter, fader Stumpfsinnigkeit und Plackerei zur Folge hatte, war es ihm möglich, soviel Luft abzulassen, soweit zur Ruhe zu kommen, daß er sich konzentrieren konnte.

Eine seiner bemerkenswertesten Eigenschaften war für mich seine ungewöhnliche Fähigkeit, sich den unterschiedlichsten

Personen und Orten, auch diametral entgegengesetzten, anzupassen. Ohne sichtbaren Übergang ließ er sich in der neuen Gesellschaft nieder, als habe er sein ganzes Leben dort verbracht. Und ebenso mühelos schnitt er das Alte ab wie tote Blätter; obwohl er überraschend treu sein konnte gegenüber alten Kumpeln und mütterlichen Körpern, mit ihren übereinanderliegenden, die Fäuste überfließenden Fettschichten: in Laugharne war eine unserer beliebtesten Beschäftigungen, um die Zeit totzuschlagen, im Fenster des *Browns* zu sitzen und uns vorzustellen, wie zehn dieser Colossi (mit denen Laugharne gut bestückt war) nebeneinander die Straße heraufkommen, ganz nackt. Und hin und her zu überlegen, wieviel Geld wir für solch einen ergreifenden Anblick ausgeben würden: fast alles, was wir besaßen.

Er war also viel besser als ich darin, sich mit dem ganz einfachen, ich kann mit Recht auch sagen, einfältigen Leben zu begnügen. Er lebte, und keine andere Erklärung ist möglich, in seiner eigenen Welt: ›außerhalb dieser Welt‹, wie man es in Amerika so bündig formulierte. Folgendermaßen: den überwiegenden Teil des Morgens in der Küche dieses selben erstklassigen Unternehmens, wo er auf Pferde setzte, zuhörte, ja, tatsächlich einmal zuhörte, den örtlichen Klatsch- und Tratschgeschichten, mit offenem Mund, während er langsam seine halben Liter eines abscheulich schalen, wie kalter Tee schmeckenden, bitteren Biers hintereinander wegtrank. Benebelt zurück zu einem späten Mittagessen, zu einem unserer schweren, fetten Eintöpfe, die er immer für sich allein aß, getrennt von den Kindern; und ich kann es ihm nicht übelnehmen, was gibt es Schlimmeres als laute, zänkische Kindermahlzeiten. Er ging so weit, wie ein angesehener viktorianischer Vater, niemals im selben Wagen mit ihnen zu fahren, obwohl es nicht häufig vorkam, daß wir irgendwo *en masse* erschienen, und auch das kann ich ihm nicht verübeln. Dann, aufgeblasen von Dreck und Schläfrigkeit, rauf zu seiner bescheidenen Hütte, die hoch über der Flußmündung hing; und bums, hinein in intensives Kritzeln, Murmeln, Wispern, Intonieren, Brüllen und Jonglieren mit Worten; bis Punkt sieben.

Dann geradewegs zurück zu einer der beiden Klitschen: wir führten lange Diskussionen darüber, welche die tödlichere sei: um den Rest des Abends in genialen Geistreicheleien zu verbringen. Dies war ein Standardtag ohne Höhen und Tiefen.

5

Zurück zu der verdammten Insel und dem Kreuz mit ihr. Daß ich immer noch kein Bad gehabt hatte und zum Himmel stinken mußte; dazu die üblichen Monatsschwierigkeiten, die mich, vor allem unterwegs, gewöhnlich unvorbereitet treffen, so daß ich zu den mittelalterlichsten Hilfsmitteln greifen muß, hatte nicht zu meiner guten Laune beigetragen. Auch wenn den Uneingeweihten das alles wie Kleinigkeiten vorkommen mag, die Eingeweihten werden mit mir fühlen.

Der einzige Vorteil, den ich aus diesem Belagerungszustand ziehen konnte, bestand darin, daß er die Kirche auf Distanz hielt, obwohl er sich etwas zu eilfertig abweisen ließ, wie ich schon angedeutet habe. Ich hätte gerne eine freundliche Geste ihm gegenüber gemacht, die er nicht als Einladung interpretieren konnte, aber da ich nicht die passenden Worte hatte, und ihn auch nicht gerade wie einen Hund tätscheln wollte, war das sehr schwierig. So beschränkte ich mich darauf, ihn von hinten auf seinem Motorrad, wo ich mich strategisch plaziert fühlte, zu drücken.

Aber ich muß versuchen, die Tropfen Balsam in diesem Meer von Klagen aufzuzählen: Die Suche nach einem Ort, an dem man unbeobachtet sitzen könnte, belohnt. Nach beharrlichen Versuchen, den alles-sehenden Augen zu entkommen, entdeckte ich oberhalb einiger weinbedeckter, huhnbepickter Terrassen hinter der Stadt einen einzelnen blätterreichen, bergenden Baum, der, als ich hochschaute, voll von meinen Lieblingsfrüchten, von fruchtbarkeitsstrotzenden Feigen hing. Obwohl der Boden ausgedörrt und steinig und hier und da von Büscheln harten Grases bedeckt war, kauerte ich mich glückselig darunter zusammen, so daß mich kaum jemand bemerken konnte.
Zweitens: als ich Colm von der Schule abholte, hörte ich ihn schon von weitem brüllen vor Lachen; nachdem ich beiläufig

fragte warum, sagte er, die Schwester habe ihnen Geschichten erzählt, in denen jemand anderen Leuten Ratten und Spinnen in die Kleidung gesteckt habe. Ich weiß, daß er groß im Erfinden ist wie noch jemand, aber trotzdem. Ich bekreuzigte mich und beließ es dabei. Es war beunruhigend, wie viele Freunde er hatte, nicht unter Gleichaltrigen, sondern bei den bestaussehendsten Burschen der Stadt. Stundenlang alberten sie herum mit ihm und rollten ihn auf ihren Fahrrädern die Straßen auf und ab, so daß er natürlich verrückt nach ihnen war und keine Rede mehr von Disziplin. »Meine Freunde warten auf mich«, hieß es großartig. Und sie warteten tatsächlich, ebenso begierig wie er.

Und das dritte Wunder: daß ich endlich wirklich ins Wasser gekommen war; in das echte, saubere, schwappende Mittelmeer. In dem ich vorübergehend das andauernde Staubbad außer acht ließ, das alles tränkte und färbte: Colm war am Ende des Tages vom Kopf bis Fuß damit übertüncht, das Meer war meterweit mit dunkel gebranntem Siena gefleckt, und die fast durchweg felsigen Strände waren schwarz vor sternförmigen Ablagerungen. Ich finde es immer noch schwer zu glauben, daß wir all das vorher kaum bemerkt hatten und immer wieder überrascht ausriefen, »Wie gut, daß dieser Ort nicht beliebt ist.« Es wäre schon sehr komisch, wenn er es wäre, wo unter all den romantischen Städtchen und den schneeweißen Stränden mit Sand wie grober, granulierter Zucker dies die einzige Stadt mit Bergwerksbaracken auf der Insel ist, eine Gnade, die sie vor dem Barackenzubehör eines Badeortes bewahrt. Und es gibt Sonne im Oktober, eine Sonne, in der man bequem liegen kann, ohne zu verbrennen; und wenn auch für Colm die lange Bergwerksstraße schon zu viel war, der Hochsommer hätte ihn sicher umgebracht. So überlegte ich, zum ersten Mal mit Befriedigung, daß ich die Zeit vielleicht gar nicht so schlecht gewählt hatte.

Wenn ich irgendwie die kommenden Monate überstehen könnte, mit Hilfe einer sorgfältig durchdachten Methode und mönchischen Routine, würde ich über Weihnachten bleiben, beschloß ich, und die drei nächsten mörderischen Monate, bis

April – bis Wales sich wieder zu regen beginnt. Andernfalls wären all diese Mühen und Qualen des Anfangs umsonst, und keiner von uns hätte einen Nutzen davon. Und ich wollte, daß wir beide wenigstens die Ausdrücke der Umgangssprache beherrschten und uns als Teil des Landes fühlen durften, nicht nur als Besucher. Wie die Dinge lagen, hatte ich als Einzige keine Aufgabe, keine festgelegte Arbeit zu tun: ich war die englische Witwe, die Ferien machte, um ihr Leid zu überwinden; eine schmachvollere Rolle gibt es nicht; *etwas* mehr muß es doch auch für mich zu tun geben.

Nicht ein Ton Musik, nicht eine Zeile zu lesen, keinerlei Zerstreuung außer Wetter und Essen, das sich zu einer Klosterorgie ausgeweitet hatte; und muntere Akteure vor einer prunkenden, doch unzulänglich überzeugenden Pappkulisse. Aber am meisten vermißte ich die Musik, das Wegschieben, Relativieren dieser grellen, schreienden, zu typischen Realität. Ein Ton von diesem bebrillten Zwerg Casals auf seinem großen weltumspannenden Cello, und diese kleine Siedlung würde auf den ihr zukommenden Platz in den Hintergrund respektvoller Aufmerksamkeit verwiesen. Oder eine Arie von Gigli, die einem wohlige Schauer über den Rücken jagt, und die sie aufrichtet auf ihren Stühlen und den Preis für Fisch vergessen läßt, wenn auch nur für die inspirierte Dauer dieser Stimme: wo sind all diese berühmten Tenöre, über die wir so viel hören?

Und damit zu den Ratten: mein untrüglicher Instinkt, nicht meine Mitwirkung, hatte die größte Ratte weit und breit an meine schutzlose Seite gelockt. Es gibt eine in jeder Stadt, und diese erinnerte mich an eine ähnliche, die in den Gossentagen von Chelsea kratzte und scharrte und mit ihren häßlichen Schnurrhaaren zuckte und schnupperte. Sie sehen immer aus wie stümperhafte Bühnenbösewichte, mit ihren Schnurrbärten – gab es jemals eine glattrasierte Ratte? – in die Augen gezogenen Schlapphüten und schnieken, taillierten Anzügen, dazu spitze Schuhe. Und sie reden mit geläufiger, seifenglatter Zunge. Die hiesige Ratte war keine Ausnahme: und er fuhr eine Vespa, was auch ins Bild paßte. Schließlich erlag ich ihm, nachdem ich mich seinen dringlichen Einladungen, so lange es irgend höflich war, entzogen und die Kirche mich gewarnt hatte, ich solle mich nicht mit ihm einlassen; und übergab ihm Körper und Seele von Colm und mir, um zur Rattenhölle zu fahren. Und was für einen mageren, krummen Rücken er hatte, nach dem tröstlichen Umfang der Kirche; mich überkamen Ängste und Zweifel: Colm würde einen Abhang hinuntergeschleudert werden, um mich zu bestrafen: und das wärs dann, beschloß ich: diesmal würde das Messer bis zum Heft hineingehen, kein Pfusch. Aber wie so oft zu unserer Enttäuschung verbarg sich ein suckelndes Baby in der Ungezieferhaut des Bösen.

Wie auch immer, seine erste Sorge war herauszufinden, wie alt ich sei und wieviel Geld ich hätte, nicht etwa auf subtile Weise, sondern indem er unverblümt fragte. Aber ich kann mich auch blöd stellen gelegentlich, und daß ich die Sprache nicht beherrschte, war hier zu meinem Vorteil. Dann der abschreckendste aller Tricks, das Ausbreiten von Empfehlungsschreiben: ein sicheres Zeichen für eine verdächtige Laus der übelsten Kategorie. Etwas später, als wir auf dem öden, weißen Sand durch die traurigen Pinienwäldchen gingen, zog er pflichtschuldigst ein paar lustlose Annäherungsversuche ab: aber seine Nummer war nicht glänzend und hätte nicht einmal eine alte Jungfer hinters Licht geführt. Nach einem kurzen Guß auf seine schlecht brennende Glut wechselte er folglich blitzschnell zu irdischeren Nächstgelegenheiten über und schlug reichlich spät am Tag vor, etwas trinken zu gehen, womit uns beiden sehr viel wohler war.

(Wir hatten schon vorher unter diesem typisch italienischen ›Unwillkommensgruß‹ gelitten. Wenn sie dich in ihre Häuser brachten – nie wieder nach den ersten Malen – die kühl und schattig waren, kahl bis auf ein paar leichte Stücke polierten Holzes, die über Steinböden schlittern und bar des kleinsten Teppichs menschlicher Beschmutzung: wurdest du feierlichst auf einen Stuhl gebeten und höflich wartetest du, mit einem gelegentlichen Blick zu den verschiedenen Weinen hinüber, die auf der Anrichte aufgereiht standen; aber angeboten wurde keiner, und die Konversation schleppte sich immer gezwungener dahin. Für Dylan wäre es anders gewesen; während die hochnäsigste Herzoginwitwe ihm mit Gusto ihr Sexleben aufgetischt hätte, hätte er – unbekümmert um andere, mich eingeschlossen – auf permanentem Nachschub für sein Bier bestanden.)

So fuhren wir los, und er fuhr und fuhr einen langen, langen Weg: ich dachte, er würde niemals ankommen und wir würden die in meiner Phantasie jetzt großstädtischen Lichter Rios niemals wiedersehen. Wir landeten in Campo, das alles hatte, was Rio nicht hatte, einschließlich der mit Sonnenbrillen und Kursbüchern ausgestatteten Amerikaner, die noch in ihren exklusiven Slips ihren höheren Rang ausschwitzten; Franzosen; Deutsche; und es war eigenartig seelenlos. Mein sofortiger Wunsch war ›nach Hause‹, so schnell wie möglich. Nenne ich Rio tatsächlich ›Zuhause‹? Ohne daß ich die nun leicht abschlaffende Ratte zu lange überreden mußte, bestiegen wir die ruckelnde Vespa wieder und machten uns auf den kalten, windigen Heimweg. Colm zwängten wir zwischen uns, damit er warm blieb, und die unglückselige Ratte wurde bedenklich nahe an den Lenker gedrückt; ich hatte das Gefühl, das Jüngste Gericht war über uns. Colm schlief ein, und sein Überleben hing einzig von der Stärke meines Arms ab. Aber mit einigen Unterbrechungen zwecks Marsala und Kognak und Tee für Colm, die der ganzen geschmacklosen und gefährlichen Angelegenheit einen träumerisch verschwommenen Anstrich gaben, schafften wir es. Dann kam der letzte Coup der miesen Ratte: er lud uns ab noch vor der Stadt, um das Gerede der Leute zu vermeiden, nicht meinet- sondern seinetwegen. Und verließ uns in großer Eile, als hätten wir uns nie gesehen.

Als wir uns endlich todmüde zum Hotel zurückgeschleppt hatten, stand die ganze Familie in vereinigter Mißbilligung oben auf der Treppe. Die Kirche sagte kein einziges Wort zu mir, und ich mit meinen strapazierten Nerven fing auch noch haltlos an zu giggeln. Aber er war wirklich unmöglich, dieser Mann, plusterte sich auf wie ein Truthahn, warf sich vor Empörung in die Brust, als hätte er Besitzansprüche; es war ihm offensichtlich noch nie in den Sinn gekommen, nicht *einmal* in seinem

Leben, daß er selbst Unrecht haben könnte; diese Unerhörtheit verstieße gegen das Gesetz der Insel. Dafür fühlte ich ihm gegenüber, genau proportional – Verachtung, Schüchternheit, mit der alten Anziehung vermischt und neue Bewunderung, weil er sich wie ein Kavalier verhielt; es ist ein trauriger Aspekt der menschlichen Natur, daß wir die am meisten respektieren, die uns anspucken. Was die Schüchternheit betrifft, hatte ich angenommen, daß ich dieses Gespenst schon lange losgeworden wäre – die britische Entschuldigung für Flegelei, Unbeholfenheit und ausgesprochene Unhöflichkeit; aber ich spürte, wie in dieser sinnlich verfeinerten Umgebung all die Unerfahrenheit und grausame Unfertigkeit wieder zurückkamen: all das, was von einer nicht beneidenswerten Jugend in Schweigen gehüllt worden war.

Dann traf ich den einzigen Engländer, der auf der Insel lebte und mit einer Italienerin verheiratet war, und er hatte diesen gehetzten Ich-weiß-nicht-weiter Blick; mit einem sehnsüchtigen, glänzenden Licht in seinen feuchten Augen erzählte er mir, daß er Ende des Monats in seine Heimat zurückmüsse. Und er war sehr anti-englisch, galt fast als echter Elbaner, und doch konnte er die zähen Traditionen nicht abschütteln. Er trank in dem rigoros unglücklichen, regelmäßigen, heilig pflichtbewußten englischen Stil, ruhig ein Glas um das andere kippend, und immer schweigsamer werdend. Und doch war er nicht gefeit gegen das Laster des Engländers (oder Amerikaners, was das betrifft): die schwere Mappe kam zum Vorschein, bevor ich ging, bis oben hin vollgepackt mit eng beschriebenen Seiten auf dünnem Papier: sein Werk. Und wenn ich es nur mal durchblättern würde und flüchtig meine Meinung sagen könnte was Stil und Aufbau betrifft, einen kleinen Rat zu seiner Geschichte: Kriegserinnerungen und, überflüssig zu sagen, ›bei Gelegenheit schnell mal hingekritzelt.‹ Wie sollte ich hier nur wieder rauskommen? Ich ging, mit dem unangenehmen Bündel auf den Armen und versenkte es behutsam auf dem Boden meines Koffers, für kommende mutige Zeiten.

Obwohl uns in England nichts verbunden hätte – er hatte die *Public-School* besucht, zumindest benahm er sich so, und war

Freimaurer: meine beiden liebsten Abneigungen – fielen wir in diesem Land übereinander her, so oft wir uns trafen, nicht physisch, sondern mit Worten, wir schnatterten wie die beiden einzigen Überlebenden auf einem sinkenden Schiff. Er breitete die Intimitäten seiner Ehe vor mir aus; wie ich aus der mörderischen Spannung schloß, die sich um die beiden Eheleute aufbaute, sobald sie zusammen waren, hatte sie jenen Punkt erreicht, an dem alles, was der andere sagte oder tat, zum persönlichen Affront wurde.

Er war der einzige Mensch, der ebenso grundlos wie ich auf der Insel zu sein schien: er verbrachte ganze Tage damit, am Ende einer wackligen hölzernen Mole auf einem Klappstuhl zu sitzen, in Burberry und karierter Mütze, eine schlaffe, besiegte Angelschnur in der Hand, stundenlang, geduldig. Ich habe nie gesehen, daß er einen Fisch herausholte, aber man sagte ihm nach, daß er gelegentlich zwei oder drei fing. Oder er setzte sich, revolutionärer Wechsel in der siebenjährigen Routine: ja, er hatte sieben Jahre in diesen Baracken ausgehalten und man höre wie *ich* rede, nach einem bloßen Jahrhundert von zwei Wochen; oder er setzte sich auf einen der alten Schleppdampfer im Hafen; und um zu demonstrieren, wie weit es mit mir gekommen war, setzte ich mich neben ihn und sah zu wie er wartete, wartete, wartete auf dies magische Zucken, das niemals kam.

Er hatte das tiefsitzende Vorurteil der Schotten: es gibt nichts Verbohrteres, gegen die Italiener, und als ich ihn fragte, was ihn denn am meisten an ihnen störe, antwortete er ohne Zögern, mit knapper schneidiger Verachtung, »Unzuverlässigkeit.« Und als ich freundlich darauf hinwies, daß das kein so großes Verbrechen sei, konnte ich die Wut durch seinen Bruyère-Körper ziehen und dann in seinen blutunterlaufenen Augen zünden sehen; mit wütendem Gebell fiel er über mich her; ich hatte noch nie einen Mann bellen hören, aber es stimmt wieder einmal, was die Illustrierten sagen, sie können bellen: daß dies die *einzige* Sache sei, auf die es ankomme; daß er mich sowieso nicht um meine Meinung gefragt habe; daß es Dinge gebe, über die man besser nicht spricht; und überhaupt, ob ich mir klar darüber sei, daß sie sich nur dreimal die Woche rasieren würden! Als ich angesichts dieser schockierenden Enthüllung nicht vor Abscheu erbleichte, sondern bemerkte, daß ich die amerikanische Besessenheit für Hygiene anstößiger fände: dieses fortwährend die Erbsünde wegschrubben – ignorierte er mich vollkommen und zählte weiter den italienischen Schmutz auf, erklärte mir, wie einem kleinen Kind, daß es gewisse Leute gebe, mit denen man sprechen könne und gewisse andere, mit denen man nicht sprechen könne, und Leute wie wir könnten mit letzteren eben einfach keinen Kontakt haben, es gebe nur drei Leute in Rio, mit denen er spreche, sagte er, und die gehörten nicht zu seiner Klasse. Er zeigte auf den Mann neben mir und verkündete wichtigtuerisch: »Es mag Sie interessieren, daß Sie soeben mit dem hiesigen Straßenkehrer trinken; ich beispielsweise würde es vorziehen, auf seine Gesellschaft zu verzichten.« Ich mußte lachen bei diesem Hinweis, nannte ihn einen bezaubernd altmodischen Snob und erklärte ihm meinerseits, daß der Snobismus heute sich gerade umgekehrt zeige und seiner überholt sei. Das entschied die scharfe Debatte, er erhob sich und stolzierte vor Entrüstung zitternd aus dem Café. Auf diese Weise entschwand mein letztes Bindeglied zu zweifelhafter Zivilisation, kein großer Verlust an sich, aber um den Zugang zum Schleppboot und meine Fischwachen tat es mir doch leid.

Nunmehr war ich allein auf die lästigen Wohltaten meines verpönten Straßenkehrers beschränkt, der mir natürlich, um die Wahrheit zu sagen, auch auf die Nerven fiel, aber aus anderen Gründen: er gehörte zu den Unglückseligen, die in Amerika gewesen waren, wo er eine ziemlich harte Zeit hinter sich brachte, jede Menge schlecht bezahlter Arbeit wahrscheinlich, die man den Ärmsten der Armen vorbehält, und natürlich hatte er eine große Geschichte daraus gemacht, von der er nicht mehr loskommen konnte.

Er bestand darauf, sein scheußliches Pidgin-Englisch mit mir zu reden: während ich darauf brannte, mein scheußliches Pidgin-Italienisch mit ihm zu reden. In beiden Fällen war das Ergebnis gesegnete Unverständlichkeit. Und obwohl er ein armes, altes Schwein war, mit einem Mund voll fauliger Zähne wie herausgebrochene Zinken, mit dunkler Brille und Kleidern, die offensichtlich niemals angezogen worden waren, oder aus: sondern verwurzelt in der dürren Erde und auf ihm wuchsen – oder weil er ein solches Schwein war, war es nun eine Frage meines Prinzips, und eine der Ehre, ihm bis zum Ende der Welt zu folgen, obwohl ich ihn doch gerade hatte loswerden wollen.

Ich konnte den Straßenkehrer bei seiner Arbeit beobachten, seine Aufgabe war es, mit dem Fahrrad die Straßen abzufahren, wobei er einen hölzernen Karren vor sich her schob, und mit kunstvoll verzweigten Bewegungen und in dem langsamen, sinnlichen, hüftschwingenden Rhythmus – den sie, ob sie nun kellnerten oder den Fäustel in den harten Granit der Berge keilten, genausowenig beschleunigen konnten wie eine Katze sich das Fell naßmachen kann (sie teilten auch die gleiche Abneigung gegen Wasser) – den stinkenden Müll tierischer Reste und Exzesse, die täglich die Straßen überhäuften, in diesen Behälter zu werfen. Dann fuhren sie die aufgetürmte Ladung zum Rand der Klippe, kippten sie bei starkem Wind halb über, und prompt wurde das Ganze zurück in die Stadt geblasen. Schmutzige Papierfetzen und Lumpen flogen hoch zu den immer geöffneten Fensterlogen mit Frauen und Wäscheleinen, die ständig herauswehten.

Ich verstand langsam, warum keine andere Zerstreuung nötig war: aus dem Fenster schauen, von innen nach unten, nicht nach außen, war eine ernsthafte Beschäftigung, der man vom frühen Morgen über Etappen den ganzen Tag hindurch bis zum Einbruch der Nacht nachkam. Und auch ich rutschte gedankenlos in diese Gewohnheit hinein. Und die Akteure auf der Straße unten übertrafen sich eingedenk ihres Publikums selbst in ihrem Eifer des Kaufens und Verkaufens.

Und ganz selten erhaschte ich einen Blick auf Ehefrauen und Töchter, wie sie leichtfüßig graziös die Haupttreppe herunterkamen und dabei, ohne die Hände zu gebrauchen, große Waschzuber auf einem runden Polsterding auf dem Kopf balancierten. Die Töchter mit üppigen, sich ausbreitenden, blühenden Haarbüschen: schwingenden Löwenmähnen, pechschwarz geflochtenen Pferdeschwänzen. Haar, das sein eigenes Leben führt, das beständig in Schach gehalten werden muß, eingezäunt, gezähmt, aus Angst es könnte ausbrechen und weibliche Gesichter plündern. Sogar jetzt die Gorillabeine dunkel hinabrinnend. Dann diese Körper, die sichtbar nur dem einen Zweck dienen: wie Zeitverschwendung wirkt es, sie anzuziehen, denn angezogen sehen sie viel unangezogener aus, als wenn sie wirklich nackt wären; und Renoirs fade verwelkte Schönheiten sind neben ihnen ein Kaffeekränzchen britischer Matronen bei einem nachmittäglichen Gartenfest. Während ich mich in Wales immer fehl am Platze fühlte mit den vielen leuchtenden Farben, die rücksichtslos aufeinanderprallten, war ich hier eine schlampige, prüde Lehrerin mit strähnigen Haaren, die bei üppigem Essen und jeder Menge Wein rasch zu einem pausbäckigen Rubens anschwoll.

Aber Rundungen oder nicht, und dies waren keine romantischen Kurven, wie meine liebe Mutter liebenswürdig sagte, als ich mich in fließende Gewänder hüllte, um die Königin von Saba zu spielen: »Sehr hübsch, meine Liebe, aber du bist nicht ganz der Typ; in unserer Familie sind wir alle stämmig.« *Stämmig: das* Wort, um den romantischen Sehnsüchten eines jungen Mädchens einen Dämpfer aufzusetzen.

Ich stand jetzt vor der schrecklichen Entscheidung, soll ich Weihnachten, das noch gut einen Monat weit weg ist, zurückkehren, oder soll ich mich dem ewigen Fegefeuer in diesem Loch ausliefern: wobei ich mir vor Augen halte, daß die andere Seite ebenfalls ein Fegefeuer ist. Die Frage, die ich entscheiden mußte, hieß: welche Lösung würde deprimierender sein: keine besonders aufmunternde Wahl; und meine Regel nicht zu vergessen, der ich in letzter Zeit nur ungenügend nachgekommen war, niemals in die unwiderruflich tote Vergangenheit zurückzukehren; aber immer bereit zu sein, drohendes Unheil beim Schopf zu packen. Eine Sache habe ich unwiderlegbar bewiesen, wie sehr du dich auch dem dir zugedachten Sack voller Tricks gegenüber gefeit wähnst, mach dir keine Sorge, *er* wird dir schon durch irgendeinen fehlerhaft gekitteten Ritz hindurch die Nadel reinjagen und sie hübsch herumdrehen. Und denk daran, dies ist das Leben müßiger Freiheit, von dem die meisten Menschen träumen, und ich auch träumte. Was wissen sie schon von der Last der Entscheidung, der Zuordnung von Stunden zu unnötigen Aufgaben, von denen ich mir nach besten Kräften einrede, daß sie nötig seien, wobei ich doch die ganze Zeit weiß, daß es weder Mensch noch Tier interessiert, ob sie getan werden oder nicht. Dieser Hügel, auf den man *unbedingt* steigen muß, jener Weg, der so wichtig ist, daß man ihn gehen muß. Um Himmels willen, gib mir etwas so einfaches wie Werg zupfen; ich weiß zwar nicht, was das ist, aber ich werde es gerne zupfen; und einen bösartigen Sklaventreiber in meinem Rücken, der mich vorwärts peitscht; das wäre, wie Colm sagt, ein Klacks, verglichen mit meinem hierhin und dorthin, nicht wissen wohin, treibenden, leidenden Übermaß an Möglichkeiten.

Dann könnte ich aus ganzem Herzen mein Schicksal schmähen und behaupten, daß ich für Besseres bestimmt war. Aber jetzt, wo ich das Bessere habe und nur mich selbst schmähen kann, was tue ich? Ich beklage mich, daß mir die Ketten fehlen, und suche und rufe und renne gegen Wände wie ein geblendetes, wahnsinniges Huhn, das einen Herrn braucht, der ihm sagt, was es tun soll, und wann; vermutlich, damit ich das Vergnügen wiederfinde, das Gegenteil zu tun. Denn das ist eine andere der kleinen, bittersüßen Ironien, daß die Sünde ihren Geschmack verliert, wenn sie nicht mehr verboten ist; und nur was man nicht haben kann, ist Luxus. Jetzt fragte niemand danach, was ich tat, oder versuchte mich zu hindern, wenn ich mich selbst übertrieben zur Schau stellte, nur um zu *zeigen*, daß ich mich vor nichts fürchtete, und so lockte mich der Apfel nicht mehr. Stattdessen war ich das zitternde Espenblatt und wußte nicht, welchen Fuß ich vor den anderen setzen, in welche Richtung ich meine Augen drehen sollte, stolperte, erst kürzlich neugeboren, wanderte entblößt in einem dichten Land wirrer Wälder, gefangen durch zu viele Bäume. Wo keine Tür mir offenstand, wo ich immer der Eindringling auf der Schwelle blieb. Immer die draußen Stehende, die hineinschaut: die hoffnungslos die beneidet, die hier hingehören, gierig die selbstsicheren häuslichen Handreichungen verfolgt; die überschwappende Offenbarung von Seifenlauge, die ausgerichtete, windgekörnte, gebleichte Wäsche, die unter der Decke baumelt, das Wunder süß riechenden, scharf gebackenen Brotes, wie heiße Schafwolle: als hätte ich diese Traumbilder nie zuvor gesehen oder berührt.

Ich sah eine Beerdigung, die mich an eine andere erinnerte, nein, nicht an die Dylans, Hergott noch mal, sondern an die, die wir damals gesehen hatten, als wir zusammen in Rio waren, und die mich schon damals betroffen machte, obwohl ich noch nicht reif war dafür und nicht wußte, wo es mich traf. Auch die jetzige traf mich, obwohl ich immer noch nicht weiß, wo; es war alles so sorgfältig und doch wunderbar beiläufig arrangiert: ohne einen Spalt, durch den die menschlichen Gefühle entweichen könnten: eine unaufhörliche Litanei von Gesängen, um die unschicklichen Störungen des Schmerzes zu verdecken. Und die Hauptleidtragenden, warum sind es unweigerlich immer Frauen? eingezwängt zwischen die nächsten Verwandten, mit einer Nachhut von Angehörigen in Blockformation hinter ihnen. Und die vulgären Symbole metallen umflochtener Papierblumen, die hochgehalten werden; und der Priester vorneweg, der alltägliche lateinische Koseworte für sein Kreuz murmelt; und in der Mitte, aber ein paar Schritte beiseite *gesetzt*, als wenn die Leute Angst hätten, ihr zu nahe zu kommen, die kleine, überladene, festversperrte Kiste mit ihren riesigen Messinggriffen, die auf den Schultern der engsten Freunde, die ihre Gesichter der Erde zukehren, gefährlich dahinschwankt. Und wie der Staub alles einhüllt, wie der Wind die hochtönende Menge zaust, und das Meer darunter schmettert, ohne gehört zu werden. Und die gleichmäßigen, flehenden, katholischen Stimmen, in die der wilde Schrecken im Herzen eines jeden von ihnen gezwängt wird.

Und dann mußte ich doch an Dylans Beerdigung denken und dieses zahme ein-Glas-Tee bitte, whiskysaufende, kochtopfgewöhnte Gemenge der üblichen schwarzen Käfer, vulgären Londoner und Swansea-Jungs in ihren besten Provinzanzügen damit vergleichen. Und jeder Anteil nehmend, so gut er kann oder zu müssen glaubt. Und hätten sie es nicht getan, ich hätte es für alle tun können, allein. Und »Nach dem Begräbnis, Maulesellob und -gewieher...«

Und dann begann es zu regnen; wegen der endlosen Monate, in denen die Erde die Sonne aufgesogen hatte, sah es hier immer noch trocken aus, wenn es naß war: aber dort, im walisischen Morast, sah es immer noch naß aus, wenn die Sonne schien, die doch immer von einer mildernden Wolke begleitet wurde. Und die Erde war köstlich feucht, mit Gras bewachsen und dampfend; und wenn ich es auch nicht sagte, wie sehr sehnte ich mich danach. Wie sehr sehnte ich mich nach vielen Dingen, die ich nicht benennen konnte. So viele Dinge, die nicht zu mir paßten, aber doch in mir steckten. Dann dachte ich auch an das Schreckliche, das ich hinter mir gelassen hatte: das ganz Banale und das Heroische, das eine aus dem Anderen hervorgegangen, und zwischen beiden, unweigerlich, ein Abgrund, in dem die Spießbürgerlichkeit vor sich hinbrodelte. Und obwohl mir klar war, daß dieser Bazillus hier ebenso grassierte wie anderswo, wenn nicht sogar mehr, blieb er doch eher den Blicken verborgen, eingekerkert in schwarze Heilige-Familie-Korsette.

6

Ich bin kein spontaner Mensch, was mich unendlich bekümmert, nicht seit meinen himmlischen Isadora-Duncan Tagen, als ich vermeinte, mit der Melodie zu fließen, mit Bewegung, mit allem außer der Küchenspüle, einschließlich griechischem Faltenwurf und Merkur-Sandalen, keine Halbheiten für mich. Es kam mir nicht in den Sinn, daß nicht alles Gold ist, was fließt, war *ich* es nicht, die floß? Tatsache war, daß ich nicht floß, eben weil ich es war, ich verschnürte mich zu Knoten und wollte der Musik nicht folgen, obwohl ich ganz genau hören konnte, was sie mir sagte; und mich gewöhnlich eine Gehirnwindung zu spät in Bewegung setzte. Wann immer ich kam, triumphierend eins mit der Musik: ich benutze den Ausdruck ›kommen‹ ganz bewußt, ich meine den Kontext der Liebe; kein liebendes Kommen hat jemals eine so anhaltende Ekstase gebracht. Es geschah vergleichsweise häufig, wenn ich allein war; sobald ich aber den Blick eines Publikums auf mir spürte, war es vorbei: das Hirn auf der Hut, ganz Mißtrauen wieder, setzte die Kneifzange an und der launische Fluß kam abrupt zum Stehen. Ich war so verloren wie ein Schlafwandler, dem man auf der Dachkante unverhofft auf die Schulter geklopft hat, um ihn zu wecken, und hatte keine Ahnung mehr, wo ich war oder was ich tun sollte: die Musik war ein sinnloses Geräusch, das meine Ohren beleidigte und mein Denken verstopfte.

Das war einer der Gründe, fällt mir jetzt auf, warum Dylan sich so an der Musik stieß: sie ist der direkte Gegensatz von Worten, und Rede; und, in einem größeren und tieferen Maß, von Poesie. Sie mag eine der Substanzen sein, aus denen Poesie gemacht ist; aus denen Worte geformt wurden; aber ihre elementarste Kraft ist – geradewegs zurück durch die den Weg verstellenden Zeitalter bis zur Schöpfung, den Planeten, den Sintfluten, den Dinosauriern, den Skeletten und Protoplasmen

– *wortlos.* Sie an Poesie kleben zu wollen, als Begleitung etwa, ist folglich nicht nur absurd, sondern vor allem eine Beleidigung für beide.

Wie würde Dylan mein abstraktes Schwätzen, wie er es genannt hätte, verabscheut haben, aber wenn er es sehen könnte, hätte ich mich nie getraut, es hinzuschreiben.

Er hatte dieselbe Abneigung, die sich zu abergläubischem Entsetzen steigern konnte, vor Philosophie, Psychologie, Analyse und Kritik; all diesen vagen, schweren Wälzern; am meisten aber vor der edlen Kunst, Poesie zu interpretieren; nicht, daß mir das eingefallen wäre. Wir waren stillschweigend übereingekommen, diesem kitzligen Thema aus dem Weg zu gehen; und wenn ein wohlmeinender Freund eine abstruse, empfindsame Interpretation einiger der dunkelsten Zeilen anfing, deren Bedeutung Dylan schon lange selbst vergessen hatte, so dauerte es nicht lange, bis er in den Teppich gerollt auf dem Boden lag, sich bei Anfällen akuter Langeweile wie eine flohgeplagte Hyäne kratzte und, glücklicherweise für ihn, den Abend in schnarchender Amnesie beendete. Nicht, daß dieser zarte Wink den unverdrossenen Freund beirrt hätte, der inzwischen über alle möglichen unerbittlichen Wege seine eigenen Verse eingebracht hatte; auch einen Anflug von Existentialismus; während ich höflich über der Suppe nickte, mir alle Höllen ausmalte, durch die ich Dylan dafür jagen würde und wünschte, ich wäre nicht so gut erzogen worden; niemals den aufbruchbereiten Gast drängen, der offensichtlich gar nicht die Absicht hatte aufzubrechen.

Dieser ausgeprägte Widerwille Dylans gegen jegliche Art von blumenreichem Streifzug durch den Intellektualismus machten seine außerordentliche Geduld und Toleranz in Amerika um so erstaunlicher, als er von der vollen Wucht ihrer Bewunderung getroffen wurde. Offenbar gibt es keine Obergrenzen für die Menge an Schmeichelei, die ein Mensch auf sich zu nehmen bereit ist; und von wem sie auch stammt und wie weit hergeholt sie auch sein mag, zeigt er doch eine bemerkenswerte Nachsicht gegenüber seinem liebsten Thema. Ich bin mir aus eigener, unnützer Erfahrung durchaus bewußt, welch großen Raum die

Eitelkeit selbst bei denen einnimmt, bei denen man das am wenigsten vermutet: ganz abgesehen von unserer schamlosen Gefallsucht. Aber Dylan schien mir immer über diesen Dichtertourneen, diesen Cliquen-Verleumdungen, diesen teelöffelzungespitzen, kleinenfingergespreizten, oh-du-du-Gesellschaften-zum-Schutz-der-Dichter-gegenüber-Grausamkeit zu stehen; sei es auch nur aus dem Grund, daß er es nicht nötig hatte, in diesen seichten, plätschernden Wassern zu schwimmen. Als er dann wie ein hypnotisierter, leider kurzbeiniger Köder der zahlreichen, aasfressenden Brut Amerikas erlag, wußte ich, obwohl ich es mir aus falschem Stolz selbst nicht eingestehen wollte, daß es mein Ende war; und nicht viel später das tödliche Ende für ihn.

Kein Zweifel: als der unermüdliche, entwaffnende Charme der Amerikaner auf Dylans berufsmäßigen Charme traf, entstand ein allgemeines Sahnebonbon von klebriger, sirupartiger, unwiderstehlicher Substanz; aus dem sich Leute wie wir: wund von den schroffen walisischen rückständigen Abscheulichkeiten, hungrig nach irgendeiner öffentlichen Aufmerksamkeit; gewöhnt an den halb-gesagten, halb-verschluckten Gruß, die stets präsente Furcht vor einer Spur Herzlichkeit, unmöglich wieder heil herausziehen konnten; beide unfähig, zu irgendeiner Einladung *nein* zu sagen, wir hätten ja etwas verpassen können. Denn als undankbare Verlängerung Dylans traf es mich aus zweiter Hand, und selbst aus dieser vergleichsweise sicheren Entfernung war es noch zuviel für mich, gestachelt und gehörnt wie ich war, und ich blieb zurück als seelenloser, lebloser Klumpen Fleisch. Wie mag sich also Dylan gefühlt haben, trotz seiner unglaublichen Widerstands- und erstaunlich schnellen Wiederherstellungskraft? Im einen Augenblick war er platt am Boden und mit äußerster Hingabe dabei, sein Herz bis in die Stiefelsohlen auszuhusten und zu spucken; im nächsten aufgeputzt wie ein junger Geck, nett und adrett, oder doch so nah wie möglich an diesem Bild. Aber immer war da ein grotesker Fehler in der Schneiderpuppe, und wenn ich darauf hinwies, wurde ich erschlagen; und wenn ich es nicht tat, hieß es, ich sei uninteressiert. Dann nervös zuckend und bitter mich bekrittelnd wegen winziger unwichtiger Kleinigkeiten, die keiner von uns tragisch nahm, Außenstehende aber zumindest für das Ende unserer Ehe hielten. Aber unsere Ehe war kein auf Sand gebautes Spinnwebhaus; und wenn sonst niemand – wir genossen unsere Widerworte.

Auf diese Weise: mit der letzten brennenden Frage: »Sah er besser mit oder ohne Hut aus?«, auf die ich immer: *mit* antwortete, was ihm aber auch nicht gefiel, weil er glaubte, ich meine, dann sei weniger von ihm zu sehen. Der bedeutenden Entscheidung zwischen einer Fliege und einer Krawatte, wobei die fleckige Fliege ein sicherer Tip war; und zwischen zwei gleichermaßen schmutzigen skrofulösen Hosen, die die ganze Nacht, wie eine Ziehharmonika so schön gefaltet, am Fußende seines Bettes lagen; war er auf und davon zu seinem Mörder, der Dichterlesung.

Dylan hatte die Angewohnheit, mir im Bett vorzulesen, in unseren ersten nichtwissenden, schafsdummen Tagen, um genauer zu sein, Dylan war ein mageres, springlebendiges Lämmchen und ich fast wie seine stramme Mutter damals, ich erinnere mich deutlich daran, wie ich ihn über Wasserläufe trug; bis die Rollen wechselten und er aufging und ich zusammenfiel unter dem Druck des familiären Lebens und als Babys sich einstellten, die mit ihrer Ankunft das heilige Feuer zerstörten. Er las endlose Dickens-Romane, denen er treu ergeben war, und wenn Dylan treu ergeben war, konnte auch sentimentale Geschwätzigkeit ihn nicht davon abbringen, obwohl er irgendwo in *Klein Dorrit* schließlich doch steckenblieb. Er lehnte es kategorisch ab, einen Blick auf Proust zu werfen, Jane Austen, Tolstoi, Dostojewski und viele andere der bekannten Klassiker, obwohl ich ihn wütend fragte, woher er denn wissen wolle, daß sie ihm nicht gefielen, wenn er erst gar nicht hineinschaute; aber zweifellos wußte er es. Er wußte vielleicht eher als irgendein anderer, was er mochte und was er nicht mochte, und was er wollte oder nicht wollte, ohne es erst, wie die meisten Menschen herausfinden zu müssen. Und wieder taucht dieses unmenschliche Element auf, seine Tage seien gezählt gewesen, all dieser grausig grausame Blödsinn wie: es mußte sein, kein

Weg führt daran vorbei, das unlogische, unbarmherzige Dichter-müssen-jung-sterben Räsonnieren, das ihn dazu brachte, vornehm und dumm diesem unerbittlichen Muster zu folgen. Und es war überhaupt nicht nötig, nicht ohne diese kleinkindentführende Verführung: und dann gab es keine Hoffnung mehr; zu Amerika.

Sollten meine Meinungen nach Fanatismus stinken, so möchte ich zwei Dinge klarstellen: erstens, wäre ich an Dylans Stelle gewesen, hätte ich viel schlimmer reagiert, mein Kopf wäre nicht nur verdreht gewesen, sondern wäre in tausend faszinierende Richtungen rotiert, während meine Wurzeln oben wild geflattert hätten; Dylan war im schlimmsten Fall eben Dylan, und es gab einen Teil in ihm, den niemand erreichen konnte, der unbeeindruckbar, unberührbar blieb, nicht weil er es selbst so wollte; sondern weil Generationen einer eng verschlungenen puritanischen Familientradition es ihm mitgaben. Sein Vater gab es ihm mit, der unglücklichste Mann den ich je getroffen habe; der die ganze Dreckarbeit machte, der die bescheidenen Anfänge abschüttelte, aufwärtsstrebte, indem er emsig sich mit Kunst befaßte; und der doch ein kleinlicher Versager blieb; Dylan aber auf vollem Tablett die Früchte seiner jahrelangen fruchtlosen Bemühungen weiterreichte. Einem Außenstehenden mag sein Sprung auf der sozialen Leiter nicht so gewaltig erscheinen: der Übergang von Bauernhof- und Eisenbahnernormen zum Schulmeister in einem streichholzschachtelgroßen Vorort-Reihenhaus. Aber es war ein gewaltiger Sprung, er brachte diesen Wechsel von verschwenderischen, rauhen Bequemlichkeiten zu knausriger pfennigfuchsender Vornehmtuerei; zu der nervenaufreibenden Stellung, in der die Nachbarn zu dir aufschauen und du folglich ein ganzes System von fest geschnürtem, gegürtetem, verschleiertem und behandschuhtem Schein wahren mußt; anstatt so weit unten zu stehen, daß du dich um solche Dinge nicht zu scheren brauchst, du tragen und sagen kannst, was du gerade willst und Lärm schlagen und dich amüsieren darfst, ohne gebrandmarkt zu werden. Kein blaublütiger feiner Herr war ein Viertel so fein wie Dylans Vater. Und obwohl Dylan glaubte, er habe sich freigemacht von seinem familiären Hintergrund, hatte er eine sehr starke puritanische Ader, die seine Freunde niemals vermutet hätten; und ich hatte den mißbilligenden Nutzen davon.

Die Freunde, die nur seine Thekensteherei kannten und das Weiter-, Weiter-, Weiterspinnen seiner Geschichten ohne Ende; hätten diesen anderen schikanösen, pingeligen Pedanten, diesen Krittler von Kleinigkeiten niemals für möglich gehalten, der einen Aufstand machte wegen des korrekten Kleides, das ich auf dem Markt von Carmarthen zu tragen hätte, wirklich, bis zu Handschuhen, Strümpfen, Schuhen; und am liebsten wäre ihm noch ein Hut gewesen, aber er wußte, daß er damit zu weit ging bei mir, selbst er. Seine ideale Kleidung für eine Frau: schwarz von Kopf bis Fuß, aufgehellt durch ein Fleckchen Weiß, als Konzession, ein ordentlicher gestärkter Kragen und makellose Manschetten: und die Schuhe weder *zu* hoch noch *zu* flach: Schlappen, Sandalen oder Stiefel, das schlimmste Ärgernis; unauffällig hieß das Stichwort, und ordentlich geschnürt, mit einer sauberen Schleife. Das Endprodukt mein genaues Gegenteil: die perfekte Sekretärin eines Politikers. Und ein handliches Spielzeug.

Die andere Sache, falls es da irgendein Mißverständnis gibt bezüglich meiner Haltung: die Amerikaner. Für uns aus dem vereisten Norden, wie ich unsere Frostbeuleninsel bei mir nenne, ist es anfangs sehr schwer, diesem ganzen Korb voll Wärme, Großzügigkeit und Gastfreundschaft nicht zu mißtrauen, aber ob sie nun direkt aus dem Herzen kommen oder als College-Kunst gezüchtet werden, sie sind immer gleich angenehm; und sollten für bare Münze genommen werden: sollten anerkannt werden und man sollte darauf eingehen; sie nicht bekritteln, wie manche ungezogenen Leute das tun. Ich glaube fest daran, daß man eine Sache nur oft genug sagen oder tun muß, um sie wahr zu machen; auf einer niedrigeren Ebene, aber doch in der Denkweise der katholischen Kirche. Und sobald du lernst, die Individuen auseinanderzuhalten: aber was für Unsinn rede ich da, sie sind ja leicht auseinanderzuhalten; sie sind alle im ursprünglichen Sinn zu-gut-um-wahr-zu-sein, und als ob das noch nicht genug wäre, sie sind auch intelligent: und ich meine nicht nur helle Köpfchen, sondern eine gründliche, auf allen Gebieten beschlagene Erziehung; und haben nicht nur alle die Bücher gelesen, die wir hätten lesen sollen und nie ganz gelesen haben, sie haben sogar Thesen darüber aufgestellt. Und diese bemerkenswerte Zusammenstellung überbieten sie noch mit jungenhaft offenem Enthusiasmus und – was doch sicher als Krone von Freundlichkeit und Takt bezeichnet werden muß, gegen die auch der mürrischste Kauz nicht gewappnet ist – mit dem aufrichtigen Wunsch, oder jedenfalls so aufrichtig, wie das überhaupt möglich ist, *deine* Meinung zu hören; und einer ganz einfach umwerfenden Fähigkeit zu hören – sympathietriefend zuzuhören. Und wie sehr du dich auch auf deinen Dickschädel verläßt, du wirst doch unter diesem neutralisierenden Einfluß allmählich zu einem wabernden Pudding erweichen und luftdicht und hermetisch verschlossen und versiegelt werden.

Das Ganze ist als die amerikanische Methode des Abrichtens bekannt, die schon manchem tapferen Abenteurer Gesundheit und Geist geschlachtet hat. Aber wo, fragte ich mich, ist die Fliege, der Juckreiz, die Krätze des Wettstreits, die diese Leute in alle Richtungen schwirren läßt, auf unnütze Gänge, und niemals zur Ruhe kommen läßt: die sie unermüdliche Energie hineinstecken und doch so wenig Freude an ihren Vergnügungen und ihrer Suche nach ein bißchen Kultur empfinden läßt? Vielleicht ist es genau diese Ameise der Unzufriedenheit, die tückisch unter ihrer Haut kriecht, die sie antreibt zu so unmäßiger Großzügigkeit, Großartigkeit, Großsprecherei. Die die Armut übertüncht, das Leiden verleugnet und selbst den Tod zum Kasperltheater macht.

Für Dylan viel mehr als für andere war Amerika eine giftige Atmosphäre: er brauchte den sanften, doch bestimmten Widerstand, die feste Kandare und ein sicheres, schlichtes, langweiliges Bett von Stroh, in dem er seine Phantasien zeugen konnte. Niemand brauchte Ermutigung weniger als er, und er wurde ertränkt darin. Zu diesen Lesungen mit weit aufgerissenem Rachen brachte er die geballte Artillerie seines Fleisches ein, sein Blut und vor allem seinen Atem. Ich kam im allgemeinen spät und hörte durch die Mikrophone dieses nach Luft schnappende Keuchen: wie er viel zu viel Wind machte für einen Schauspieler, für den er sich gerne hielt, aber zugab, ein hemmungsloser Schmierenschauspieler zu sein; der den Teenagern obszönen Zunder in die entzückten Höschen blies. Und ich dachte, mein Gott, warum hält er nicht die Fresse, sie wären mit einem gebrutzelten Streifchen vom Rand dieses fetten Schelmenschinkens doch längst zufrieden.

Dann das Geschiebe und Gedränge für Autogramme, die Gesichter der Studenten, die wie polierte Äpfel glänzten, in knitterfreiem Staunen. Ich wäre dankbar gewesen für eine Falte der Bestürzung über diesen viel zu glatten Augenbrauen.

Aber dieses unwesentliche Element wurde beiseitegeschwemmt vom Meer des Matriarchats, das glorreich gefedert heranbrandete, parfümiert und juwelengeschmückt; singend und preisend, intonierend, deklamierend; und lawinenstürzend die zuckenden Reflexe, die letzten Spasmen aus dem erschöpften Leichnam preßte.

Auch wenn ich die beste, geduldigste, verständnisvollste Ehefrau gewesen wäre, wäre meine Lage nicht einfach gewesen; aber für mich, die ich starr vor Groll war, voll wimmelnder Emotionen, die heftig in mir gärten, bedeutete das eine öffentliche Hinrichtung meines ach so wichtigen Stolzes durch den Strick. Absichtlich zerstritt ich mich, sagte fast unhörbar das, was wehtut dort, wo es wehtut; als wäre ich ein tobender Häftling, ausgehungert nach Liebe und Licht. Dabei litten wir vor allem, soweit ich mich erinnern kann, unter zuviel Freiheit, daran, daß wir ohne Aufsicht aufwuchsen; und der daraus folgenden Unfähigkeit, uns an Disziplin zu halten oder uns mit einiger Aussicht auf Erfolg einer geordneten sozialen Gruppe anzuschließen. Der Gedanke, ob ich geliebt wurde oder nicht, wäre mir nie gekommen: Kinder wissen nichts davon, daß sie Liebe brauchen und ermessen erst später ihren Mangel. Und ich gehöre zu den Häretikern, die glauben, Erwachsene bräuchten sie mehr: je älter sie werden und je weniger Liebe sie bekommen, desto mehr brauchen sie; desto mehr sind sie gewillt, ihr bißchen Nichts dafür zu geben.

Nicht für eine Sekunde hatte ich etwas gegen Dylans Erfolg; aber daß der Erfolg ihn mir wegnahm, dagegen hatte ich etwas. Dylan sollte alles haben, was gut für ihn war, was ihn glücklich machte. Aber die Grundvoraussetzung für sein Glück mußte ich bleiben: ich wollte die sein, die ihn am glücklichsten machte. Ich kann also nicht behaupten, daß ich gelassen Süßholz geraspelt hätte, als Dylan anfing, nach anderen Frauen zu schielen, die ihn vorher nie ernsthaft angezogen hatten. Sie jagten einzeln, zu zweit, noch häufiger in Rudeln in Amerika, und sobald ein Rudel geschlagen und vernichtet war, rotteten sich unzählige zu frischen Horden zusammen und kamen auf den Spuren der alten aus diesen endlosen, weiten, offenen Räumen. Sie hatten nie von diesem altmodischen Quatsch gehört, daß eine Frau zumindest den Anschein erwecken müsse, sie warte, daß der Mann den ersten Schritt tut. Sie doch nicht, sie machten unverhohlen die Beine breit, sobald die erste Buschtrommel das Gerücht eines berühmten Namens verbreitete. Sie führten ihre Werbungen mit der Wildheit und Zähigkeit eingesperrter Amazonen durch, und erst, wenn ihre Beute sich in Luft auflöste, ließen sie los.

Daß diese Frauen mir meine Liebe stahlen, von der ich so anmaßend sicher war, daß sie mir allein gehörte, das nahm ich ihnen bitter, eifersüchtig übel, mit all den primitiven Raubfisch-Instinkten, von denen ich nicht einmal wußte, daß sie in mir steckten, und der widerlichen, gemeinen Theatralik, die die Eifersucht hervorbringt.

Dylan fühlte sich genauso schlecht wie ich in dieser Beziehung, auch ihm schien es unbegreiflich, daß ich auch nur von ferne einen Anderen ins Auge fassen könnte; und er reagierte viel abscheulicher als ich; keine Grausamkeit, keine physische Verstümmelung war zuviel für solch ein unverzeihliches Verbrechen. Heute scheint es mir unglaublich, daß wir uns damals nicht auf der Stelle gegenseitig umbrachten; sicher ist, daß wir dem bei diesen blutdürstigen Vergeltungsakten gefährlich nahe kamen.

Ich wünsche zu Gott, jemand würde aus mir all die Theorien, Marotten und Schwären herausanalysieren, die ich in mir habe;

es wäre unverfälschter Himmel und Frieden, sie los zu sein, aber das wäre dann nicht mehr ich. Aber wer, darf ich fragen, der alle seine Sinne beisammen hat, würde gerne ich bleiben, ich jedenfalls nicht, da bin ich sicher. Und was weiß ich schon von Himmel und Frieden? Ich weiß nur, sie sind das Gegenteil von allem, was ich bin und müssen deshalb gut sein; daß es nichts geben sollte, das ich nicht bereit wäre, zu sehen, zu hören oder zu fühlen; daß es *keine* gewissen Dinge gibt, die man besser verborgen halten sollte; vom abgehäuteten Kaninchen bis zum Lager von Belsen. Die sabbernden Irren, die man mit dem Löffel füttern muß; die Verstümmelten, die man so lieb, so fein vor peinlichem Aufsehen bewahrt, um ihre Gefühle zu schonen; es wären doch nicht etwa unsere? die halben Männer mit schwindelnden Köpfen und ohne Hände, die Kriegshelden. Und die Eingesperrten, Eingekerkerten, von Tier zu tiergemachten Menschen. Wie sehr ich auch gegen die Vergehen wüte, die mir angekreidet werden, ich weiß doch, daß mein Gefängnis sich mit einem staatlichen nicht vergleichen läßt: keine Sonne, kein Wasser, keine Luft. Und Dylan, muß ich das auch sagen, niederträchtig gedemütigt mit den ekelhaften Dingen, die er am meisten fürchtete; nicht ein Teil in seinem Körper, das aus sich selbst heraus funktionierte, ohne mechanische Unterstützung: intravenöse Ernährung, Schläuche, die dreist an jeder verletzlich scheuen Öffnung hingen; der Kopf von einem durchsichtigen Zelt umschlossen, das Sauerstoff in ihn hineinpumpte; die Augen nach oben verdreht, hervorgetreten, blicklos; der Atem keuchend wie bei einem kurzatmigen Pferd, das einen Abhang hinaufstampft; und kein Dylan dort, keine Verbindung. Nur die schlaffen Hände, die einzeln liegen und zu mir sprechen. Und jeder wußte, daß es hoffnungslos war und alles vorbei; eine absurde, künstliche Verlängerung dessen, was bereits gegangen war.

Aber ich bin ja auf der Insel und schreibe mein unterhaltsames Buch mit lebendigen Schilderungen, witzigen Kommentaren und interessanten Persönlichkeiten, nicht im St. Vincent Hospital in Greenwich Village.

So werden wir nun zu der unvermeidlichen Party nach der

Lesung geschleppt, obwohl nicht viel Schleppen nötig war, was Dylan und mich betrifft. Ich weiß nicht, was ich von einer Party erwartete oder wollte, aber schon als Kind stellte ich mir vor, und ich kann diesen Gedanken noch immer nicht abschütteln, daß sich die Tore auftun müßten zu einer exotisch glitzernden Welt, die meiner eigenen diametral entgegengesetzt wäre und auch keine Verbindung zu ihr hätte. Als sich dann herausstellte, daß sie plebejisch stumpfer, gutmütig banaler waren, auch wenn Unmengen an eiskaltem Feuerwasser unaufhörlich hinuntergegossen wurden, als irgendeine stabile, sichere, kontinuierliche Welt, die ich je gekannt hatte, fühlte ich mich ganz einfach getäuscht. Etwas Unerhörtes, Niedagewesenes müßte geschehen, dachte ich immer, das den ganzen Lauf meines Lebens ändern würde; in meinem Hinterkopf war ich selbst das Unerhörte, das sich auf die Füße stellte und die Gesellschaft mit einem Meisterstück inspirierten Tanzes elektrisierte, der in dieser Weise nie zuvor gesehen worden war. Aber bevor ich diesen Zustand erreichen konnte, in dem mir gleich war, was ich tat, ich beherzt genug war, mich gehenzulassen, rückhaltlos und ohne mich um die schlecht sitzende Würde meiner ehefraulichen Stellung zu kümmmern, mußte ich so viele schnelle Drinks hinunterschütten, daß ich mich nur noch in blinden Kreisen drehte, den Rock über meinem Kopf, wenn ich endlich so weit war, daß ich mich der Tanzfläche stellen konnte. Nicht sehr erbaulich.

Dylan als literarischer Löwe saß, als wäre er dazu geboren und hätte nie anders gesessen, unbeweglich im Ehrensessel eingerollt, während seine meist weiblichen Schüler erwartungsvoll zu seinen Füßen kauerten: wer schon einmal gesehen hat, wie ein Jagdhund auf den Büchsenknall lauscht, wird wissen was ich meine; gespannt, seine nächsten Worte zu verschlingen, die stockend, zögernd, in überstürzender, stammelnder Eile kamen. Während ich, so weit entfernt wie möglich festgenagelt, aufgespürt wurde von gütigen mitleidigen – die weder das eine noch das andere waren – Freunden: die alles über meine Kinder wissen wollten, ihr Alter, ihr Geschlecht usw., worauf ich mürrisch einsilbige Antworten gab. Ich wollte so gerne gnädig sein, ich konnte eine ausgezeichnete Königinmutter abgeben, wenn es darauf ankam; das war der dämliche Widerspruch; aber nicht für Dylan, nicht wenn er jedes Ohr im Raum für sich allein in Anspruch nahm.

Ihm gefiel es genauso wenig, wenn mir Aufmerksamkeit oder Rampenlicht zuteil wurden, nicht als ob das häufig vorgekommen wäre. War das auf die besondere Beziehung zwischen Mann und Frau zurückzuführen, oder waren wir schlimmer als die meisten? Es ist ein ernüchternder Gedanke und verleitet nicht dazu, die lebenslangen Fesseln tyrannischer Gewohnheiten und wachsender, kaum verhüllter Verachtung auf sich zu nehmen, wenn unter dem Druck zu lang in Watte gepackter Vertrautheiten Liebes und Liebling zu *Liebes* und *Liebling* werden: »Würde es dir etwas ausmachen, *Liebes*, mir auch etwas Platz im Bett zu lassen.« Das ist uns nie passiert, aber wir wurden auch früh getrennt.

Aber hin und wieder, durch die ununterscheidbaren Wellen der Überschwenglichkeit, kam ein wirkliches menschliches Wesen hindurch, so lieb und vertraut wie eine mottenzerfressene Tante, die zu lange auf dem Dachboden in einem tiefen Koffer gelegen hat. Keine Worte waren nötig, das ›Verstehen‹ war augenblicklich und gegenseitig; instinktiv hielten wir zusammen: eine winzige, merkwürdig zusammengesetzte Oase, in einer Stadt der Flugzeuge und Häuserblöcke und bedrohlichen Wolkenkratzer, die Millionen von verborgenen Leben bargen, jedes mit seinem eigenen faszinierenden und zu entwirrenden Drama. Und meine nicht gesellschaftsfähigen Freunde, die wirklich auch meine Freunde waren, waren keine Stereotypen, nicht maßgeschneidert: sie waren die Künstler, die Paria-Hunde und, obwohl ich es ungern sage, die vielverleumdeten Bohemiens. Aber die Bohemiens Amerikas sind letztlich nicht – nicht nur um ein Haar, sondern um ein langes, gut gebügeltes Hosenbein – mit dem ursprünglichen Pariser Artikel vergleichbar, der in einer Dachkammer verhungerte, in einer Atmosphäre, die zu gleichen Teilen nach Bärten, mißverstandenem Genie und gewöhnlichem Dreck stank.

Dylan und ich, wir lagen zwischen beiden Extremen; und

obwohl wir beide Armut und Lumpen verabscheuten und alles taten, was wir konnten, um beidem zu entkommen; das war vor allem reden, um diesen idealen Zustand bürgerlicher Ehrbarkeit und Sesselbequemlichkeit zu erreichen, auf den wir beide aus waren; oder um genauer zu sein, Dylan war darauf aus, für mich gab es keinen Unterschied zwischen Stall und Salon; und obwohl wir ihn oft greifbar vor Augen hatten, erreichten wir ihn doch nie ganz. Auch mit Geld erging es uns so: wir verbrachten Stunden damit, all die vernünftigen zivilisierten Dinge zu planen, die wir damit tun würden, uns auszurechnen, welche *bescheidenen* Vergnügungen wir uns leisten könnten, wie anständige Leute; schworen und gelobten vor unserem Heiligen Macher, uns nie wieder in so ausschweifende Verschwendereien zu stürzen, die sich so verheerend auswirkten und mit denen wir gut die Hälfte unseres Lebens verbrachten. Aber die unschätzbare Tugend des Maßhaltens fehlte uns beiden völlig; bei einem wäre das schlimm genug gewesen, daß sie aber beiden fehlte, das war verhängnisvoll. Wenn dann endlich der Batzen kam – soweit ich mich zurückerinnern kann, lebten wir immer in der Hoffnung auf einen mythischen Batzen, der all unsere Sorgen, vergangene und zukünftige, mit einem Schlag beheben würde – war das Gefühl der knisternden Geldscheine zwischen den Fingern so fremd und berauschend für uns, daß wir unverzüglich feiern und das Geld mit vollen Händen ausgeben mußten für all die Dinge, die wir schon so lange gewollt hatten, und all die anderen, die wir nicht gewollt hatten, denen wir aber nicht widerstehen konnten; die besten Menschen mußten dies einfach tun und es kam uns niemals ernsthaft in den Sinn, es nicht zu tun, trotz des Schlamassels, in den wir dadurch gerieten. So drückten uns die zurückliegenden Schulden weiterhin, nur stärker, wurden immer gefräßiger und die Zukunft lag bedrohlich quälend vor uns: all die erniedrigenden und verworrenen Geldschwierigkeiten. Armer nervöser Dylan, der neben der Hypochondrie seines Vaters auch noch dessen bitteren Pessimismus geerbt hatte, der immer auf das Schlimmste gefaßt war; er litt mehr unter schlaflosen Nächten als ich. Da ich niemals Geld besaß, hatte ich unter dem

Einfluß meiner Mutter, die mir hochmütig beibrachte, es sei unfein, über Geld zu sprechen, eine glückliche Gleichgültigkeit demgegenüber entwickelt, und obwohl niemand es lieber ausgab, war es eine heilige Pflicht für mich; und doch konnte ich mich nie dazu bringen, es für wirklich wichtig zu halten und hochzuschätzen. Und natürlich lag es bei Dylan, ob welches hereinkam.

Wie dem auch sei, genug vom schmutzigen Geld; es ist nur wichtig, wenn man keines hat; und auch wenn es vielleicht nicht alles ist, ist es doch sehr angenehm, wenn man sich damit vor dem eisigen Luftzug des Alters schützen kann.

7

Etwas Ungreifbares umgibt die Häuser der Reichen: ich meine die tief und ernsthaft eingebetteten, mit dem Geld religiös verketteten, die unanständig reichen Wenigen. Sie haben sich um hundertachtzig Grad gedreht und geben sich große Mühe, ihren Reichtum zu verbergen, ihre schwere Bürde: deren Last ein jeder nur zu gern mit ihnen teilen würde; aber nichts auf Erden könnte sie dazu bringen, sich auch nur von einem Gramm zu trennen. Sie geben sich gern schlicht, putzen ihre Bohnen, berappen ihre Wände, streuen Sägemehl auf den Boden; alles zu beträchtlichen Kosten, Mühen und Beschwerlichkeiten für jedermann, um so nahe wie Geld es möglich macht, an Christi Stall heranzukommen, wenn nur der Champagner unter dem Stroh steckt. Und wenn sie ein diskretes Gemälde aufhängen, ist es eins der grotesken, ausgefallenen Werke eines anerkannten Malers; mit Bedacht gewählt von einem Galeriefritzen, der seinen Schnitt dabei gemacht hat; um als feinsinniger Kunstkenner zu verblüffen und zu faszinieren. Oder etwas so modernistisches, daß es kaum noch wahrnehmbar ist; ein kleiner schwarzer Punkt höchstens oder, falls sehr temperamentvoll und nicht zu bremsen, drei große scharlachrote Punkte, durchbohrt von einigen zackigen gellenden Linien, die ins Nichts führen; und die restliche Fläche der übergroßen Leinwand großzügig beschmiert in einer Masse, die Babyschiß am nächsten kommt. Oder die sonderbare aufgerissene Brust, die freudlos über dem zerstückelten Baum hängt; mit Leber- und Lichterketten, Gekröse, das ebenso ziellos, peinlich genau über eine angrenzende Ziegelmauer geschlungen ist, die aus irgendeinem dunkel unergründlichen Grund ganz für sich steht, ohne ersichtliche Funktion als die, einem Paar einsamer, abgelaufener Stiefel diagonalen Schatten zu spenden. Und Meter um Meter Wüstensand, der sich wellen- und faltenlos in stummen Windungen dahinter erstreckt.

Ich wünschte, ich hätte Farbe statt der Worte verwenden können: denn was immer man mit Farbe sagt, es kann als etwas anderes interpretiert werden, aber die schrecklichen Worte sprechen für sich selbst, es sei denn, natürlich, man ist ein moderner Lyriker. Und mit wieviel ernsthaftem, heiligem Interesse hat Dylan gewöhnlich die Unmengen atemloser Gedichte in Empfang genommen, die ihm glühende Jünger überreichten und die häufig, wenn ich mich nicht täuschte, einfach eines seiner Gedichte abgeschrieben hatten, wortwörtlich, wobei sie einen zusätzlichen Knochen, Wurm oder Reiher an überraschenden Stellen einfügten, um ihm diesen besonderen Hauch von Echtheit zu geben. Dylan steckte sie immer gewissenhaft weg, in eine sagenhafte Mappe für künftige Verwendung, um sie mit einem Gefühl der Selbstgerechtigkeit, wie man sie nach getaner Arbeit empfindet, nie wieder anzuschauen. Einige stammten aus den frühen Tagen unserer Ehe und verharrten immer noch in diesem jungfräulichen Zustand nicht entblätterter Erhaltung. Und die ganze Zeit über warteten die pulsierenden Quellen dieser Gesangesbrunnen mit bebender Ungeduld und täglich schwindender Hoffnung auf den vernichtenden oder Meisterschaft begründenden Urteilsspruch.

Wenn ich mich zu einem meiner Klagegesänge der Verzweiflung aufraffte, wofür ich im schwärzesten Loch stecken mußte, um es zu wagen, und mich endlich dazu brachte, mit schrecklichen nervösen Zweifeln, schlecht verhehlt von einem ausdruckslosen, wie ich glaubte, unverbindlichen Gesicht – war Dylan gewöhnlich sehr lieb, pickte einige hübsche Wendungen heraus, um sie zu zitieren, übersah den ganzen Schwulst und bemerkte in aller Unschuld: »Warum machst du kein Gedicht daraus, Liebling?« Was dachte er, wofür ich nächtelang geackert hatte? Dann fragte ich gewöhnlich: »Was ist ein Gedicht?« worauf er mir die Antwort schuldig blieb. Ich wollte nur die Regeln wissen, um ihnen wie in der Musik zu folgen, aber er behauptete, es gebe keine, man müsse seine eigenen Regeln finden; und entweder war es ein Gedicht oder nicht. Dylan sah sich übrigens nicht veranlaßt, nachdem er gierig ihr gutes

Abendessen heruntergeschlungen hatte, so wie ich gegen die Museen der privilegierten Klassen zu predigen. Wie ein Baby in einem neuen und aufregenden Laufstall ließ er sich ganz und gar zu Hause nieder, um die neuesten klingelnden spinnenfeinen Mobiles zu zerlegen und mit ihren schwirrenden metallischen Strängen und schallgedämpften Gongs zu spielen. Oder noch absurder, die einst modischen surrealistischen Spielereien umzumodeln: Hände und Ketten erotisch ineinanderfließend, Schubkarren mit goldenen Vorhängeschlössern, das Telefon mit dem seifigen satinierten, ramponierten menschlichen Pappmaché-Ohr; das Mundstück eine beunruhigende Aufreihung von Kannibalenzähnen. Aber die künstlerisch wertvollen Sahneschnittchen, die Dylan wirklich den Schrecken Gottes einjagten, waren die Mausfellschuhe: zu Unrecht verdunkelten sie die Macht des indianischen Schrumpfkopfes.

(Dylan hatte einen Abscheu gegen das kriechende, krauchende tierische Ungeziefer, das sich in dem panischen Wort: Mäuse zusammenfassen ließ. Wenn er wie ein abgestochenes Schwein schrie, nicht etwa, weil er sie sah, dann wäre er vollends in Ohnmacht gefallen; nein, weil er hörte, wie sie hinter der Holzverkleidung scharrten, gefräßig mit dem Papier raschelten, als wären sie zumindest Löwen: dann trösteten manche Leute, um ihn zu beruhigen: »Aber das sind doch nur so winzig kleine Dinger... sie können dir doch überhaupt nichts tun.« Gerade daß sie so klein waren, entsetzte ihn so sehr; und sein Entsetzen war echt.)

Es waren immer dieselben festen Freunde, mit denen wir umgingen und von denen ich in viel höherem Maße als Dylan abhing, der ständig unterwegs war, um den rohen Durst benachbarter Universitäten zu stillen; während ich sozusagen auf ihrer Türschwelle abgeladen wurde, nicht gerade ein süßes Päckchen. Und hier und jetzt, da ich offenbar immer etwas zu bekritteln finde, möchte ich ihnen ganz offiziell meine Anerkennung aussprechen; für die wirklich noble, großmütige, selbstlose Art, in der sie mich ertrugen, mehr als das, sie erwiesen mir nicht nur Güte und Freundlichkeit, wie ich sie vorher nie erfahren hatte; ich glaube aufrichtig, daß sie gern mit mir zusammen waren; nicht nur weil ich Dylans Frau war. Ich kann dieses düstere Loch in der Zeit nicht übergehen, das weder Tod noch Leben war; als Dylan um sein Leben kämpfte; oder genauer, als man um sein Leben kämpfte: er war nie so versessen darauf und von Anfang an bereit, es aufzugeben; und ich auf Leben und Tod kämpfte, um den Tod zu erlangen. Ich rumpelte und bebte und brach an der Oberfläche aus; aber mein Caitlin-Vulkan, der tief in meinem Innern fauchte, wollte nicht ausbrechen, war zu wild um zu bersten.

Hier war es, daß meine kleine tapfere Lil, meine besondere auserwählte Freundin, mich unter ihre Fittiche nahm: ihre Arbeit im Stich ließ, um mich zu bemuttern, ihren Ehemann aus dem Haus wies, da ich einen Abscheu vor der Nähe von Männern zur Schau trug: vielleicht war er sogar echt, aber wenn ich zurückblicke über diesen Zeitraum von verletzten Gefühlen, meinen und denen, die ich verletzte, frage ich mich, wieviel davon echt und wieviel Theater war. Aber zuweilen ist das Theater sogar überzeugender, und wer will schon behaupten, daß es nicht echt sei. Es kommt mir hoffnungslos verwirrend vor, wenn ich versuche, logisch an diesen brutalen Fleck der Zeit zu denken, denn die Abwehr gegen Verletzungen hat nichts mit dem denkenden Gehirn zu tun. Meine Lil nahm mich also zu sich und wir lebten allein, zusammen in einer seltsamen, phosphoreszierenden Halbwelt zwischen Tag und Nacht. Lil, die kaum irgend etwas wie ich gefühlt haben kann, besaß die Gabe des Chamäleons: sie färbte sich von Kopf bis Fuß in meine Stimmung verdrehter verrückter Verantwortungslosigkeit. Stundenlang lagen wir in unseren beiden Bettenmeeren, während die Vorhänge zugezogen waren und die Lichter brannten, und breiteten unsere früheste Kindheit aus, die Zeit, als wir junge Mädchen waren, vergangene ehrgeizige Pläne und verrückte Sehnsüchte, alles und jedes, was nur weit genug zurücklag, und nichts von Dylan. Unfähig, einen Finger zu rühren, alle beide, warteten wir auf John, ihren klugen Ehemann, damit er dort, wo er nicht sein durfte, uns den Kaffee kochte, ihn neben uns auf den Boden stellte und schnell und leise wieder verschwand. Nach weiteren unschlüssigen Stunden fingen wir langsam an uns zu bewegen, auf und ab in dem langen Raum, in flatternden, lose fallenden Gewändern, mit bloßen tappenden Füßen: kramend, sinnlos räumend, die Decken unbestimmt zurückschlagend, dann kraftlos wieder vorzerrend, ließen das Badewasser laufen und vergaßen es, fingen an uns zu waschen und gaben mittendrin auf, legten eine Platte auf den Teller und sanken ins Bett zurück. Irgendwann um die englische Teestunde und amerikanische zweite Cocktailzeit waren wir angezogen und bereit auszugehen. Fest aneinander geklammert und wankend auf hohen Hacken, kamen wir in die blendenden, lärmenden Straßen hinaus wie winterblinde Eichhörnchen, die ins Licht blinzeln. Wir besuchten die Snack-Bars, versuchten zu essen, kriegten keinen Bissen herunter: wo ich normalerweise nur mühsam aufhören konnte zuzulangen, blieb mir jetzt zum ersten Mal in meinem Leben das Essen in der Kehle stecken und wollte nicht rutschen: aber Rye und Bourbon rutschten nur zu leicht und zerrten an den ausgefransten Gefühlsrändern, die Lil und ich so geflissentlich vermieden hatten.

Plötzlich, auf leeren Magen und völlig sinnlos, waren wir unheimlich lustig: nichts ist so lustig wie die Lustigkeit des Leids. Dylan behauptete immer, er wisse nicht, was das sei; Sinn für Spaß ja, aber Lustigkeit: welcher Waliser hat je davon gehört; jetzt weiß *ich* nicht mehr, was das ist. Dann zogen wir los zu den großen Warenhäusern, wo wir fasziniert die Auslagen mit glänzendem Flitterkram, funkelndem Plunder befummelten, unzählige himmelblaue, schockierend rosafarbene oder knallgelbe und regenbogengestreifte Schlüpfer in die Luft warfen; Petticoats mit Rüschen wie blubbernde schäumende Wasserfälle, und viel zu schön um sie darunter zu tragen, anprobierten, wie verrückt, all die extravaganten Spielereien, die wir weder kaufen konnten noch wollten. Ausnahmsweise einmal hatte ich keine Lust mich herauszuputzen, begehrte ich nicht aus den Tiefen meines habgierigen Seins heraus all den verlockenden Tand, auf den meine lüsternen Augen fielen: kalt und schuppig wie ein Krokodil stand ich inmitten dieser ganzen, mir nunmehr widerwärtigen, glitzernden Eitelkeiten.

Kehrten wir zurück zu unserem nostalgischen Heim, war es voll von Leuten, die seit undenklichen Zeiten auf uns warteten; wir hatten total vergessen, daß wir sie eingeladen hatten, falls wir sie überhaupt eingeladen hatten. Da gab es Francis, neben dem jeder andere Dichter wie ein Metzger aussah: ein neurotisches Bündel, herzig und lieb, so viel Charme in Gesicht und Auftreten. Ich fragte mich, wie wohl der Boden dieses verführerischen Honigtopfs aussah, wo denn die Säure und die Gallensteine steckten, die die Gedichte bauten; aber ich hätte mir die Besorgnis sparen können; sie waren sicher verstaut, trieben muttergepolstert, schoßgehätschelt, familienerstickt im wohlhabenden Bronxville. Und obwohl er regelmäßig Abstecher nach New York unternahm, zu haarsträubenden Ausschweifungen, wie er meinte, nahm er unweigerlich den letzten Zug nach Hause zu Mama. Und er sprach ernsthaft, wenn auch eine Spur halbherzig davon, eine Arbeit aufzunehmen, alles hinter sich zu lassen; aber er saß viel zu hübsch in abgeschirmter Vorortüppigkeit, um diese stählerne Nabelschnur zu zerreißen.

Bertrand war da, den man unmöglich mit wenigen Worten beschreiben, aber ebenso unmöglich auslassen kann. Für uns war er eher die Verkörperung göttlicher Kräfte als ein Durchschnittsmensch, er blieb einzigartig, auch nachdem wir viele andere Leute kennengelernt hatten. Falls er dies jemals lesen sollte, wovor ihn alle Heiligen bewahren mögen, werde ich sicher hören, wie seine straff gespannten, kolibrifeinen Trommelfelle knarren und reißen. Wir mochten ihn beide; aber ich fürchte, daß dieses *wir* und *beide* ihn tiefer verletzen wird als irgendeine überlegte Kritik, die ich mir gegen ihn ausdenken könnte. So will ich sie herausnehmen und stattdessen sagen, daß Dylan ihn auf seine ganz besondere persönliche Weise gern hatte, und ich ihn in meiner besonderen unpersönlichen Art. Denn an keinem Punkt unserer früheren oder kommenden Inkarnation gab es einen denkbaren, geistesverwandten Grashalm, auf dem wir uns hätten treffen können, außer über Dylan; und welche Beziehung ist unbefriedigender als die, die eine dritte Person braucht, um bestehen zu können; erst recht, wenn diese Person tot ist. Daß ich Bertrand schätze, hat jedenfalls nichts mit all diesen unwichtigen Gefühlskonflikten zu tun; für mich ist er einfach nicht von dieser Welt, nicht aus sterblichem Lehm geformt, sondern von einem prähistorischen Planeten, der nie von Menschen entdeckt wurde, und er ist von durchscheinender Flüssigkeit, verdichtet zu monddunkler Wolkenspeier-Gestalt.

Habe ich Francis als Neurotiker bezeichnet? Im Vergleich zu Bertrand war er ein solider wuchtiger hundertprozentiger Geschäftsmann; obwohl ich den unbestimmten Verdacht hege, daß diese die größten Neurotiker der Bande sind und schuldbewußt heimliche Gedichte im Geheimfach ihres Schreibtischs verstecken. Aber Bertrand lebte in seiner eigenen klimaverbesserten Stratosphäre; schon seit langem hatte er die üblichen nervösen Unregelmäßigkeiten hinter sich gelassen und brachte seine Zeit in seiner eigenen künstlich stimulierten Vatikanstadt zu, die für uns heitere Gelassenheit ausstrahlte. Er schleppte überall eine Tasche voll magischer Tabletten mit sich herum, die schluckte er in geregeltem Wechsel und versicherte uns, daß er ohne sie wie mit Zauberkraft auseinanderfallen und sich auflösen würde. Er gab zu verstehen, daß er innerlich kochte, sein Privatleben war belastet von qualvollen Dramen; aber äußerlich war er sanft, freundlich, wunderbar höflich, mit warmer, schmeichelnder Stimme, durchdrungen von Verständnis; und so offensichtlich empfindsam, daß ich mir regelmäßig wie ein Nashorn vorkam, das in Rosen wühlt. Wenn er uns für eine seiner langen Fahrten in New York zurückließ – mit lang meine ich eine Entfernung, die wir in England einmal im Jahr nach endlosem Planen und Vorbereiten unternehmen – um seinen Lehrverpflichtungen in verschiedenen, weit auseinander liegenden Hochschulen nachzukommen – fühlten wir uns unfair verlassen und pathetisch verloren ohne seine Unterstützung. So sehr war er nicht nur zum Hüter unseres Geldes geworden – von dem er uns, wie wir murrten, niemals genug gab: während er niemals sein Entsetzen angesichts unserer doppelten Verschwendungsfähigkeiten verlor – sondern auch zum Hüter der Lumpen und Fetzen unseres schnell abnehmenden Verstandes.

Und dann, aus dem Nichts, war er plötzlich wieder da, bei einer der ewig gleichen, whiskyschluckenden, blablaquatschenden, sexphantasierenden Partys; und im Handumdrehen rissen wir keine Possen mehr und fühlten uns sicher und gut.

Seine Freundin Alice war da; von allen, die wir trafen, war sie die am wenigsten amerikanische in diesem wie ein Staubsauger alles vereinnahmenden Sinn; sie war höchst erfrischend nach den Duschen der Überschwenglichkeit, die später auf Dylans ungebeugtes Haupt herniedergingen. Wie gern hätte ich den Rest meines Lebens in ihrer kühlen, nicht Besitz ergreifenden Gesellschaft verbracht; aber dieses rührende Gefühl, darf ich anmerken, wurde von ihr nicht erwidert; nicht um ihr Leben hätte sie sich die kleinste Vorliebe gestattet, sie war viel zu unabhängig und eigenständig. Selbst in der Krise um Dylan, als jeder auf seine Weise verrückt zu werden schien, oder sah ich sie nur so übersteigert? schien sie mir nie aus der Fassung gebracht; und es kränkte mich ein wenig, daß nichts ihr ein Zeichen von Schwäche entlocken konnte. Aber so töricht war ich doch nicht, anzunehmen, daß sie nichts fühlte; sie war ganz einfach überzeugt, daß man seine Gefühle nicht zur Schau stellen soll; und gehörte zu den seltenen Menschen – und wie wenig gibt es davon – die tun, wovon sie überzeugt sind. Ich werde nie vergessen, wie ich sie sah, nach dem belanglosen Gottesdienst: ein leisetreterischer, kleinlauter Kompromiß zwischen literarischer Affektiertheit und der alles überschattenden Furcht, sich durch zuviel musikalischen Pomp und Zeremoniell lächerlich zu machen; während Dylan es unverkennbar vorgezogen hätte, wenn die typischen Waliser Blut-und-Donner Hymnen leidenschaftlich über ihm gebrüllt worden wären; als wenn es darauf ankäme, was er vorgezogen hätte; Alice, durch das Blau der verschwimmenden Gesichter und ausgestreckten Hände hindurch, wie sie aufrecht und klar umrissen, mutig wie ein Wikinger, am Rande der Menge stand; und ich zu ihr hinstolperte.

Und auch die *Welsh Society* kann ich nicht vergessen; sie kam mich besuchen, als ich noch in meinem Sack bei Lil herumwanderte; und wie ich auch in diesem abgrundtief unvorteilhaften

Zustand nicht umhin konnte, von der liebenswerten Pappfiguren-Formalität ihrer Nadelstreifenanzüge beeindruckt zu sein, ihren fleißig geputzten Schuhen, den luftabdrückenden Kragen. Nach mehreren Generationen in Amerika waren sie noch kein Iota von den sie leitenden walisischen Grundsätzen abgerückt, noch hatten sie mit einem gedehnten Nuscheln ihren Singsang-Tonfall besudelt. So sahen sie es als ihre heilige Pflicht an, wie ein Mann beim Tode, wenn schon nicht im Leben ihres größten Barden anwesend zu sein. Nach schrecklich viel Palaver und Drumherumgerede um das ach so heikle, vorsicht-zerbrechliche heiße Eisen, überreichten sie mir feierlich einen kleinen Scheck der großen walisischen Gemeinde.

Der wilde Jacob war da, den wir so sehr mochten und damit alle unsere feinen Freunde schockten. Sie konnten nicht verstehen, daß man nicht blind für seine Fehler sein mußte, um ihn zu mögen, ihn nicht trotzdem, sondern weil er sie hatte, mögen konnte. Es gehört zu diesen Ungerechtigkeiten, daß die Unvollkommenen unweigerlich die amüsanteren Leute sind; und es unglücklicherweise nicht sehr amüsant ist, vollkommen zu sein. Und selbst wenn es einen wahren Kern in all den abfälligen Geschichten über ihn gibt, Tatsache bleibt, daß er viel für uns getan hat, in all den praktischen Dingen, auf die es so ankommt: indem er phantastische Ränke spann, verwickelte Verhandlungen betrieb, keine Mühen oder schmutzige Hände scheute, um Gelder für uns aufzutreiben; selbst, und das war noch unschätzbarer, in unseren mageren Waliser Tagen, wo er immer wieder unsere Haut im letzten Augenblick rettete. Wenn Dylan auf Reisen war, kümmerte er sich wie ein Freund um mich, führte mich in die populären Filme, saß geduldig mit mir in Spelunken: zeigte mir das New York der Arbeiterklasse. Ich will nicht glauben, daß er all dies nur für die Frau des gerade gefeierten Dichters tat. Wenn sich Gastgeberinnen bitter darüber beklagten – der Gastgeber zählte eigentlich nie – daß es trotz ausgefeiltester Vorkehrungen unmöglich sei, eine Party ohne Jacob zu geben, war ich weit entfernt davon, diese edle Unverfrorenheit beleidigend zu finden; ich mußte ihn, im Gegenteil, ganz einfach bewundern, daß er einen so nichtigen

Anlaß wichtig genug nahm, dafür soviel Mumm und Stolz aufzuwenden. Und meine erste Sorge, wenn ich gerade eingetroffen war, hieß stets: »Wo ist Jacob?« und wenn er einmal, was sehr selten vorkam, nicht da war, war die Party für mich gelaufen. Er war unser Petruschka, unser Teufels-Maskottchen.

Robert war da, das Beispiel eines nervösen, unruhigen, kippensammelnden Schotten, der es zu was gebracht hat. Was für eine Veränderung seit den frühen Londoner Tagen, als wir ihn kannten, schwatzhaft, pfennigfuchsend, das hysterisch gackernde Lachen des scheuen Mannes. Und im Grunde unverändert, nur daß er sehr viel mehr Selbstvertrauen hatte, wenn ich jetzt darüber nachdenke. Und der Beweis dafür – und wie gut ist es, das sagen zu können – daß Ermutigung und gutes Leben eine wohltuende Wirkung haben können. Nicht nur physisch, auch geistig hatte er zugelegt, strahlte eine angenehme, wärmende Zuversicht aus, die er anderen vermittelte, anstatt sie selbst zu brauchen. Er heiratete eine hübsche, ganz und gar nicht mittellose Frau: eine glückliche Kombination, die – so kommt es dem unbefangenen Beobachter vor – in den Staaten auf den Bäumen wächst.

Mr. Lloyd war ein anderer dieser Glückspilze, die mit dem richtigen Fuß aufgestanden sind; von australischer Lebenskraft und voller Ideen, die sich nie so richtig verwirklichen ließen; und auch er erwarb sich eines dieser Musterexemplare. Sie sah nicht nur gut aus, mit ganz ordentlich was dabei, sie richtete ihm darüber hinaus ein luxuriöses Studio ein, in dem er seine filmischen Neuerungen testen konnte. So verbrachte er ganze Tage, glücklich wie ein Mechaniker, der flach unter einem Auto liegen darf, mit Experimentieren und Ausprobieren und Aneinanderreihen von Lichtern und Lichteffekten und beschwipsten Blasen, die phantastisch über die Leinwand flimmerten. Während sie sparsam wirtschaftete, köstliche Mahlzeiten zauberte und womöglich auch noch arbeitete, um das Familienbudget aufzubessern. Diese Aufteilung ist durchaus nicht ungewöhnlich hier; obwohl ich mich bisher als Vorkämpferin für die Emanzipation betrachtet hatte, war die amerikanische Wirklichkeit mehr, als ich verkraften konnte. Das Bild des Ehemannes, in einem lustig geblümten Schürzchen beim Spülen oder mürrisch einen Staubwedel schwingend oder gelassen, und vielleicht wesentlich kompetenter, Babywindeln wechselnd – zieht mich rein optisch nicht an; gegen alle Vernunft falle ich auf die schlimmen altmodischen Tage zurück und fasele von Unschicklichkeit. Kochtopfbubis nennt man sie in Wales, und obwohl ich unbedingt dafür bin, daß Männer sich an den niedrigen Arbeiten beteiligen, kann ich sie unmöglich nicht verachten, wenn sie sich darauf einlassen.

Dylan hat sich niemals dieses besonderen Lasters, darauf läuft es wohl hinaus, schuldig gemacht. Das Äußerste, was er je versuchte war, die Reste des Vortags mit Riesenaufwand in der Pfanne zu brutzeln, wobei das zischend heiße Fett über Wände, Fußboden und selbst noch die Decke spritzte; da er regelmäßig zu seinem Buch zurückkehrte und alles darüber vergaß, war das Endprodukt natürlich eine schwarze, verkohlte Masse, die er unter ›Papis Sauce‹ versteckte und mit spritzigem Apfelwein zum Frühstück herunterspülte. Was aber das Babyhüten angeht, falls ich einmal nicht da war, so war das absolut undenkbar und gegen seine Prinzipien: ich kann mich an keine einzige Ausnahme erinnern. Das gleiche galt für kleinere Reparaturen oder Handreichungen, die einen geschickten Mann erfordert hätten, das kam nicht in Frage; er war so nutzlos wie ein Pinguin mit seinen Händen, es sei denn für den einen Zweck. Niemand war je eine so auf einen Zweck gerichtete, niemals abweichende Persönlichkeit, von Anfang an; unbeirrbar in dem, was er konnte und was er tun wollte. Kein Streben nach Höherem, keine zögernden Zweifel; aber ein gefährlicher Mangel an Durchhaltevermögen. Da ich fast genauso schlimm war, und ebenso unpraktisch, ist es nicht verwunderlich, daß nie irgendetwas funktionierte, wo wir waren, und wir immer wieder in Katastrophen rutschten.

Leichten Sinnes in Apathie badend, bemerkten Lil und ich: »Warum kommt Mary Lloyd nicht endlich und sagt uns, was wir tun sollen?« Kaum gesagt, öffnete sich schon die Tür und sie kam hereinspaziert: seit fünf Stunden auf den Beinen, alle

Einkäufe schon erledigt und die Vorbereitungen für die Vergnügungen des Tages; und natürlich hatte sie auch schon einige Stunden lang getippt. Diese tatkräftigen Superfrauen haben immer etwas zu tippen; es ist ein höchst wichtiger Brauch und bleibt glücklicherweise eines der unergründeten Geheimnisse. Aber hols der Teufel, diese unbetäubten frühen Morgenstunden müssen ja irgendwie herumgebracht werden. In weniger als fünf Minuten hatte sie für uns einen gehaltvollen Imbiß vorbereitet; trieb uns aus dem Bett, schuf Ordnung in unserem Chaos, während sie uns gleichzeitig als ruhender Pol erschien. Bewundernd blickten wir auf diese himmlische Vision, die uns unsere Unvollkommenheiten spiegelte und wünschten, sie würde immer bei uns bleiben. Aber sie verschwand so plötzlich, wie sie gekommen war; und überließ uns, die wir uns jetzt auch nicht mehr den Anschein gaben, daß wir aufstehen würden, unseren staunenden Klatschereien über sie bis spät in die Nacht hinein. Immer noch besitze ich die Jeans und die Perlen, die sie mir geschenkt hat, und zwischen all dem bezaubernden Plunder, den ich nach Hause brachte, waren die Jeans das einzige, was ich anziehen konnte in meinem Schlammloch; und die Perlen gaben meinem grausamen schwarzen Aufzug den letzten Schliff, was zumindest, das wußte ich, den Walisern gut gefallen würde.

8

Meine Party ging also zuende; ich meine nicht diese Party, sondern die eine, die vom Augenblick meiner Ankunft bis zu meiner Abreise dauerte; die gewissermaßen ein langes wildes selbstmörderisches Gelage war. Mit jedem Fitzelchen Kraft, das ich besaß, warf ich mich hinein, wobei ich wohl unbewußt hoffte, mich durch Ausschweifungen so zu schwächen, daß ich den auf mich lauernden Folgen entgehen könnte. Die Mühe hätte ich mir sparen können; wo doch niemand besser als ich wußte, daß ich nicht umzubringen war, daß es für mich kein Intermezzo schläfriger Vergeßlichkeit, dem Gedächtnis entgleitenden Verlusts gab: es kam, wie es kommen mußte und traf mich mit der vollen Wucht aller hammerzüngigen Höllenflammen.

Meine Erfahrung mit Klapsmühlen ist nicht repräsentativ, aber mehr als ausreichend. Wie weit kann ich die muffigen Korridore des Wahnsinns heruntergehen, ohne das Ende zu erreichen? Irrsinnig weit. Das auffälligste Symptom ist vielleicht die vorherrschende, aller Sorgen ledige Ausgelassenheit, die man nicht mit dem Gefühl des Glücklichseins verwechseln sollte. Sie müssen nicht mehr unterscheiden zwischen Gut und Böse: es ist die Erleichterung, daß sie die Last der Entscheidung nicht mehr tragen müssen. Andere müssen diese beschwerliche Arbeit jetzt tun, und mein Gott, wie werden sie die jetzt drankriegen! Die Selbstmörder sind lustig wie hüpfende Lämmerschwänzchen; die Paranoiker lachen und kichern sich tot; und die angestochenen Schizophrenen zerreißt es wie heiße Kastanien.

Zugegeben, da gibt es auch die halbnackten Schattenbilder, die an Fenstern kleben, auf Heizungen hocken, mit der leichentuchstarren Haltung vorsintflutlicher Vögel, die schweigend aus versunkenen Zeiten aufragen. Aber mit meiner wundersamen Unwissenheit wage ich dieses verbotene Land nicht zu betreten. Und die Sabberer, Geiferer und Bettnässer will ich übergehen in der Hoffnung, daß sie schon jenseits der Schamgrenzen sind.

Da war ich also, sah und hörte glasklar geschliffen, schmerzhaft deutlich, die unleugbar geistig gesunde Mißgeburt unter den lärmenden Staren. Meine Verrücktheit: ein naives gebrochenes Herz. Meine Strafe: eine Zwangsjacke. Diese heilsame Besserungsanstalt Amerikas, um die angegriffenen Nerven zu beruhigen. Jetzt *entspannen* wir uns ein bißchen: auf der Eisenpritsche hinter Gittern; und machen ein schönes, *langes* Schläfchen. Ich sage nicht, daß sie dort schlimmer sind; natürlich gibt es dort eine Art Massenbrutalität, getragen von der rauhen Munterkeit muskulöser Wärterinnen, die in sadistischer Fröhlichkeit ihre riesigen Raubtierschlüssel schlenkern – die weniger geistig grausam sein mag als das affektierte Getue der ach-so-rücksichtsvollen Engländer: daß es die grobe Verwirrtheit der Sinne ja gar nicht gibt; daß wir es hier nur mit einer Adressenänderung wegen des Meerblicks zu tun haben. Aber der schlimmste Bestandteil beider Systeme ist für mich, daß man vorsätzlich ignoriert wird, keineswegs behandelt wird, überhaupt nicht. Jede beliebige Menge Elektroschocks wäre dieser demütigenden Niedertracht vorzuziehen. Ich begann mich schrecklich ausgeschlossen zu fühlen, gemieden als geistig Gesunde, und wäre liebend gerne ein tobsüchtiger ›Fall‹ gewesen. Aber wenn man mich nicht zu behandeln brauchte, warum war ich dann überhaupt da? Mit hämischer Befriedigung wiederholten sie mir immer wieder, wie glücklich ich mich schätzen dürfe, daß man mich nicht in die riesige staatliche Irrenanstalt gesteckt habe, in der niemand zu zahlen brauche, aber auch niemand, den sie einmal hatten, je wieder herauskam; und die Zustände müßte man gesehen haben, um sie zu glauben. Ich war nicht so dankbar, wie man es von mir erwartete und erlaubte mir sogar, die hohen Kosten für mein mir aufgezwungenes schickes Etablissement zu bemängeln. Ich fragte mich, wer wohl dafür verantwortlich war, wer so selbstlos oder so begierig gewesen war, daß er mich unbedingt aus dem Weg haben mußte.

Aber da alle Dinge einmal enden, auch wenn sie eine nichtmeßbare Spanne Zeit dafür brauchen mögen, informierten die empörten Vertreter ihres Faches mich ungehalten, daß ich nicht anspreche, obwohl sie doch ihr Bestes gegeben hätten, um es mir *behaglich* zu machen; so wurde ich entfernt. Wer mag wohl ernsthaft so pervers sein, daß er günstig auf Verriegeln, Vergittern und Drangsalieren reagiert; verloren auf dem kahlen Moor der Lieblosigkeit?

Ich könnte mir denken, daß dieses Unternehmen weniger als nichts zu dem Heilungsprozeß beigetragen hat, obwohl ich zugeben muß, daß ich den Schutz des Gesetzes nicht ganz grundlos herausgefordert habe. Ich war besessen von zehntausend zerstörungswütigen Dämonen, die leidenschaftlich darauf drängten, sich kopfüber den steilsten Abhang hinabzustürzen. Aber obwohl ich mir diesen Sturz in so vielen vernichtenden Formen vorstellen konnte und er nur eine logische Fortführung meines fallenden Geistes schien, rammte ich, wenn ich mich endlich am schwankenden Rand befand, die Absätze in den Boden, und eine nörgelnde, besserwisserische Stimme verhöhnte mich aus meinem Inneren: ›Was soll dich schon umbringen können; sie werden dich erschießen müssen.‹ Nach diesen fruchtlosen Prüfungen fühlte ich mich allen Gefahren gegenüber verflucht immun. Es half nichts, sich etwas vorzumachen; kein rasches, befriedigendes Ende für mich; ich würde mühselig den üblen Geruch, der langsam von den geschlagenen Jahren herüberzog, auskosten müssen.

Ich versuchte, das Schiff aus meinem Bewußtsein zu streichen, und Dylans Kiste in dem Laderaum, es gelang mir sogar, geschickt den Abreisetag hinauszuschieben. Aber diese Züchtigungen haben eine Art mich einzuholen, als wäre ich speziell ausersehen für mir zugedachte Strafen; der Tag kam, wie es diese Tage zum Verrücktwerden so an sich haben. Ich hatte schon immer Mühe, morgens aus dem Bett zu kommen; aber nicht darum ging es an diesem Tag: ich konnte mich einfach nicht bewegen, und hätte ich damit den verdorbenen Rest meines Lebens retten können. Freundliche mitfühlende Menschen, die Geschenke aus ihren wunden Herzen gerissen hatten und mich zum Schiff begleiten wollten, warteten im angrenzenden Zimmer; aber ich konnte mich nicht bewegen. Habe ich nicht von meinen neurotischen Freunden erzählt? Was ist mit einem Körper, dessen Muskeln sich weigern zu funktionieren, weil der Wille nicht will? Aber schließlich wurde ich von einem Flammenmeer von Frauen unter der Führung von Mary Lloyd aus dem Bett geholt; auf meine Füße gestellt, gebadet, angezogen; immer noch leblos, schwammig, schlapp von ineinanderverkrallten Katzenjammern trat ich endlich der vor meinen Augen auf und ab schwankenden Gesellschaft entgegen. Etwas von dem, was ich fühlte, kam auch in ihre Augen, betreten starrten sie auf ihre Füße, ließen den Anschein von Fröhlichkeit fallen, und scheinbar ziellos schlurften wir los. Francis, die liebe, trug immer noch tapfer den Champagner in einem Korb mit Eis, und ich klammerte mich an John fest, Lils Ehemann, der mir als das Zuverlässigste an Fleisch und Blut dort vorkam. Er hatte diese kreatürliche Natürlichkeit, die von Rechts wegen, aber nicht häufig in unserem verwickelten, verknoteten Leben dem einfachen Menschen eigen ist; oder mit Bedacht von kultivierten Intellektuellen angenommen wird: er war irgendwo zwischen beiden, aber den Einfachen näher, war ich überzeugt, als den Intellektuellen.

Wir zwängten uns in die winzige Kabine, hastig, hysterisch die panischen Beteuerungen der letzten Minuten plappernd; mein Hirn war ein gefühlloser, zitternder, zu neun Zehnteln ertränkter Mischling, ein winselnder Köter, der sich wand und mit dem Schwanz wedelte, wenn man ihn tätschelte, willenlos. Die unfehlbare Biddy war da, die auch zu unseren festen Freunden gehörte, so schnippisch, spröde und frühlingsfrisch wie eine regengewaschene Wiese mit Gänseblümchen. Es fiel schwer, Buchgelehrsamkeit mit dieser taufrischen Kopfknospe in Verbindung zu bringen, aber sie vereinte beides in außergewöhnlicher Weise; schrieb selbst und lehrte, Englisch natürlich, und was noch erstaunlicher ist, sie war auch amüsant. Obwohl sie selbst sehr wenig Geld hatte, war sie bekannt großzügig mit Geschenken; kaufte mir eine reizende mexikanische Sparbüchse in Form eines Porzellanschweins und einen Korb, die ich mir beide schon lange gewünscht hatte. Charme und Großzügigkeit sind Gaben, die die Amerikaner in privilegierter Weise besitzen.

Und der arme Peter, ein echter Säufer; ich nenne ihn nur im liebevollen Sinn arm, aber wenn ich jetzt darüber nachdenke, so ist jeder, der ernsthaft trinkt, arm: also bin ich auch arm, arm, arm. Er lag auf den Knien, die Arme um meine Beine geschlungen, als klammere er sich ums liebe Leben an den letzten Strohhalm des scheidenden Dylan. Sie hatten oft zusammen gesoffen; Dylan mochte ihn, weil ihm offensichtlich jeglicher intellektuelle Dünkel abging; komm mir nicht damit, er sei die ganze Zeit über ein hervorragender Kritiker gewesen. Dylan brauchte bei ihm nicht den Dichter zu spielen: sie waren ganz einfach namenlose Saufkumpane. Es gibt eine Brüderlichkeit der Trinker, die den spießigen Feinden des Alkohols fehlt; die Unterschiede zwischen diesen beiden Menschentypen sind ausgeprägter als die zwischen Nationalität oder Glauben: es ist eine völlig andere Spezies. Und es verstößt gegen die ungeschriebenen Gesetze der Geistesverwandtschaft für sie, miteinander zu verkehren. Für mich ist ein Mann, der nicht trinkt, ganz einfach unanständig; er ist, wie Maupassant dies von einem Mann ohne Schnurrbart behauptete (obwohl ich ihm hierin nachdrücklich widersprechen muß): wie ein Ei ohne Salz. Und allein der Gedanke, einem Mann nahe zu kommen, der nicht leicht angesäuselt riecht, und dessen Atem nur sein kreatives fleischiges Selbst ausdünstet, ist ungenießbar für mich Zimperliese.

Und Lil, ihre feste sanduhrtaillierte, bierglasfüllende Figur gegen die Kabinenwand gepreßt – schien kleiner und kleiner zu werden, sich weiter und weiter von mir zu entfernen... wie Alice, nachdem sie den Zaubertrank geschluckt hatte, der sie schrumpfen ließ. Ich wollte sie zurückrufen, ihr zubrüllen dazubleiben, mit mir zu kommen; aber kein Ton kam heraus, ohne ein Wort starrte ich sie an wie eine Statue.

Dann rief die Sirene die Besucher an Land zurück, und ein erleichtertes Rennen und Laufen setzte ein, ein Höllenspektakel, um allem zu entkommen. Wahnsinnig, betrunken, mit gebrochenem Herzen blieb ich zurück; und zum ersten Mal entsetzlich allein; mitten am Morgen, mitten im Meer und in der Mitte zwischen Dylan und mir: mir und meiner Kiste, tief dort unten, die ich heimbringen mußte.

Sagte ich allein; das war ein optimistischer Irrtum; blieb ich allein, konnte ich zumindest meine blutigen Eingeweide zerreißen und zerfleischen, meine Augen in ihren dampfend heißen Schmerz pressen und vergraben. Zusammengekauert lag ich in meinem Nicht-wollen: nicht ich sein wollen, nicht tun wollen, was ich tun mußte, nicht hingehen, wo ich hingehen mußte, *keinen* Teil in diesem tragischen Drama wollen, das sich ohne einsehbaren Grund mir einfach aufgedrängt hatte; als eine Frau hereinstöckelte. Nicht eine nette, normale, gemütliche Frau mittleren Alters, sondern die Sorte, die mich am meisten erschreckt: jung, verbindlich, messerscharf und immer bereit, ins passende Kostüm zu schlüpfen. Sie saß im eleganten Négligé am Frisiertisch, manikürte gelangweilt ihre Fingernägel, betupfte zart ihre lilienweißen Schläfen und die Haut hinter ihren rosafarbenen Perlmuttohren mit einem schweren, höchst exklusiven Duft. Ohne einen Blick für die schwarze verknautschte Figur, die sie tränennaß und finster anstarrte, gab sie einen fast unhörbaren Seufzer des Überdrusses von sich. Nein, sie flößte keinesfalls Vertrauen ein; und hob meine trostlose Verlassenheit und die Ungereimtheiten meines Aufzugs doppelt hervor; die sich ausbeulenden Monstertaschen mit dem bis zur Unkenntlichkeit zusammengepreßten Abfall meines Aufenthalts; und die wilde Unkultur meines Benehmens. Mit ihr also sollte ich für den Rest meiner Reise die Kabine teilen, sie war mir zugewiesen: wie sie selbst wohl und mit mehr Berechtigung über mich gesagt haben wird; nachdem ich mir so eindringlich von dem lieben kleinen, süßen kleinen britischen Konsulat in New York ausbedungen hatte, daß ich allein sein *müsse*, um meine schwindenden Sinne zusammenzuraffen. Sie waren so überaus taktvoll, diplomatisch, wohlerzogen mitfühlend; und all die zuverlässigen, rechtschaffenen, ewigen britischen Eigenschaften rollten sich zu einer einzigen übergroßen zusammen, daß ich unbeschränktes Vertrauen in sie hatte. Sie murmelten sanfte Nichtigkeiten, in der Tat; gedämpften Tones: wie *gut* sie das alles verstünden, und *natürlich* sollte es in dieser Weise erledigt werden, aber selbstverständlich sei es nicht meine Aufgabe, sie würden sich um *alles* kümmern. So war es; dann legten sie mich unauffällig, ohne irgendeine Warnung, in dieser schmutzigen Weise herein.

Ich verfluchte sie mit meinen nägelbeschlagenen Stiefelsohlen; aber was half mir das mitten im Meer? Und als ich bedachte, daß ich fünf Tage lang dieses cremig elegante Weib aushalten müsse, rastete irgend etwas in mir plötzlich aus. Ich verließ die Kabine, um sie nie wieder zu betreten. Um mein kostbares Alleinsein zu erzwingen, mußte ich bewußt einen öffentlichen Zusammenbruch und hysterischen Anfall inszenieren; aber die Rolle war mir inzwischen schon auf den Leib gewachsen, und der Auftritt war schon fast spontan. Eigentlich ging es nur noch um die Todesart. Im Bemühen, diese nicht besonders erfreuliche Geschichte zu vertuschen, sperrte man mich in die Krankenstation, irgendwo im Bauch des Schiffes, und für drei lange rollende Tage wurde ich nicht wieder herausgelassen.

Aber ich hatte erreicht, was ich gesucht hatte, und was an diesem Punkt meiner an Höhen und Tiefen reichen Karriere wichtiger als alles für mich war; ich habe also kein Recht zu murren, was mich aber noch nie abgehalten hat. Am ersten Tag, an dem man mich herausließ, wanderte ich ziellos umher, bis in den Frachtraum hinein, wo ich auf eine Gruppe Matrosen stieß, die beim Essen waren. Sie hatten ihr Mittagessen auf einer großen Kiste ausgebreitet, mit Bierflaschen und Ölzeug und Spielkarten, die überall verstreut waren. Man mußte mir nichts sagen, ich wußte sofort, daß es Dylan war; und daß ihm das – wenn es ihm möglich war, sich über irgend etwas zu freuen – gefallen hätte. Aber ungeachtet aller Vernünfteleien, wenn ich dann in dem plüschigen Speisesalon saß und mit riesengroßen USA-Steaks gestopft wurde, die mir im Hals steckenblieben, fühlte ich mich seltsam unpassend; und versuchte zu verstehen, warum ich hier war und er dort. Was hatte er getan? oder treffender, was hatte ich getan; nicht getan; vertan?

Ich will die gespreizten Langweiligkeiten meiner Rückkehr nach England übergehen, wo niemand jemals sagt, was er meint; und indem sie das Fühlen verleugnen, es steinkalt an den Wurzeln kappen; stattdessen aber sich weiter und weiter über das abscheuliche Wetter verbreiten. Es ist viel einfacher, und ich kann mich selbst ganz schön ereifern darüber; und vielleicht ist es ja wirklich alles, worauf es letzten Endes ankommt. Es war unmöglich zu glauben, jetzt da ich unversehens wieder zu Hause gelandet war, daß alle diese grellen, gräßlichen Dinge mir gerade erst zugestoßen waren. Von der Leichenhalle, die ich irgendwie nie ganz erreichte, obwohl mir klar war, daß ich *mußte*: bis zu dem geschmackvollen Haus des Todes, wo die Leichen angezogen, geschminkt und aufgepumpt werden, chemisch gefärbt und konserviert. Diesen Ort erreichte ich zwar, aber auch dort war er nicht, noch weniger als anderswo: ich strengte meine Augen an, ich berührte, aber es half nichts: er wollte nicht zu mir kommen. Nichts wies darauf hin, daß er das war, der da lag; nichts außer dem unwiderlegbaren Augenschein meines theatralischen Verhaltens, das mir auf Schritt und Tritt folgte. Immer wenn ich besonders schlimm war, sagte ich mir: wäre es andersherum gekommen, hätte Dylan sich zweimal so schlecht benommen. Aber natürlich konnte es nicht andersherum geschehen, es war eine dieser häßlichen vorherbestimmten Geschichten, die *immer* nur so herum passieren. Mehr kann ich dazu nicht sagen; aber zweifellos hätte Dylan bessere Arbeit geleistet bei dem Versuch sich umzubringen, als ich bei meinem: und verdammt nochmal, er hat es besser gemacht.

Zur allgemeinen Erleichterung will ich dieses quälende Thema abschließen und mit einem großen Sprung zurück zur Insel fliegen, wo ich die ganze Zeit über hätte sein sollen; und wo ich im Augenblick vermummelt in alle meine Mäntel und Socken in meinem neuen für die Hitze gebauten Haus mit Steinfußboden sitze und vor Kälte umkomme, während ein eisiger Inselwind um alle Ecken pfeift. Zwei Tage ist es erst her, daß ich im ruhigen klaren Meer gebadet habe, mit den

Katzenpfoten-Wellen, die sanft die Küsten kneteten, und in der Wintersonne lag, die für uns vereiste Nordlichter noch genügend Wärme abgibt; dieser schneidende Kontrast jetzt ist einfach erschreckend.

9

Ort und Lage sind ein italienischer Traum: hoch über einer herrlichen Bucht, in der ich schwimmen gehe und die ich ganz für mich allein habe; wenn ich die Spanner und Stecher abziehe, die im Gestrüpp weiter oben kauern, um einen gelegentlichen Blick voll Hintern oder Busen zu erhaschen. Aber ich bin entschlossen, sie zu ignorieren, solange sie nur weit genug weg bleiben, sonst wäre mein Vergnügen schnell verschwunden. Schließlich verlangen sie kaum etwas, und es schadet auch niemandem. Ich fange nur an zu schreien, wenn sie zu nahe kommen; trotzdem fühle ich mich gehemmt, und es verdirbt mir meinen mühsam erkämpften Frieden. Wenn ich nach dem Schwimmen auf meiner weinbedeckten Terrasse sitze und hinunterschaue durch die herrlich bleifarbenen oder eher metallisch blinkenden Olivenbäume – eindeutig meine Lieblingsbäume – über andere Weinterrassen hinweg, vorbei an der einsamen überhängenden Pinie, die einen runden, wie von einem Kind gemalten Schatten mitten auf meine Bucht wirft; und hinein in das weitoffene, blauäugig zu mir zurückstarrende Meer: dann denke ich, jeder außer mir wäre zufrieden damit. Die Flasche Rotwein vor mir und das lange Brot, der harte Parmesankäse; die Mortadella, Tomaten und Fenchelknollen. Es gab Momente, in denen sich alle Lebenselemente zu reiner Zufriedenheit verbanden, aber wie selten; es lag nicht an den Elementen, nur an der weiter fressenden Säure in mir.

Ohne einen bestimmten Grund fühlte ich mich eines Tages plötzlich wieder heil; und Gott, was für eine Veränderung. Ich war ein neuer Mensch, jemand, den ich vor langer Zeit vergessen hatte; ich wollte singen, springen, und die ganze Welt umarmen und küssen. Aber es dauerte nur einen Tag, dann kam der Wind zurück und schickte mich frierend wieder dahin, woher ich gekommen war.

Die ganze Zeit war Colm weiter in sein Asyl gegangen (*asilo*, wie sie nicht sehr ermutigend die Kindergärten und Horte hier nennen), und ich hatte einen weiteren gefährlichen Schritt unternommen, indem ich ihn zum Mittagessen dort ließ, zur Suppe also; und mit kleinen Extras und Leckereien, die die Mutter stellt. Ich gab mir große Mühe am ersten Tag, ihm den richtigen kleinen Pappkoffer zu besorgen, Blechteller, Tasse und Löffel; tat all die Stückchen und Bissen hinein, die er besonders mochte, einschließlich seiner geliebten Bananen; nur um, als ich ihn später abholte, herauszufinden, daß man ihm den falschen Behälter gegeben hatte, voll mit Käse und Zeugs, das er nicht essen wollte; und es ihm fast das Herz gebrochen hatte, einen anderen Jungen seine Bananen essen zu sehen. Auch mein Herz wäre fast gebrochen; die rätselhafte Verwirrung von Kindern, die aus ihrer vertrauten Umgebung verpflanzt wurden in eine furchteinflößende fremde hinein, ohne zu wissen warum; oder schlimmer noch, die harte Schule des neuen Internats, worunter ich am grausamsten gelitten habe; so stechend unerträglich wie Zikaden blenden, um sie zum Singen zu bringen, Vögeln die Flügel stutzen, einem Hund Büchsen an den Schwanz binden, Katzen an der Schlinge führen, Krüppel zum Stolpern bringen, den Ziegen die Beine zusammenbinden, aus den Nestern die Eier stehlen, junge Vögel zerstreuen, etwas Wildes hinter Gitter sperren. Und Colm mit seinen blonden Locken, seinem runden weißen Novizenkragen und eng den Rücken hinunter geknüpften, schwarz karierten Kittel; seinen stämmig behost- und gestiefelten Beinen, die darunter hervorkamen, sah so sehr wie der Unschuldsengel aus dem Märchen aus zwischen den schlehen-äugigen, vergleichsweise verschlagenen, schon weiter entwickelten einheimischen Kindern. Aber das hielt mich nachher nicht davon ab, ihn halbtot zu schlagen für irgendeine ausgekochte Teufelei, die sehr viel erfinderischer war als irgend etwas, was sich die naiven Finsterlinge hätten ausdenken können.

Nachts klammerten wir uns aneinander wie der weißhaarige schiffbrüchige alte Seemann und sein Sohn; und dieses Stückchen Dylan, das ich da berührte, war zugleich beruhigend und beunruhigend für mich. Trotz aller Querelen und trotz seines Gequengels dankte ich dem keinen Dank verdienenden Gott dafür, wem hätte ich sonst danken können, daß Colm bei mir war. Er hielt mich auf Trab, band mich an bestimmte Zeiten; und vor allem konnte ich durch ihn Leute kennenlernen, mit denen ich ohne diesen Vorwand nie ins Gespräch gekommen wäre. Ohne ihn wäre ich geradewegs über den nächsten Berg gewandert, da bin ich sicher, in einen undurchdringlichen Nebel hinein, wie Oates in der Antarktis, und niemand hätte mich je wieder gesehen.

Einer seiner fast erwachsenen, im italienischen Sinn des Wortes sogar völlig erwachsenen Freunde war Joseph; obwohl er erst achtzehn war, drei Jahre älter als mein ältester Sohn. Er war ein hübscher Bursche, und ich mochte ihn sofort; ein anderer Typ als die geschleckten Jungs, die all ihre wachen Stunden, wenn sie nicht gerade beim heiligen Ritual des Essens waren, *passegiaring* verbrachten: der einzig treffende Ausdruck für diese italienische Ganztagsbeschäftigung, im Zusammenhang mit dem Im-Fenster-liegen, die Hauptstraße auf und ab. Joseph war unbedingt dabei, wenn er Gelegenheit dazu hatte, aber unter der Woche mußte er hart arbeiten: von sechs Uhr morgens bis vier Uhr nachmittags; in den Eisenminen, wo die meisten Männer für sehr wenig Geld arbeiteten. Daß er so früh seinen Lebensunterhalt verdienen mußte, die ›Zähigkeit‹ entwickeln mußte, die für diese Arbeit nötig war, hatte ihm eine attraktive, strenge Härte verliehen, die schlecht auf seine zarte, gegen seinen Willen immer wieder hervorbrechende Jugendlichkeit paßte.

Ich bat ihn, auf Colm aufzupassen, während ich zu meinen Italienischstunden bei der Frau des Engländers ging; und er machte das sehr gut und gern. Und der Schlag soll mich treffen, wenn das gelogen ist; es wäre mir nicht im Traum eingefallen, daß er eines Tages in der phantastischen Rolle des Liebhabers daherkommen könnte. Vor allem lehnte sich auch meine Eitelkeit gegen eine solche absurde Vorstellung auf, ich sah mich nicht als hagere, rabiate, gierig geile Witwe, die die Riviera nach jungem Blut abgrast. Ich hatte genügend eigene Babies und keinerlei Verlangen, weitere zu entführen. Ich war zutiefst beunruhigt, aber er war ganz einfach süß; und es schien ziemlich absurd zu sein, ausgerechnet mit Colms Freund nicht spazierenzugehen. Spielregeln – es kam mir nie in den Sinn, daß diese charmanten Jungs, die sich mit Colm befreundeten, in ihrem Hinterkopf dabei auf einen möglichen zukünftigen pikanten Happen von mir spekulierten. Und dieses Manöver, wenn es denn eins war, war nicht einmal schmeichelhaft für mich; schließlich befanden sich alle anderen verführbaren Frauen sicher eingesperrt in ihren Häusern; und ich war der einzig verfügbare angegammelte Braten auf dem Markt.

Joseph hat mir niemals diesen Eindruck vermittelt, und ich glaube auch nicht, daß es so war, obwohl ich an blindem Vertrauen kaum zu übertreffen bin: er war so ernsthaft besonnen und lernbegierig. Vor allem wollte er sein Englisch aufpolieren, und er sprach nie genug Italienisch mit mir: es klang viel einschmeichelnder, klangvoller, bezaubernder bei ihm als bei irgendeinem anderen ... was ich als bedenkliches Zeichen hätte erkennen können.

So machten wir lange Spaziergänge zusammen, wir drei; im Boot, wo er wunderbar aussah, mit verhaltener Kraft über die tanzenden Wellen ruderte; zu den Stränden, wo sein komisches Entsetzen vor nassen Füßen vorübergehend sein strahlendes Bild etwas trübte; zu den Bergen und Ziegen und Kräutern; und den Betten von trockenem Stroh. Und so passierte es, ungewollt. Zwischen der Stalaktiten-Getrenntheit zweier Menschen und den ersten tastenden Gesten der Intimität erstreckt sich eine endlose Ebene dorniger Ferne, die unüberwindbar erscheint; aber in der Sekunde, in der die beiden Blutströme sich treffen, kann nichts den hitzigen, ungestümen, zueinander drängenden Lauf mehr aufhalten; und alle die quälenden Zwänge werden hinweggeschwemmt von dieser warmen Flut und lachend als kindischer Unsinn, als lächerliche Nichtigkeiten abgetan.

Dieser Stand der Dinge gefiel mir ganz und gar nicht; das letzte, was ich wollte auf der Welt war eine Wiederholung pubertärer Schmerzen, Jahrhunderte weit weg, aber immer noch deutlich genug. Er brachte mir Empfindungen in Erinnerung, von denen ich gehofft hatte, daß ich sie nie wieder aushalten müßte: wenn die Knie weich werden, der Magen sich blitzschnell hebt und senkt, das Herz dir in der Kehle schlägt, das unbestimmte Gefühl, daß dir die Sinne schwinden, und den unwiderstehlichen Drang, bei seinem Anblick davonzustürzen. War es fair, daß er mich dieser niedrigen Pantomime unterwarf, nach den Härten, die ich durchgemacht hatte? Und es nicht einmal wußte, das war mein einziger Trost in dieser Sache. Diese herzzerreißenden ungenügenden achtzehn Jahre hämmerten unaufhörlich in meinem Kopf, verkehrten das Ganze zu einer dummen Farce. Alles kann Liebe besser ertragen als Lächerlichkeit. Aber ich konnte das krasse Wirken der Natur dahinter deutlich sehen; sie war bis obenhin satt von dieser verfolgten, verteidigungssüchtigen, drahtverhauenen Welt, in die ich mich verschanzt hatte; und bot mir in einer großen Gegenoffensive entwaffnend all die guten, glücklichen Dinge an, die ich für immer verloren zu haben glaubte. Aber die Natur, in ihrer schönen ganz eigenen Zufälligkeit, hatte ein paar unüberwindliche Haken in ihren großzügigen Geschenken verborgen; und ich war bis zur Krümmung meiner steinigen Straße gekommen, wo ich mit dem größten Mißtrauen das Angenehme, das mir versehentlich zustoßen könnte, in Augenschein nahm. Ich empfand eine unerklärliche Schuld, indem ich etwas akzeptierte, was mir nicht gehörte: schneckenhäusig auf den freudigen Fuß wartend, der mich zertrampeln würde; und immer wurde mein Warten belohnt.

In dieser außerordentlich kindischen Angelegenheit – ich schäme mich, es zu gestehen, aber in dieser Hinsicht bin ich ebenfalls äußerst kindisch – die niemandem schadete, uns beiden aber gut tat, ergaben sich neue Komplikationen, Mißbilligungen und Tabus von außen, bis ich mir wie in Wales als gottlose Sünderin vorkam. Am meisten verdammte mich die Kirche, der zweifellos den Verstand verlor. Ich hatte schon bekümmert einsehen müssen, daß meine erste Meinung über ihn verschwenderisch zu gut um wahr zu sein war; idealistische

Heilige, wie ich ihn gezeichnet hatte, führen keine Hotels, sitzen nicht den ganzen Morgen in einem großen Büro des *municipio* und, schlimmer noch, aber immer noch im Bilde, entpuppen sich als führende Faschisten im Krieg. Aber in all seiner pompösen Anmaßung, was korrektes Benehmen, verklemmte Ehrbarkeit und Klassendünkel betrifft, blieb er doch mehr ›Junos Zahlschwanz‹ als der aufgeblasene Truthahn, der er gern gewesen wäre. Und konnte gnädigerweise, bei all seiner Entschlossenheit, seine tolpatschigen, schwerfälligen Brüder zu übertrumpfen, doch nicht seine angeborene Liebenswürdigkeit ausradieren. Und da ich vor der ganzen Stadt offiziell als seine Bekannte galt, mußte ich notgedrungen ihm zur Ehre gereichen; wie er es für richtig hielt, gemäß seinen engstirnigen Vorschriften. Und da seine Vorschriften mir nicht erlaubten, mit irgendjemandem außer ihm und seiner Familie, dem Engländer und seiner Frau zu sprechen, wäre mir, hätte ich sie strikt befolgt, eine kümmerlich vornehme, in der richtigen Gesellschaft verbrachte Zeit geblieben.

Als ich mich bei ihm beklagte, daß ich keine Gesellschaft habe, brachte er einen Strauß höherer Weiblichkeit zusammen, die mich besuchen kamen. Eine verkrampftere Gesellschaft, wo man sich noch weniger zu sagen gehabt hätte, und noch weniger Möglichkeiten, es auszudrücken, voll höflicher Abneigung auf beiden Seiten – hätte man schwerlich arrangieren können. Während er, der umfangreiche, geduldige Wohltäter der Menschheit mit breitem Lächeln am Kopfende des Tisches präsidierte und kein Wort sagte; voll und ganz überzeugt, daß er mich endlich in die richtige Gesellschaft gebracht habe; und alles war gut in seiner florierenden Welt. Aber das stimmte nicht so ganz: es war ein wenig zu spät am Tag, um mich in eine Gesellschaft zu lancieren, der ich mein Leben lang aus dem Weg gegangen war; so gab ich zwar höflich seinen Wünschen nach, genauso ruhig aber ging ich meine eigenen Wege; und ich war nicht bereit, noch nicht, Joseph aufzugeben. Den Jungen, der sich nichts gefallen lassen wollte und der vor nichts Angst hatte, wie er sagte: ich erinnere mich dunkel, daß ich das selbst einmal gesagt habe.

Eines Abends nach dem Abendessen, als Colm im Bett lag und schlief, ging ich zum ersten Mal allein mit Joseph aus; nicht auf der Hauptstraße, sondern ins Land hinein. Als ich etwa eine Stunde später zurückkam, begrüßten mich als erstes Warnschüsse. Carabinieri, nicht zu vergleichen mit Polizisten, durchstreiften die Straßen, und die Kirche, der auf seinem Motorrad auf und ab stürmte. Meinen Dornenmantel fest um mich schlingend, nahm ich meine hoheitsvollste Königin-von-Schottland Pose ein, und das Kinn in der Luft, Stöckel an den Füßen, erreichte ich das Hotel: wo meine Schwierigkeiten keineswegs vorüber waren. Das erste was ich sah, war Colm, der eingewickelt in ein Bettuch auf dem Schoß der lieben Ehefrau saß, und ohne weiteren Beweis war mir klar, daß sie ihn mit Gewalt aus dem Bett gezerrt hatten, um meine Schande zu untermauern. Als ich in mein Zimmer verschwinden wollte, folgte mir der Mann auf dem Fuß hinein und beschimpfte und verfluchte mich, wie noch keine Schlampe in der Gosse je beschimpft wurde. Mit einem Schwall italienischer Verwünschungen, wobei er hartnäckig verrückt immer wieder auf meine Kleider zeigte: auf winzige Kletten und Dornen, die daran haften geblieben waren; und obwohl ich die Worte nicht verstand, wurde ihr Sinn mir doch schändlich nahe gebracht. Besonders ein Ausdruck tauchte immer wieder auf: *vergogna, vergogna!* was sich nach der verworfensten babylonischen Hure anhörte, aber relativ harmlos war, wie ich später in dem berühmten Wörterbuch entdeckte; es hieß nichts weiter als ›Schande, Schande.‹ Vielleicht ist die italienische Schande schlimmer als unsere.

Wie auch immer, die ›schmutzige‹ Bedeutung von *vergogna* wurde mir in den folgenden Tagen von der ganzen Familie klargemacht: man ließ mich meine Schande fressen und im Staub kriechen. Ging ich in die Küche, um irgend etwas zu bestellen, so traf ich nur auf niedergeschlagene Augen; und die Kirche plusterte sich auf, schob den Bauch vor und wollte absolut nicht mit mir sprechen, wobei er einen Ausdruck übertriebenen hämischen Abscheus zur Schau trug; und wenn ich nur seinen Ärmel berührte und »Bitte...« sagte, zuckte er zurück, als hätte ihn eine Viper gestochen. Das Äußerste, was er sich eine Woche lang abquälte, war »Signora, prego.« Und da hatte ich auf zivilisierte Entspannung gehofft; ich begann mich nach Laugharne zu sehnen wie nach einem fremdartigen Istanbul. Lachend wollte ich mich über diesen goldenen Halfter hinwegsetzen, machte mir weis, daß es nichts Ernstes sei, daß nichts mich jetzt noch treffen könne; und doch ist die Bosheit der öffentlichen Meinung so einflußreich, daß ich mich wieder einmal wie der Fuchs bei einer Treibjagd fühlte. Darüber hinaus hatte die Kirche mich mit seinen Fäden, Schnüren, Drähten und Telefonverbindungen genau da, wo er mich haben wollte: in seiner beschützenden Gewalt. Was immer ich tat, ich spielte stracks in seine Hände; er erpreßte mich offen und rücksichtslos. Er war nicht nur Junos zahlender Pfau, er hatte nun auch die finstere Verkleidung des Grafen Fosco angelegt; er brachte mich zum Leiter der Poststelle und spulte in Windeseile und aus voller Kehle alles herunter, was er an mir auszusetzen hatte und schilderte haarklein mein schandbares Betragen, ohne etwas auszulassen. Er benutzte ihn als Dolmetscher, diesen unglückseligen Mann, der ein paar Worte Französisch sprach – und der offensichtlich völlig perplex war, mir verzweifelt zublinzelte, kleine Höhepunkte der Predigt offerierte und vergeblich versuchte, ihn zu beruhigen. Wahrscheinlich wäre es ewig so weitergegangen, hätten nicht die entnervten Schreie Colms dem schließlich ein Ende gesetzt.

Meine Lage wurde um nichts besser durch die nackte Tatsache, daß ich von dem Geld lebte, das die Kirche mir geliehen hatte; und daß ich ihm Geld für das Hotel schuldete. So war es immer gewesen, mein ganzes Leben mit Dylan hindurch: nie konnte ich den vereinbarten Betrag zur vereinbarten Zeit bezahlen; und ich haßte die ganze erniedrigende Situation.

Eines Nachmittags, als ich allein im Haus war, vorgeblich um zu schreiben, kam Pietro vorbeigeschlendert. Er gehörte zu den berufsmäßigen Aufreißern, ein ausnehmend hübscher Junge mit dem Ruf des Don Juan, neben dem ich mir wie das sprichwörtliche zähe Leder des enggeschnürten England vorkam. Und obwohl ich voller Bewunderung für seine verführerischen Künste war; zu dieser Stunde des Nachmittags, in der miserablen Stimmung, in der ich war, mit ihm zu schlafen, war viel zu widersinnig, um es in Betracht zu ziehen. So stritt ich mit ihm und versuchte ihn zu bewegen, das Feld zu räumen, ohne zu böse Worte gegen ihn zu gebrauchen, da er so lieb und sanft war; schließlich verließ ich das Haus und ging nach draußen zu meinem Tisch, wo ich mich demonstrativ an meine Arbeit setzte, in der Hoffnung, daß er dadurch aufgeben und auf Zehenspitzen davonschleichen würde.

In diesem Augenblick hörte ich ein ungeduldiges Rütteln am Außentor, das ich abgeschlossen hatte, um die Leute draußen zu halten; und kaum hatte ich Zeit, Pietro aufgeregt zuzuwispern, daß jemand käme, als die Kirche schon, wütenden Argwohn im Gesicht, sich durch das Loch in der Hecke zwängte. Er befahl mir, sofort das Tor aufzuschließen, da er Gesellschaft mitgebracht habe, das vorerwähnte Quartett von Rio, das mir seine Aufwartung machen und Tee mit mir trinken wollte. Zitternd, benommen vor Angst gehorchte ich und bat sie, undeutlich konfuse Begrüßungen murmelnd, herein. In der Zwischenzeit konnte ich hören, wie die Kirche das Haus durchsuchte: es gab nur drei Zimmer; wie ein wütender Stier riß er die Türen auf und warf sie wieder ins Schloß. Ich wartete verkrampft, in der fürchterlichsten Verfassung, auf das ›Gefunden‹-Gebrüll. Völlig perplex erschien er endlich mit Stühlen auf dem Arm; und die ganze Zeit hatte ich keine Ahnung, wo Pietro war und wagte natürlich nicht, nach ihm zu gucken. Nervös ließen wir uns um den Tisch nieder; und ich bin sicher, die schlauen Weiber entdeckten etwas verdächtig Falsches in meinen zerstreuten Antworten und krampfhaften Handreichungen. Sie packten Körbe voll Essen und Trinken für die *merenda* aus, den italienischen Tee; und selbst in meiner aufgeschreckten Verfassung war ich verblüfft über so viel und so Vielfältiges; und kaute voller Entsetzen an dem Gedanken, wie lange es brauchen würde, das alles zu verdrücken. Der einzige, winzige Rettungsschimmer durch diese quälende schwätzende Pein hindurch war, daß ich Colm um vier Uhr von der Schule abholen mußte. Aber als die Zeit schweratmend weiterrückte und die *merenda* noch immer in riskantem Schwunge war, erklärte eine der gerissenen Provinzdamen, daß man ruhig eine halbe Stunde später kommen könne, da die Schwestern sich schon um ihn kümmern würden; und ich wagte nicht zu widersprechen, aus Angst, zu eilig zu erscheinen. Süffelnde, nibbelnde Ewigkeiten lang kosteten sie die letzte Olive, die erste Zigarette, leerten den letzten Tropfen Aleatico, den süßen, roten Landwein. Verworren räumte ich die Sachen ineinander, zerrte die Stühle ins Haus, klirrte und klapperte ziellos herum; und verriegelte atemlos die Tür.

Ich konnte es fast nicht glauben, daß ich wieder auf meinen eigenen Füßen war, den Berg hinunterstürmte, um Colm zu holen: die Freude über meine Befreiung war berauschend, aber immer noch hatte ich das stramme ›Skelett im Schrank‹, mit dem ich fertigwerden mußte. So eilte ich, so schnell es eben ging, mit Colm zurück um herauszufinden, war er nun dort oder nicht. Als ich zu dem Schreckenshaus zurückkam und die Tür entriegelte: siehe da, kühl und gefaßt wie ein Glashaus mit Gurken lümmelte er in dem einen und einzigen Liegestuhl und hörte Radio. Meine Entrüstung verflog und ich begann zu lachen, ganz schwach vor Erleichterung. »Aber wo waren Sie?« Er erzählte mir, daß er eine dreiviertel Stunde lang auf dem Steinfußboden unter dem Bett gelegen habe und uns zuhörte, wie wir aßen und uns unterhielten; und daß sein Herz, als die Kirche das Zimmer durchsuchte und sich dabei bückte, um seinen Füller, der ihm hingefallen war, wieder aufzuheben, wie wild tick-tack, tick-tack gehämmert habe, was für ihn die Enthüllung eines Herzens war.

Diese Schlafzimmer-Farce war meinem Leben mönchischer Zurückgezogenheit und göttlicher Meditation, das ich im Sinn hatte, keineswegs zuträglich. Sie jagte mir einen mächtigen Schrecken ein, gefährdete meine Beziehungen mit der Kirche ernsthaft und hatte einige schmutzige Nachwirkungen später, im Hinblick auf Joseph. Ich mußte mich in dämliche Täuschungsmanöver stürzen, um mich aus ihr herauszuwinden. Wenn Joseph stolz und vorwurfsvoll war, konnte nichts ihn rühren; er war furchteinflößender als die Kirche für mich, weil ich ihm mehr zugetan war; und ich dachte, diesmal bin ich zu weit gegangen und habe ihn durch reine Dummheit endgültig verloren.

Später sah ich Pietro und Joseph zusammen in der Stadt, sie redeten wild aufeinander ein; wie das in Italien so üblich ist, über Nichtigkeiten, die in England höchstens mit einem Grunzen kommentiert würden, es bedeutete nicht notwendigerweise, daß sie gerade meine Nußschale versenkten, aber das Spiel vor mir sah gefährlich aus. Pietro in seiner unnachahmlichen Art verschwand unmerklich; und mir blieb nichts weiter übrig, als den Felsen Joseph anzugehen; der mir schließlich erzählte, daß Pietro ein recht glaubwürdiges Garn gesponnen hatte, das auf dieser zweideutigen Boudoirszene basierte, die ich gerade berichtete; aber verfeinert war mit einigen ausgewählen Zutaten seiner eigenen Küche. Daß er mir eine Flasche Cognac mitgebracht habe: es *gab* eine Flasche Cognac im Haus, von der ich Joseph schon ein Glas angeboten hatte; und nachdem wir jeder fünf Glas getrunken hatten – es war schlau von ihm, mit der genauen Anzahl aufzuwarten – hatte er mit mir geschlafen und ich weiß nicht was noch für geschmackvolle Schändlichkeiten getrieben. Es war eine dieser fast-wahren, hätte-passieren-können, klug gestrickten Geschichten, der alles, was ich zu meiner Verteidigung hätte anführen können, lediglich als Bestätigung meiner Treulosigkeit diente. Joseph hörte sich meine vergeblichen ungrammatikalischen Beteuerungen, von denen er nur die Hälfte verstand, eine Weile an; dann sah er mir mit jugendlicher Verachtung in die Augen und sagte zögernd: »Ich keine Lügner liebe.« Es war eine bewegte, ziemlich rauhe Überfahrt zwischen diesen beiden aufrechten Männern – die Kirche, der gewissenschaft das Wort ›Enttäuschung‹ nachgeschlagen hatte, um mir zu zeigen, was er von mir dachte; immerzu schlug er Wörter nach, um mir klarzumachen, wie sehr ich schon aus-der-Gnade-gefallen sei; und Joseph, der, unwissend wie er war, von allem überzeugt war, am meisten von sich selbst und von der absoluten Richtigkeit seiner Vorstellungen, die ihm bei der Geburt schon eingepflanzt worden waren. Ich glaube, daß er tatsächlich meistens recht hatte; aber es kommt diesen gerechten Leuten niemals in den Sinn, daß sie bewußt das Unrichtige tun können, gerade weil sie das Richtige wissen; so würde es ihnen zum Beispiel niemals einfallen, Alkohol zu trinken, wenn sie festgestellt haben, daß er zu bestimmten Zeiten schlecht für den Magen ist, genauso wenig wie ihnen das Fliegen ohne Flügel einfallen würde. Das ist es, was ich die ganze Zeit tue: schamlos eine Maschine in Gang setzen, von der ich nicht weiß, ob sie überhaupt im Gleichgewicht ist, und ohne mich groß darüber aufzuregen, ob und wo sie überhaupt landen wird.

Wenn ich meinen lumpigen, leichtfertigen Schwindelaffairen zuviel Raum eingeräumt haben sollte, so nicht, weil ich sie für so bedeutend halte, sondern weil man, um weiterzuleben, zumindest die Illusion braucht, daß etwas geschieht. Sie waren nicht mehr als Fliegendreck im Geflecht des Tages; aber nachts ist es wichtig für mich zu träumen, daß ich morgen jemanden treffen werde. Ich bin tatsächlich nicht sehr gut darin, den gelassenen Eremiten zu spielen, was die Rolle geworden ist, in der man mich gerne sehen würde; und ich bin auch nicht sehr gut darin, Bekanntschaften zu machen, neue Leute zu sehen, es sei denn, durch die Alkohol-Brille hindurch. Alles was ich tue, ist maßlos, als sei es das erste oder letzte Mal; nichts lehrt mich angepaßtes, angemessenes Verhalten: daß der morgige Tag immer ein grausiges Erwachen bringt.

10

Dann kam der Wind, und die brennenden Leidenschaften der Jagd wurden ganz einfach weggefegt. Es war kein gewöhnlicher Wind, sondern ein abstumpfendes, wahnsinniges Ding, mit einem schneidenden eigenen Willen, der bis ins gekrümmte Mark des zuunterst eingebetteten Knochens drang. Nichts ist der Liebe abträglicher als Kälte; und dieser Wind erschlug sie wie ein böser Fluch; ließ die empfindliche Treibhausblume verdorren bis hinunter zu den Wurzeln. Die folgenden Tage war es tödlich außerhalb des Bettes; elendiglich zitternd in diesem pfeifenden, klappernden Käfig: dem Hotelzimmer. Starr vor Abwehr hockte ich vor meinem Waschtisch, in meinen einzigen zwei Paar Bettsocken und zwei Pullovern und einem lächerlich geblümten Dirndlrock dazwischen. Und keine Ritze oder Spalte, kein gesegnetes Loch mit einem Feuer, um daran zu sitzen.

Zum ersten Mal dachte ich ernsthaft darüber nach, heimzufahren, nur um warm zu werden; und Telegramme flogen durch meinen Kopf. Aber wie ich immer langsam bin, wenn ich handeln soll und starrköpfig, wenn ich schon einmal dabei bin, wartete ich abergläubisch auf ein Zeichen, ein Symbol, ein Wunder am Himmel, das mir sagen sollte, was ich zu tun hätte, und ohne das ich mich natürlich nicht bewegen konnte. Da keins sich zeigte, blieb ich eisig sitzen.

Inzwischen klappte Colm krank und erschöpft zusammen, kam einfach um vor dieser Kälte ohne Ende. Ich war zornig und empört, daß es nichts gab, was die Kälte hätte mildern und unsere Lage angenehmer machen können; ich hatte immer noch nicht den Tropfen eines heißen Bades gesehen, tatsächlich gab es diese fundamentale Einrichtung überhaupt nicht; und im Meer zu baden war selbst für mich jetzt zu viel. Alle meine Familienfurien wurden geweckt durch die Gefahr für Colm, und ich wütete hilflos gegen die Kirche an; aber das half mir auch nicht weiter. Es blieb uns nichts übrig, als ins Bett zu gehen und dort zu bleiben, und das taten wir.

Nach zwei Tagen voll Gestank, Wein zur Betäubung und Stillstand, ausgestreckt auf dem Rücken, fühlte ich mich wie ein vollgestopfter, stockbesoffener, ausgestopfter Vogel. Aber Gott sei's gedankt – seit ich der Geschichte mit Pietro heil entronnen war, glaubte ich, daß es ihn geben müßte (ich war von Natur aus gläubig, konnte mich aber nie entscheiden, welchen Gott ich für welchen anderen aufgeben sollte, sie schienen mir alle gleich wahrscheinlich zu sein; ich konnte die strengen Finger unzähliger Götter sehen, die mich züchtigten, aber keinen, der mir zuwinkte) – das Wetter wurde milder und noch nie hatte mich ein Regenguß so glücklich gemacht. Ich fühlte mich wie ein Fisch, den man ins Wasser geworfen hat, nachdem er an Land um Luft ringen mußte: zurück in meinem natürlichen Element.

Ich schickte Colm wieder zur Schule, dem die Ruhe gut getan hatte, und der begierig war, kein Wunder, wieder hinauszukommen. Während ich mich in die Campagna stürzte, als sei es der erste Tag der Schöpfung; auch ich hatte es eilig, von unserer starren Mumifizierung wegzukommen. Das Land sah aus wie neu erschaffen, die Erde dampfte heiß nach dem Regen, das Gras reckte sich, die Blätter vibrierten, und die klare Luft atmete und pulste durch Stengel und Stämme. Aber als ich zum Haus kam, verflog meine gute Stimmung beim Anblick der Dinge, die ich vor einer Woche liegengelassen hatte; und der Aussicht auf leere Stunden, festgefroren am Tisch, bis es Zeit wäre, Colm wieder abzuholen.

Mein Geist arbeitet besser und ist klarer mitten zwischen Lärm und Wirrwar; er welkt und schrumpft beim Anblick weiter Räume, die sich vor ihm auftun. Die kleinen äußerlichen Dinge, die mir hier zustießen, schienen herzlich wenig mit mir zu tun zu haben: suchen, untersuchen, und nicht so viel Zeit mehr, um zu suchen und zu untersuchen; ich wußte nicht was und wonach. Denn als die Kirche sich so aufführte über meine leichten Regelverletzungen seines Heiligen Codex der Konventionen; der ihn natürlich nicht davon abhielt, seine geheiligte Frau zu betrügen, sooft sich die Gelegenheit dazu bot; da war es die uralte Geschichte, nicht von Gut oder Böse, sondern was-können-die-Anderen-sehen-und-was-nicht; ich war maßlos neidisch, daß er meine Verstöße gegen seinen guten Ton so ernst nehmen, so überzeugt sein konnte. Als wenn es darauf ankäme, wer mit wem wo lag und schlief: angesichts des schwarzen Loches, das zu den komischen Körpern heraufgrinste. Die Menschen haben eine gesegnete natürliche Gabe dafür, diese unappetitliche wie unleugbare Wahrheit von sich wegzuschieben. Ich kann das nicht, und Dylan konnte es auch nicht; und seit er sie bewiesen hat, vergesse ich sie weniger denn je.

Die letzte Verirrung der Kirche war es, beim Haus vorbeizukommen, wenn Colm, Joseph und ich uns eingeschlossen hatten und über einer erbärmlichen Tasse Tee zitterten, die wir zuvor in einem Blechtopf gekocht hatten. Heimlich über die stürmische, windgeschüttelte Terrasse zu kriechen, ohne daß wir etwas davon wußten, und hoch gegen die Tür Stühle, Tische, Kisten zu türmen, irgendwelche schweren Gegenstände, um uns am Herauskommen zu hindern. Es war ein merkwürdiges Gefühl später, im Halbdunkel, sich durch diesen gespenstischen Damm kämpfen zu müssen. Ein andermal trommelte er gegen die Tür und stürzte herein, enttäuscht, uns nicht verräterisch unbekleidet vorzufinden; aber unerschrokken wandte er sich gegen den armen verlegenen, harmlosen Joseph und belegte ihn, rasend vor Wut, mit all den blühenden Lumpen und Halunken, die so viel schlimmer klingen im Italienischen, und die er mit seiner lüsternen Zunge höchst wirkungsvoll begeifern konnte, wobei er sein Lieblingsschimpfwort für mich aufhob: Schlampe! Noch niederträchtiger als irgendeine beiläufig herausgebrüllte Beleidigung: er verbot mir strikt, *irgend jemanden* im Haus zu empfangen, oder er würde es mir auf der Stelle wegnehmen; was mich nun wirklich in die Enge trieb. Er bezog sogar den Engländer mit ein, indem er ihm die schandbare Situation erklärte und ihn um moralische Unterstützung bat: er solle als mein Landsmann mit mir sprechen und mir die Unschicklichkeit meines Benehmens vor Augen halten und das Schickliche seiner, der Kirche, Gebote. Der Witz bei der Geschichte war, daß sich noch nie jemand gegen ihn aufgelehnt hatte, und so war ich eine zum Wahnsinn treibende Konstellation roter Tücher für ihn, die gerade außer seiner Reichweite wehten und winkten. Der Engländer, der normalerweise Klasse-Meilen von mir entfernt war, war mir nie so nah gewesen wie bei dieser Gelegenheit: er schnitt eine belustigte Grimasse, und die Ursache eines so hochgeschraubten Ingrimms angesichts eines so unbedeutenden Umstands sondierend, verwies er trocken auf »Die grünen Augen des kleinen gelben Gottes« ... die solche Verheerungen anrichten unter den standfestesten, den gewöhnlich als Pfeiler-der-Rechtschaffenheit geltenden, zweifach fallenden Menschen.

Und als er eines Abends frohlockend verkündete, daß er in ein paar Tagen schon sich auf den Weg nach England machen werde und über Weihnachten dort bleiben wollte, vielleicht länger: und ob ich auch nach Hause fuhr und ob wir vielleicht zusammen reisen sollten? erhob sich ein beunruhigender Taumel in meinen Eingeweiden, das Verlangen wegzukommen von diesem künstlichen Schauspiel, das ich hier laienhaft inszenierte, als aufgetakelte Primadonna, die den Clown in allen Szenen mimte, mit Bädern, Wärmflaschen und namenlosen Kindermädchen. Der Gedanke, mein letztes Stückchen Heimat zu verlieren, war verheerend für mich; wie immer, wenn sich Menschen trennen, entwickelten wir eine plötzliche panische Zuneigung füreinander.

Dann kam die letzte Kraftprobe mit der Kirche; meine sinkenden Flaggen der Unabhängigkeit reizten ihn, und so marschierte er zu einem von vornherein feststehenden Sieg. Drastisch griff er durch, nach einem stürmischen Sonntag. Es war bei einem Abschiedsessen für den Engländer und den pensionierten Oberst mit Frau und drei Kindern, bei dem ich die Gastgeberin spielte, ein hoffnungsloses Unterfangen, was mich betrifft. Keine geistsprühende Gesellschaft; sie saßen verkrampft, schweigend, festgebannt, verständnislos den nuschelnden, knurrenden Bemerkungen des Engländers und mir lauschend; geierschnell über ihre Teller herfallend, die ungenügend gefüllt waren, wie ich zu meinem Entsetzen bemerkte: ein Bissen Gehässigkeit von seiten der Kirche, da ich in Ungnade gefallen war. Ich dachte an das Mittagessen, das sie für mich in ihrem Haus gegeben hatten: das gerade aus einem Zimmer bestand, mit ihren Betten und allem drin, spitzenbedeckt eigens für diesen Zweck, mit der Küche, einem Stall am unteren Ende des Weges, von dem ein Sechs-Gänge-Menü herauf- und hinuntergetragen wurde: *antipasto, pasta, pesce, carne, frutta, formaggio;* alles von dem Oberst selbst zubereitet. Dann kam als letzte, verwerflich unpopuläre Zutat zu unserem mühsam sich dahinziehenden, stummen, chaotischen Mittagessen Joseph hinzu.

Ich verlangte ein Glas für ihn, das die Kirche so weit entfernt wie möglich absetzte; als er einen Tropfen Wein hineingoß, wandte er mit vollendetem Abscheu sein erhabenes Haupt davon ab. Der unglückselige Junge hatte sich mit seinen besten Sonntagskleidern fein gemacht und sah zum ersten Mal unfertig und wenig einnehmend aus; diese groteske Veränderung war unglaublich: pappsteifes brandneues Wams, mit einem Reißverschluß unversöhnlich hoch bis zum Kinn geschlossen, passende Reißverschlüsse an den Taschen, grelle, fast orangefarbene Hosen, schwarze spitze Lackschuhe. Wo war mein hübscher Joseph geblieben mit seinem ewigen Pullover mit den marineblauen Sternen drauf, seinen erdstumpfen Arbeitshosen, seinen weichen Stiefeln; jeder hier trug sie auf den abschüssigen Steinen dieses Landes, ich auch, als alle meine anderen Schuhe sich in kleine Schnipsel aufgelöst hatten. Aber *er* war keineswegs niedergeschlagen von seinem geschleckten Aufzug; ganz im Gegenteil, wie ein Hahn auf dem Mist war er entzückt, hielt sich für schick, was eine zusätzliche Beleidigung für mich war. Es war zum Verzweifeln, kann Liebe so schnell verlöschen, allein durch den Wechsel der äußeren Hüllen? Nachdem er einige Gläser zuviel getrunken hatte, normalerweise trank er nicht, forderte er mich auf mit ihm spazierenzugehen; und wie ein hypnotisiertes Schaf folgte ich ihm. Das brachte das Faß zum Überlaufen und die Kirche zu seinem drastischen Schritt.

Als ich am Abend zurückkam, stand er vor mir; und wenn die Tore der Erlösung für mich schon geschlossen waren, jetzt waren sie zusätzlich verriegelt und verrammelt; seine ganze riesige Gestalt, die breitbeinig in der Tür stand, mit ausdruckslosem Gesicht, war verriegelt. Förmlich und knapp verlangte er die Hausschlüssel von mir, erklärte, daß der Besitzer mich heute nacht noch sprechen wolle, und ich möge meine Sachen zusammenpacken, um morgen nach London abreisen zu können. Daß er mich nicht länger in seinem *albergo* wolle, der durch mich einen schlechten Ruf bekäme. Es war sinnlos, so zu tun, als sei ich nicht betroffen, schreckerfüllt überlegte ich, daß es mir diesmal nicht gelingen würde, den riesigen Fels seiner steil aufragenden Rechtschaffenheit einzureißen. Ich sagte also gar nichts, rannte mit hängendem Kopf an ihm vorbei, die Treppe hinauf. Aber es war deutlich, daß ich jetzt katzenschlau sein mußte; stammelnde Worte waren nicht mehr gefragt in diesem dramatischen Stadium, wollte ich irgendetwas zu meinem Vorteil erreichen. Nur zwei schmachvolle Requisiten standen mir noch zur Verfügung: der zweifelhafte Vorteil, eine Frau zu sein, was ich selbst zuweilen vergaß, jetzt aber dick wie Käsecreme auftragen mußte, mit dem riesigen Schaufelblatt einer Schlachtschiffschraube; all die bekannten Waffen wie Tränen, hysterische Anfälle, Elend in einem fremden Land, schwach, verlassen, niemand-auf-der-Welt-als-ihn; und – was mir am schwersten fiel – ihn demütig, gebrochen, auf Knien anflehen. Die andere Waffe, die ich erst recht nicht einsetzen wollte, weil sie mir näher und aufrichtiger war, war mein verhätschelter Kummer. Aber ich mußte es tun, wollte ich ihm begreiflich machen, warum ich so gleichgültig gegen alles reagierte, gegen das, was ich tat oder das, was mit mir geschah; die für ihn so unnatürliche Lust, sich selbst zu zerstören; obwohl er unfähig war, diese fatalistische Haltung zu verstehen.

Nach dem Abendessen also, das wir zum ersten Mal nicht in der Küche wählen durften, sondern das rüde vor uns hingeknallt wurde; und nachdem ich Colm zu Bett gebracht hatte, kam er hinauf und erklärte, daß der Hausbesitzer draußen warte. Keineswegs der Hausbesitzer, das schwöre ich, sondern ein Verwandter; wie üblich in diesen kleinen Orten sind sie alle miteinander verwandt; er lebte in einem Haus auf dem gegenüberliegenden Berg, der noch höher war und direkt auf meines herabschaute. So daß er ganz offensichtlich jeden, der kam und ging sehen – und was er nicht sehen, erfinden – konnte. Die Kirche hatte ihn aufgetrieben – das lag für mich auf der Hand – um seiner Drohung Glaubwürdigkeit zu verleihen.

Inzwischen hatte ich meine Nerven aufpoliert, mich gestählt mit vielen Schlückchen *caffè corretto* Mut für die Unterredung. Ich rauschte im großen Auftritt herein: die distinguierte fremde Besucherin, geradewegs vom Schiff, ohne irgendeine Ahnung in der Welt, was der ganze Aufruhr zu bedeuten habe. Der angebliche Eigentümer sah noch mieser aus als ich zu hoffen gewagt hatte, fühlte sich in eine peinliche Ecke gedrängt, aber nachdem die Kirche ihm verschwörerisch aufmunternd zugenickt hatte, begann er unzusammenhängend von Strömen junger Männer zu stammeln, die er einen nach dem anderen gesehen hatte, wie sie das Haus aufsuchten. Es war schon merkwürdig, ich hatte sie nicht gesehen bei meinen langen, einsamen Aufenthalten; das muß genauso gut wie die Abziehbilder gewesen sein, die Tag und Nacht an seinem Fenster klebten wie aufgespießte Motten. Worüber beklagte er sich eigentlich? und hatte er keine andere Beschäftigung? Dann streckte er in einer wirklich widerlichen Geste die Zunge heraus, gute fünfzehn feuchte Zentimeter, und zahnlos war er auch noch; und tippte sich mit seinem schmierigen Finger vielsagend auf die Spitze. Die Leute redeten, bedeutete er mir. Ich antwortete nicht, daß die Leute immer reden und wie glücklich sie sich schätzen könnten, einen Grund dafür gefunden zu haben: mein ›schlechtbeleumdetes Haus‹ war schließlich kein schlechteres Gesprächsthema als alle anderen. Ich begann schon selbst daran zu glauben, aber dann hätte auch für mich etwas abfallen müssen bei all dem Spaß und den Spielen.

Meine Empörung stieg langsam, als die beiden mich, in

meinem Interesse natürlich, so giftig zum Sündenbock umkrempelten. Ich fand keine passenden Worte, um mich zu verteidigen, und plötzlich waren sie da: die Tränen, von denen ich befürchtet hatte, daß ich sie nicht produzieren könnte, ich schwamm in Tränen und konnte sie nicht wieder trocknen. Ich war frustriert über alle Maßen und weigerte mich, mit den beiden Miesmachern das Glas zu heben, was für eine Heldentat, stürzte zu meinem Zimmer und schlug die Tür hinter mir zu. Kindisch, das ist wahr, aber erfreulich wirkungsvoll. Zitternd saß ich auf meinem Bett, schluchzte krampfhaft, wie ich geglaubt hatte, nie wieder zu schluchzen, während ich allmählich meine kribbelnde Fassung wieder fand; und uninteressiert den *sotto-voce* Weiterungen im angrenzenden Zimmer lauschte. Ich konnte gedämpftes Schlurfen, dringliches Wispern, das Klicken des Lichtschalters hören; und einen Augenblick später war die Kirche bei mir; brachte mir geläutert unterwürfig meinen Wein, mit einem beinahe menschlichen Blick im Gesicht. Sogleich versicherte er mir, daß er den Schlüssel nicht zurückfordern werde, solange ich seine Bedingungen erfüllte und nicht mit Joseph sprach oder irgend etwas mit ihm zu tun hatte, oder mit einem der anderen *giovani*, das mußte ich versprechen; und um den Anschein der Schicklichkeit zu wahren, dürfe niemand zum Haus kommen außer ihm. Er würde mich gerne in seinem Hotel behalten, alles in seiner Macht Stehende für mich tun, solange ich das Dekorum wahre, wie es ziemlich sei für eine anständige Frau. Offensichtlich hatte er den Schmieren-Hausbesitzer kurzerhand wieder abserviert.

Ich hatte diese Predigten, die vielen zum-einen-Ohr-rein-und-zum-anderen-heraus schon oft genug gehört – aber als er meine Briefe hervorholte, die er liebevoll gesammelt hatte – und zeigte, wieviel sie und ich ihm bedeuteten, fühlte ich Mitleid, weil ich ihn so launenhaft behandelt hatte. Wenn er mich wirklich liebte, aber ich glaubte nicht mehr an dieses abgedroschene Wort, waren alle seine heftigen Ausbrüche von Herzen verzeihlich. War er nicht sogar im Recht, so gesehen? Jedenfalls blieb mir gar keine Wahl, also versprach ich alles.

Ohne die Zustimmung der Kirche hätte ich in Rio genauso

wenig leben können wie mit einer Todesstrafe; es hätte keine Alternative gegeben, als abzureisen, und ich wollte noch nicht abreisen, nicht weil es mir so gut gegangen wäre, ganz im Gegenteil, sondern weil ich mir selbst, wenn das Verlangen nach Meinesgleichen mich quälte und peinigte, nach einem Menschen, dem ich Dinge erzählen, an den ich mich halten könnte, der meine schrecklichen Geschichten verstehen würde, bitter sagen mußte, daß ich niemanden und nichts hatte und würde ich bitte die Fresse halten. Ich weiß, ich hatte die anderen beiden Kinder und ich liebte sie und sehnte mich danach, sie zu sehen; aber Kinder sind eben Kinder, was das betrifft, und kommen unter einer eigenen Überschrift. Sie sollten niemals als Wäscheleine, an die man die Lappen der Zuneigung klammert, benutzt werden. Keine Mutter liebt mehr als die, die sie in Frieden läßt. Und seit ich das ungestüme Benehmen der Kirche im Licht seiner heftig-abgelehnten Liebe zu mir sah, wurde es mir gleich viel sympathischer, und ich schätzte ihn merklich höher ein: soviel zu der Schlagsahne der Schmeichelei.

Gleichviel, dieses neue Reglement höchster Exklusivität, das er mir auferlegte, ließ mir keine große Auswahl an Ablenkungen; da Cafés und öffentliches Trinken schon jenseits seiner gesteckten Grenzen lagen. Eine Flasche im Haus, ja; oder ein Glas im Hotel: wohlgemerkt, ich meine dieses fröhliche Hotelzimmer, in dem ich schlief, wo ich so viele zermürbende, sich tief in die Grube der Erinnerungen vergrabende Stunden verbracht hatte; den Mut zu finden suchte, hinauszugehen und mich den abschätzenden starren Tierblicken dieser Fremden zu stellen. Seit der Engländer und seine Frau gepackt hatten und abgezogen waren und die feinen Damen sich in sicherer Entfernung von mir hielten, blieb mir einzig der pensionierte Oberst zur Unterhaltung: ein sehr alter, sehr kleiner Mann, bis zu den buschigen Augenbrauen in seinen Bart versunken, der niemals mit mir redete, sondern scharfe Befehle in militärische Leerräume ausstieß. Was die Kirche selbst betraf, so war das Äußerste, was ich ihm je entlocken konnte, ein Schluck Kaffee oder Tee; nicht daß er geizig gewesen wäre, er trank nur nicht zu den unpassenden Zeiten: die passenden konnte ich nie herausfinden. Ganz selten sah ich ihn überhaupt, außer wenn er uns das Frühstück früh am Morgen brachte; und mich, ja oder nein, ich betete, nein, sekundenschnell aufs Bett rollte. Dann hinüber zu seinem Gemeinde-Büro, wo er unter dem Gewölbe seines eleganten Zimmers: mit einer fast unsichtbaren, dunklen Schreibkraft in der einen Ecke, sein bedeutendstes Gesicht aufsetzte, und trommelte und diktierte und bezugnahmauf in geheimer, amtlicher Mission, bis zwei Uhr mittags. Ich sah ihn nicht mehr, bis ich von meinen frigiden Schwangerschaften am Abend zurückkehrte; es sei denn, daß ich einmal die Straßen auf- und abschlenderte, um die Zeit bis zum Essen herumzubringen, und stehenblieb, um mit jemandem zu reden; dann war er immer gerade hinter mir, bereit mich weiterzuscheuchen. Er gestand mir einen schwarzen Kaffee – vom freundlichen Massimo, dem Barjungen, mit einem Schuß Branntwein versetzt – nach dem Essen zu. Dann nickte er, blinzelte, blähte seine breiten Schultern auf, um mir seine teuflischen Absichten klarzumachen und verschwand verstohlen; fünf Minuten später folgte ich ihm in Dulder-Demut nach, trödelte so lange wie möglich über dem unerläßlichen Wörterbuch, während ich noch hoffte, er würde mich in Ruhe lassen; doch unfehlbar begleitete er mich sicher die Treppe hinauf.

Trotz allem konnte ich nicht vergessen, daß auch Joseph noch auf der Welt war, der nichts von diesen neuen strengen Maßnahmen wußte und der seinen ganzen Alltags-Charme wiedergefunden hatte, mit seiner frühmorgens beginnenden Hauer-Arbeit und seinen gewohnten alten Liebes-Kleidern. Wie konnte ich ihm das erklären? Schließlich schrieb ich einen Brief in Baby-Englisch, so nahe, wie ich dem eben kommen konnte – obwohl ich immer Mühe hatte, mich einfach auszudrücken – und versuchte, ihm meine schwierige Lage zu erklären. Und um dem: ›Ich darf ihn nicht mehr sehen‹ den Stachel zu nehmen, fügte ich hinzu, daß ich ihn noch immer liebte, und vielleicht später... So ungern mag die Liebe sich von irgendeinem Teil ihrer selbst trennen. Oder sollte ich sagen, so zäh hält eine Hündin fest an ihrem Aasbrocken.

Joseph, der sich von meinem Brief keineswegs hatte entmutigen lassen, war munterer als er seit langem gewesen war, und ich konnte ihm nur mit Mühe klarmachen, daß es ernst gemeint sei. Er weigerte sich, ein Wort von dem zu verstehen, was ich sagte: und ich fühlte mich wie eine blöde Kuh, als ich ihm erklärte, daß es mir, einer freien Frau meines Alters mit drei Kindern von einem verrückten Vermieter, der sich herrschsüchtiger aufführte als ein eifersüchtiger Ehemann, ohne irgendein Recht vor der Welt über mich zu haben, verboten sei, mit ihm auf der Straße zu reden. Joseph lachte einfach über mich und wollte wissen, warum ich auf Mussolini hörte, wie er die Kirche nannte; warum ich nicht das Hotel verließ, woanders hinging, tat, was ich wollte und die Kirche einfach nicht zur Kenntnis nahm und seine Absicht, mich in eine Kiste zu sperren. So einfach ist das Leben für die ganz Jungen; und ich fragte mich, warum ich es nicht tat; zumindest die unbezahlte Rechnung mußte ich in Betracht ziehen, wenn sonst nichts: eine dieser irdischen Kleinigkeiten, die vor meinen zu- und abnehmenden Affairen kam. Aber ich konnte von Joseph nicht erwarten, daß er das verstand; oder daß es im Rahmen des Möglichen liegen könne, den Tyrannen, der eine so ungerechte, vernichtende Knute führte, zu mögen, obwohl man sich gegen ihn auflehnt und empört. Tatsächlich war ich hin und hergerissen zwischen Abscheu über seine plumpe Anmaßung und gerührt von seiner Liebenswürdigkeit, sich überhaupt mit mir abzugeben, noch dazu auf diese rasende Weise. Nichts war schlimmer, entdeckte ich, als ganz und gar verstoßen zu werden und die schreckliche unpersönliche über-überschwengliche – so wie alles über-überschwenglich bei ihm war – Höflichkeit eines strengen, völlig unbeteiligten Fremden zu erleiden.

11

Das Meer hätte sich azurblau und so glatt wie ein Mühlteich zeigen sollen: hat schon mal jemand einen Mühlteich gesehen? aber es war zornig und grau, wogenrollend und grollend und rotgerändert, mit Eisenstaub in den Augen. Die Boote saßen geduldig in ihren Reihen und Gliedern im Hafen, wie Boote das tun, wurden höchstens einmal in einer ganz besonderen milden ekstatischen Weile aufgestört, um durchs Wasser zu zittern. Das gilt natürlich nicht für die beleibten schwarzen Hausfrau-Dampfer, die auf- und abschlingerten zu der entfernten, halsbrecherischen Anlegestelle und dann weiter zum Festland und wieder zurück; und riesige schläfrige Schlepper mit der hochgetürmten, unentrinnbaren Mineralienfracht hinter sich herzogen. Die tagscheuen Fischerboote waren nachts unterwegs, man sah ihre Lichter und wie sie durch einen röhrenförmigen Mechanismus mit Glasboden spähten, um die zappelnde, vergrößerte, ausweichende Algenwunder-Unterwasserwelt nach Fisch abzugrasen.

Der schlanke Passagierdampfer, der so blasiert und weltmännisch war, daß er nur oberflächliche und lockere Verbindungen zu Rio unterhielt, kam zweimal täglich vom Festland herüber; er legte einmal um acht Uhr morgens und einmal um fünf Uhr dreißig abends an. Das war das große Ereignis des Tages, wenn jeder gesellige Mensch zu seiner Ankunft herunterkam, und auch wir versäumten ihn nach Möglichkeit nie und überflogen eifrig die Gesichter der fernen Ankömmlinge. Ich weiß nicht, wen wir zu sehen hofften, aber es war unmöglich, nicht zu hoffen. Er ließ sich nicht dazu herab, uns zu nahe zu kommen, sondern er wartete statt dessen weit außerhalb des Hafens auf die Ruderboote, die die Passagiere hereinbringen würden; und sobald er sie abgesetzt hatte, eilte er wohlgemut und mit flammenden Lichtern davon, einem angeseheneren Hafen entgegen.

Selbst diesen sicher arglosen Zeitvertreib, der Colms wegen stattfand, wie ich behauptete, tatsächlich aber für mich ganz genauso aufregend war – die Nostalgie der Abreise, während wir wußten, daß uns noch nicht erlaubt war abzureisen, daß wir nichts und niemanden hatten, zu dem wir hätten hinreisen können; allein diese Luft von Bewegung und Veränderung zu atmen, war schon belebend: wie ein durchsichtiger saurer Drops, mit dem Ungestüm der letzten Gelegenheit gelutscht, bevor wir zurückkehren mußten zu den einschnürenden Schürzen und Bändern und Nadeln, die wir mit aller Macht zu zerreißen suchten; oder wie die wilde Freude eines Gefangenen beim Anblick eines Grashalms, der sich tapfer durch die Steine kämpft, einer lebendigen Maus, eines fliegenden Vogels, der gegen das Fenstergitter taumelt, ein Briefmarkenstück Himmel – selbst diese Ausschweifungen der Phantasie mißbilligte die Kirche. Ich weiß nicht, welche bacchantischen Vergewaltigungen er sich vorstellte am Ende dieses grimmigen, windgefegten Piers, der Richtung Ewigkeit wies – aber früher oder später, in Regenmantel und Käppchen und dringenden Geschäften kam er langen Schrittes herunter, suchte scharfäugig links und rechts, und wenn er uns aneinandergedrückt an der Mauer fand, schaute er demonstrativ weg, sprach wichtig mit Freunden, warf uns einen letzten durchdringend verzweifelnden Blick zu, als hätten wir Körper und Geist bereits auf dem Marktplatz verkauft – und kehrte zurück zu seiner Küche, in der Gott regierte.

Das jüngste meiner zahllosen ›neuen Leben‹ erfuhr eine gewisse Nachlässigkeit in der Durchsetzung seiner Regeln, die sich auf zwei unerwartete Feiertage zurückführen ließ, ohne daß ich den Grund dafür sagen könnte, jedenfalls wurde alle Arbeit eingestellt und Joseph freigesetzt, was mich in ein Dilemma verwickelte. Es war schlechterdings unmöglich, nicht mit ihm zu sprechen, und zu kindisch, nicht die Straße mit ihm hinaufzugehen; wir waren fast wieder dort, wo wir uns getrennt hatten, außer daß wir uns nicht lieben konnten, aber das war ein unüberwindliches außer; dafür hatte die Kirche gesorgt, und wir waren beide reizbar und launisch. Wie viele Qualen machen wir durch, weil wir keinen eigenen Platz haben uns hinzulegen; Dylan und ich bemitleideten immer die Liebespaare im Winter.

Nicht nur sind Männer unwichtig, wenn die Sonne scheint, sie sind eine Plage und eine Pest; mein beherrschender Wunsch ist, sie für immer und ewig los zu sein, mich von der Sonne anfüllen, sie langsam raffiniert eindringen zu lassen in jeden verborgenen Teil von mir, bis meine Eingeweide brennen und meine Linien in einem Feuerball verschwinden; aber es war eine trügerische Wintersonne, mit all der brummenden Schläfrigkeit des Immer-so-weiter. Jede Minute, die man drinnen blieb, war ein Verbrechen; nachdem ich also mühsam mein morgendliches Ritual abgeleistet hatte, packte ich Badeanzug und Handtuch und kletterte den Zickzackpfad zum Meer hinunter, auf heiligem Boden schreitend, der mir allein geweiht war. Aber natürlich konnte ich nicht zu der sicheren Bucht gehen, die ich kannte, ich doch nicht, ich mußte mich selbst herausfordern und einen Schritt weiter, zur nächsten, felsig abschüssigen gehen: wo das Wasser wirbelte und in grüner Ekstase gegen die Felsen tobte, und ich fasziniert hinunterstarrte, sehnsüchtig und verängstigt.

Und als der Augenblick des Eintauchens gekommen war, benutzte ich jede Entschuldigung, um mir selbst zu beweisen, daß es nicht notwendig sei, während ich doch die ganze Zeit wußte, daß ich es tun mußte: daß es ein Preis war von vielen, den ich für meine übermäßigen Genüsse zu zahlen hatte. Als ich schließlich kopfüber hineinsprang, und mein Körper mit den wechselnden Wogen hin und herrollte, und das Wasser so stark war, daß ich ihn gar nicht mehr spürte: hatte ich ein köstliches Gefühl triumphierender Körperlosigkeit. Jetzt war ich wirklich bereit, die Welt zu erobern, noch eine Kindheitsprahlerei; all die ›Heimsuchungen‹ im Hotelzimmer, im schneidenden Wind, dem prasselnden Regen, die klappernde Lähmung meines Hauses mit dem unaufhörlichen Gebrüll eines schadhaften Radios, das französische Trivialitäten schnatterte, wurden ungestüm hinweggespült. Nicht zufrieden mit meinem Sieg über diese heranrollenden Armeen und Bataillone des Wassers, mußte ich neue Gefahren aufsuchen; über weitere riesige Felsblöcke klimmen, um den Fuß der Felswand herum, zurück zu meiner ursprünglichen Bucht; wo ich von neuem eintauchte und den wogenden Elementen trotzte. Aber wie gut fühlte ich mich hinterher, als ich endlich zu meinen Kleidern zurückgekommen war, die ich beinahe für immer verloren hätte; und wie gut, zweimal so gut schmeckte der Wein in meinem Haus im Bewußtsein der vollbrachten Heldentat.

Dieser Zustand himmlischer Gnade hielt bis gegen vier Uhr vor, als es allmählich kalt wurde und ich Colm abholen mußte. Ich konnte spüren, wie meine Begeisterung unangenehm abnahm, und wie die kleinlichen Alltäglichkeiten wieder auf ihre Rechte pochten. Aber auch nur kurze Zeit so intensive Empfindungen gefühlt zu haben, sollte genug sein, versicherte ich mir selbst; zu wissen, daß es sie gibt, daß man sie erleben kann, sollte mich dankbar machen. All die platte, fußkranke Zeit dazwischen sollte ich zufrieden von dieser letzten Erfahrung zehren; und auf die nächste hinarbeiten, gleichgültig, wann sie sich offenbaren würde. Ich erwartete – das war mein Fehler – daß der trübe Strom des Lebens sich ständig auf demselben hohen, lebhaften, begeisterten Niveau bewegte, ein Niveau, das offensichtlich selbst für einen fortgeschrittenen Mystiker wenig praktisch war.

Mir fiel auf, daß ich meinen Mystizismus, den ich immer so inbrünstig gesucht hatte, in letzter Zeit sträflich vernachlässigt hatte: entrückt auf einer Wolke russischer Kerzen, schrillen Räucherwerks und durchdringender männlich tiefer, weiblich hoher, beschwörender, brüllender, ächzender, verletzender Stimmen... Wenn sie mich nur nehmen wollten, ich gehörte ihnen ganz und gar, bis zu den untersten Zehennägeln hinunter. Abgesondert in strengen Tabernakeln Jüdischer Väter; hingestreckt, vollkommener, vor der wunderbaren heiligen Handlung der Messe, wenn sie gut war: ich weiß, daß man nicht danach sehen sollte, ein religiöser Snobismus; daß der wahre Gläubige dasselbe fühlt, gleichgültig, ob die Zeremonie gut oder schlecht ist. Für mich ist sie ein großes Kunstwerk, und etwas darüber hinaus, so daß sie, wenn sie gemein gemacht wird, flitterhaft, zur billigen Pantomime verkommt wie in Irland, mich nur zornig macht. Aber wenn sie schmucklos abgehalten wird – in ferner Kathedralen-Unmenschlichkeit, das Lateinische geheimnisvoll und hell, der männliche Gesang, die Antworten brennend, schmerzlich unpersönlich, unvermeidbar, ein verdorrtes Land jungfräulicher Gefühle berührend, die zeitlosen Gewänder, die dem Mann den Stachel nehmen, die außergewöhnliche Schönheit der Hände, die die symbolische Gebärde Jesu' ausführen: ich werde nie verstehen, warum diese einfachen Gesten, das zur Seite Ausstrecken, das Heben der Hände, in der traditionellen segnenden Haltung, so unbeschreiblich bewegend sind – so ist dies das Höchste, was Menschen vermögen.

So beschloß ich, am Fest von Mariä Empfängnis einen neuerlichen Blick in die Kirche zu werfen, um zu sehen, ob ich ein kleines Stückchen dieser Magie wieder erobern könnte. Unter komplizierten, qualvollen Verrenkungen zwängte ich mich schließlich in mein Schwarzes, das ein sicherer Hit war, wie ich wußte, und mich bei jedermann beliebt machte; sogar die Kirche machte mir Komplimente, weil mein Aufzug so schick und korrekt sei. Aber ich konnte meine eigene Abneigung gegen Schwarz nicht überwinden und zog das Kleid nur an, um den Leuten zu gefallen, was mir aus irgendeinem unverständlichen, mir meinen Platz zuweisenden Grund auch immer gelang, aber mein inneres, überkochendes Ich fühlte sich absolut nicht am Platze.

Mit der Frau des Obersten, mit Colm und einem geborgten Halstuch auf dem Kopf ging ich also los. Eine Zeit lang machte ich mir zuviel Gedanken um mich selbst, die neugierigen Blicke und die *café cognacs*, die den zu beschränkten Platz auf- und abtrudelten: ich überlegte, ob ich wohl in Ohnmacht fallen würde, meine Spezialität in der Stumpfheit dumpfer protestantischer Schulkirchen. Nichts Eindrucksvolles: ein glänzender vergoldeter Altar, Kerzen mit Glühbirnen darin, eine der schlimmsten Neuerungen, eine blasse, fade, alberne Jungfrau in der Mitte; und darunter ein junger, pummeliger Priester, der predigte, als hinge sein Leben davon ab, was möglicherweise wahr war, mit überschnappender Stimme, der der Sinn des Ganzen völlig gleichgültig war: er hatte das alles schon so *oft* gesagt, und es war ihm schon so lange eingehämmert worden.

Alles, woran ich denken konnte, während ich sein hübsches Gesicht betrachtete, das sich ohne irgendeine Willensäußerung seinerseits zu bewegen schien, und seinen zu gut-gefütterten und gepflegten Körper – wie gerne ich sein fließendes Gewand gehabt hätte, um mich darin auszubreiten – war Farbe. Was sollte man sonst mit diesen Leuten tun, die ständig für ihr Portrait posierten, ob nun jemand da war oder nicht, um sie zu malen: unwillkürlich griff ich zu meiner Palette. Von der Nonne, die die krampfhaft sich ringelnde, sich gegenseitig boxende, eine Minute ruhig wie ehrfurchtsvolle Mäuse, die nächste überschäumend wie verrückt hopsende Heuschrecken Bunte-Mischung-an-Jungen beaufsichtigte. Wieder einmal war ich mit dem verwirrenden Problem konfrontiert, wie man weiß auf weiß malt; das Kreideweiß ihres gemeißelten Gesichts, umrahmt von dem Innenweiß ihrer Haube, verlängert von dem unbeugsamen Weiß ihres gestärkten Schürzenlatzes; und der ganze Rest schwarz, schwärzestes Schwarz; mit Ausnahme der Hände, die den Rosenkranz, der vom schwarzen Kruzifix hertröpfelt, durch die Finger gleiten lassen: während die weißen Lippen in sein Ohr flüstern. Zu den knieenden Alten, die Schicht um Schicht von rissiger Farbe bedeckt, gekrümmt und zitternd wie böse Shylocks, an der verschnörkelten Altareinfassung aufgereiht sind, Augen geschlossen, Zunge vorgestreckt, dürstend nach dem Geschmack der magischen Oblate: dem sich verwandelnden Leib Christi.

Aber keine Magie kam zu mir: schon immer war es schwierig für mich, die Geschmacklosigkeit der Requisiten mit dem bedingungslosen Glauben des Volkes zu verknüpfen; wenn die Zeremonie sich nicht aufgrund der Musik auf ein höheres Niveau erhob, blieb ich steinern-kalt und verlassen, ein Eisblock, auf der Bank zurück, während die Gläubigen glücklich in himmlische Auen segelten.

Ich war nur dankbar, daß Colm verzückt wie ein gemalter

Engel sämtliche geschwungene Reden abgesessen hatte und sich am Ende bitter beklagte, daß es schon vorbei war, daß es zu kurz gewesen sei; und ich verzehrte mich danach, an die Luft zu kommen.

Der Engel erinnert mich an den Mann in Rio, dessen Name am wenigsten zu ihm paßte: an den armen Angelo. Vielleicht war er damit geboren, oder er war schrecklich entstellt worden; sein ganzes Gesicht sah aus, als habe es jemand mit einer geschickten Bewegung blitzschnell von innen nach außen gewendet: ein herausgerissenes Stück knolliges, narbiges, blutendes rohes Fleisch. Mein Prinzip, keinem Anblick auszuweichen, wurde schmerzlich auf die Probe gestellt, wenn ich ihn ansah. Aber zu den angenehmen Seiten der Italiener gehörte die Art, wie sie Angelo aufnahmen, vollkommen natürlich, als sei nichts Besonderes an ihm zu bemerken, und er war wirklich wie einer von ihnen. Und nicht nur Angelo, auch alle die anderen Käuze, Launen der Natur, grotesken Figuren: und der unvermeidliche Idiot jeder kleinen Stadt, wo Inzucht und Inzest an der Tagesordnung sind. Hier war es ein zu groß gewachsenes, altersloses Mädchen, mit Rattenschwänzen und Kübel-Mund, das herumlatschte und gaffte, nicht vorhandenen Dreck aufkehrte, eifrig in Büchern blätterte und offenbar seinen ständigen Wohnsitz in Colms Kindergarten hatte. Die phantastisch Verdreht- und Verknoteten, mit den häßlich geschwollenen Gelenken des verkrampften Rheumatismus. Der Korkenzieher von einem Mann, den man in seinem Rollstuhl hinausschiebt, ohne einen Sinn dafür, daß es ›bestimmte Dinge gibt, die man besser nicht sehen sollte‹; eine Zigarette aufs Geratewohl in seinen schiefen Mund geschoben, wofür er sich nach hinten überlehnen mußte, um sie nicht zu verlieren, wie ein zerbrochener Vogel, der sich über einem Stacheldrahtzaun aufgespießt hat. Seine Hände sprachen für sich: sie wanden sich nutzlos auf seinen eingeschrumpften Knien, losgelöst von ihrem Besitzer, in der wunderlichen, schamlosen Zurschaustellung, die den Schwachen und Entstellten eigen ist: um Beachtung bittend. Und die Hunde und Katzen, die sie praktisch mit derselben brutalen Toleranz behandeln: was für ein Ungezieferpack das ist. Obwohl ich sie keineswegs höher schätze, wenn sie wie Luxustierchen gehalten werden, wie in anderen, töricht vernarrten englischsprechenden Ländern. Hier werden sie nicht ausgerottet, ich wünschte, sie würden es, aber sie werden auch nicht gefüttert, so sind sie genauso gefräßig, hinterhältig, abfallvertilgend wie irgendeine von sich eingenommene Ratte; und ich empfand einen überwältigenden Ekel, wenn sie mir irgendwo auch nur annähernd in die Nähe kamen. Nachts konnte ich draußen das raubgierige, peinigende Geschrei dieser liebestoll liederlichen Katzen hören, was genug war, um mir die romantische Vorstellung von der Liebe für eine lange miauende Zeit auszutreiben.

Nachlässig schleppte sich das Fest der Madonna weiter: habe ich mich einmal fein gemacht, mit Strümpfen und hochhackigen Schuhen, ist es ausgeschlossen für mich, irgend etwas Vernünftiges zu tun, bis ich wieder in meiner Landkluft stecke. Es blieb mir nichts übrig, als dem Rest der Menge zu folgen und in einer endlosen Modenschau die altbekannte Hauptstraße auf und ab zu pilgern. Für vier Uhr war die Marienprozession angesetzt: hoch über unseren Köpfen wurde sie vor uns hergetragen, dieselbe traurige Figur, die pathetisch entblößt aussah, als könnte sie einen guten warmen Wintermantel brauchen; oder vielleicht konnten wir ihn brauchen, die wir uns zu Tode froren, als wir ihr folgten. Der hübsche Priester wieder, in üppige Lagen gewickelt und gehüllt, weicher denn je, mit seinen mageren, eckigen Ministranten, die um ihn herumsprangen. Die Blechmusik, die höchst unpassend beliebte Lieder schmetterte, dahinter. Auf dem Hauptplatz machte der Zug halt, um den Segen des Papstes zu hören, der aus einem kratzenden lautsprecherverstärkten Radio quietschte.

Zweifellos war das einer der Tage, die nie zu Ende gehen wollen: an denen nichts bald genug geschieht. Ich fing an zu trinken, all die falschen Dinge zu den falschen Zeiten: Wein zur Teestunde, Tee zur Zeit des Aperitifs, einen Aperitif gleich hinterher, und Tröpfchen und Schlückchen von diesem und jenem, die ich zu zählen vergaß in dem Dickicht hin und her ziehender Madonnen und johlender Stimmen. Aber ich war einfach nicht klug genug, um wie sie stundenlang an einem Tisch zu sitzen, ohne irgendetwas darauf, und zu versuchen, mich brüllend zu verständigen oder überhaupt nicht zu reden: gelassen vor mich hin zu starren, eine Sache, die sie am besten verstanden, als könnten sie nie genug zu sehen kriegen, und als hätten sie alle Zeit der Welt.

Wir kamen an der Kirche vorbei, der einen riesigen Cowboyhut aufhatte und in seinem feinen, geplätteten, neutralisierenden Anzug seltsam geschrumpft aussah; aber ganz Leutseligkeit war, bis, unvermeidlich, wie von einem Magneten angezogen, Joseph auftauchte. Worauf die Kirche schneidig und flink auf dem Absatz kehrtmachte: und dabei soviel Ausdruck in das zornige Hämmern seiner Schritte legte, als hätte er mir in die Augen gespuckt und sei fertig mit mir – und in die entgegengesetzte Richtung spazierte.

Joseph wurde langsam zur ernsten Gefahr für mich; ich meine nicht, daß er selbst gefährlich war, ob ich wollte oder nicht, immer mußte ich lächeln, wenn ich ihn sah; aber er entwickelte sich zur ernsten Gefahr für meine Gefühle. Er war der erste Mensch, der mir in irgendeiner Weise nahegekommen war seit Dylan; einfach weil er sich den Weg zu mir ertrotzt hatte wie ein ungeschicktes, höchst verführerisches und ebenso unempfindliches Kind. Dieses wunderbare Gewirr von feuchtglitschigen Grashaaren, die man nur unter Beleidigung des Schöpfers nicht zerzausen konnte; die untypisch grünlichen, träumerischen Augen; der Frieden und die Ruhe seiner breiten Schultern; der Umfang und die Härte seiner Schenkel in ihren eng sitzenden Hosen; die herrliche Unverfrorenheit seiner Jugend und seine moralische Geradheit; die Prinzipien, an die er glaubte und die er mir auslegte wie neue flammende zehn Gebote; all das machte es ausgesprochen schwer, ihm zu widerstehen oder ihn hinters Licht zu führen. Das letzte, was ich gebrauchen konnte, war eine tiefe, gefühlsmäßige Beunruhigung, am wenigsten von einem Grünschnabel seines Alters. Solange ich die Zügel in der Hand behielt, war es mir gleich, wie viele Pferde ich zu lenken hatte, aber wenn sie mir aus der Hand genommen wurden und ich die Kontrolle verlor: dann sah die Geschichte nicht mehr so gesund für mich aus. Da ich eine tödliche Angst vor dieser einen Demütigung hatte und entschlossen war, ihn die Tiefe meiner Gefühle nicht vermuten zu lassen, stürzte ich mich in absurde Machenschaften, um ihm zu beweisen, was für eine unverbesserliche Säuferin ich sei, seicht, frivol und bereit, mit jedem Mann ins Bett zu gehen. Was sich ganz klar daran ablesen ließ, daß ich mit einem Glas Wein in der Hand an der Theke des Cafés lehnte und mich mit einem Mann unterhielt. Inzwischen aber wurde mir keinerlei Liebe zuteil, die ihren Namen verdient hätte, weder körperlicher noch seelischer Art.

Eines unstimmigen Sonntags waren wir auf einem Morgenspaziergang, Colm, ich und Joseph, zwanglos und alltäglich, mit einem Anstrich familiär verdrossener Gewohnheit, als wir an einer Biegung der Landstraße auf einen Trupp Jäger stießen, die gerade Pause machten. Joseph begann mit einer Flinte herumzualbern und schoß schließlich auf ein Stück Papier, das er in einiger Entfernung auf einem Stein befestigt hatte; dann bot er mir, immer noch albernd, die Flinte an, wobei er nie erwartet hätte, daß ich sie nehmen würde, da er sehr dezidierte Ansichten hatte, was die Schwächen und Begrenzungen von Frauen betraf: ähnlich wie Dylan mit seinem Bett-und-Küche. Was wußte er schon, was er tat; sobald ich die Waffe in meiner Hand fühlte, überkam mich eine zitternde Lust zu töten, eine Gewalttat zu begehen, diese zu friedliche, als selbstverständlich vorausgesetzte Schäferszene zu sprengen, wobei es mir absolut gleichgültig war, was mit mir oder meinem Dylan-nachglühenden, rissigen Vulkan passierte. Ich wollte mich beherrschen und umklammerte die Waffe, versuchte an Colm zu denken, um mich von dem Unsinn abzubringen; wie viele Male hatte er mich schon gerettet. Das Bild seiner Verwirrung stellte ich mir vor, wenn er meinen verstümmelten Körper sehen müßte, und die winzige, lockige Person, die zu keinem, oder irgendeinem stolperte, es war zu grausig selbst für mein, wie ich dachte, unsentimentales Herz. Ich drehte mich also entschlossen weg von der aufreizenden Gruppe und richtete die Flinte, die ich so unbeweglich wie möglich hielt, soweit ich das mit zwei Augen beurteilen konnte, da ich es nicht fertigbrachte, eines zu schließen, fest auf den Papierfetzen und feuerte. Der Schuß ging hoch in die Luft, und der Stoß riß mich zurück; aber ich fühlte mich an irgendeinem höllischen Punkt befreit, als sei ich aus einem zu eng geschnürten Korsett geplatzt.

Es wollte Joseph nicht in den Kopf, daß ich die Waffe abgefeuert hatte, er blickte mich mit neuem, verblüfftem Respekt an und machte mir auf diese Weise die fundamentalen Unterschiede zwischen unseren beiden Nationen eindringlich klar. Wie entzückend, wenn man daran erinnert wird, daß die Männer das starke Geschlecht sind, daß sie all die gefährlichen Dinge tun, nie zurückschrecken dürfen und arbeiten müssen, um ihre schwachen schwergewichtigen Frauen zu beschützen: wenn man das nur glauben dürfte. Da stand ich, Vater und Mutter in einem, unsicher schwankend zwischen beiden und mit der Stärke beider in mir. Mehr als Joseph in seiner Unschuld und Sanftheit je nötig gehabt hatte: guter, tapferer Joseph, so ganz und gar unerprobt. So ging die kleine ländliche Gesellschaft auseinander: auf dieser Bergstraße, in der schwach schimmernden Wintersonne; die rotgesichtigen, muskulösen, mit aufgereihten Patronen passend gegürteten Männer suchten ihr Jagdgerät zusammen und fuhren mit Colm und den Hunden los, kreuz und quer übereinander, und überließen es uns, ihnen zu folgen oder nicht.

Ich hatte Mister, den Straßenkehrer, schon einige Zeit nicht gesehen: er hielt sich meistens in der Hafengegend auf, in einer kleinen, stinkenden, gewöhnlich völlig leeren Café-Bar. Ich gehörte auch zu den Besuchern dieser geschmacklosen Kneipe, im allgemeinen zog ich mich hierher zurück, um Karten oder Briefe zu schreiben, und wegen dieser nächtlichen Besuche abseits-vom-rechten-Weg tadelte mich die Kirche streng und verwies beharrlich auf mein richtiges ›Ambiente‹; in meinen Ohren hörte sich das nach einer goldenen Umgebung an, die mich schmeichelnd umgab; zu meiner Enttäuschung aber war nicht mehr als mein gewohntes Schreckgespenst von Gesellschaft gemeint.

Eines Abends war ich mit Joseph und Colm dort unten: es war der einzige Ort, an dem wir uns treffen konnten, an dem die Überwachung nicht so streng und die Spione nicht so zahlreich waren: und wie immer, wenn wir eintraten, waren Gigi, der Wirt und seine Frau noch beim Essen. Essen war die einzige Beschäftigung, die in Rio kein Mißfallen erregte und vor allem anderen kam. Ich fragte mich manchmal, was passieren würde, wenn einer den schlechten Geschmack besäße, mitten im *mangiare* zu sterben: ich bin sicher, sie würden ihren Teller erst gewissenhaft leerputzen, bevor sie nach ihm sehen würden. Die Art, wie ein Italiener als servietten-umkränzter, lippenleckender, aus den Nähten platzender Geier hochmütig versessen auf sein Essen *niederfährt*, es gibt kein anders Wort, muß man gesehen haben; und wie er, unanständig abstinent dabei, Wein als notwendige, aber nicht übermäßig angenehme Hilfe braucht, um es hinunterzuspülen. Ganz im Gegenteil zum englischen System, bei dem Essen ein eher unangenehmes, aber notwendiges Polster ist, das man nach Möglichkeit allein zu sich nimmt, aus Achtung vor der gesellschaftlich bedeutenderen Rolle, die das Trinken spielt.

Anläßlich einer dieser gerade beschriebenen Essensnächte bat Mister uns zum Sonntagsessen in sein Haus. Wir saßen in einem sehr kleinen Zimmer, das sich an der Rückseite eines Hauses befand, mit einem Bett und einem Tisch darin, und seiner Tochter, die sechzehn war, englische sechzehn obendrein, was sie jugendlich ausschloß von unserer Unterhaltung, und aßen zur Abwechslung Spaghetti; wobei ich eine Zweiliterflasche weißen Essigweins vor mir hatte, der ich ganz allein verzweifelt auf den Grund zu kommen suchte. Mit Colm, der wie eine hängengebliebene Schallplatte immer wieder fragte: wo denn die anderen Zimmer wären; trotz der heftigen Klapse, die ich ihm dafür auf den Kopf gab. Wenn nur die Armen sich nicht immer für ihre Armut entschuldigen würden; Mister ritt unaufhörlich auf seinem bescheidenen Besten herum und tat so falsch geziert, daß alle peinlich berührt waren. Ich denke dann immer, ich müßte etwas Unerhörtes tun, um ihnen die Befangenheit zu nehmen, um sie dazu zu bringen, sich wieder wie normale Menschen zu benehmen, anstatt wie erstarrte Marionetten tapfer die Armut zu verschleiern. Ich wollte mein Essen an die Wand klatschen, Wein verschütten, Verwirrung stiften; irgend etwas tun, um den steifen, gekünstelten Kreis zu sprengen, um Leben in die ausgestopften Attrappen zu jagen. Sobald Mister sein Spielzeugschloß verlassen hatte und wieder in seinem gewohnten stinkenden Café beim Kartenspiel saß, war er wieder sein altes, allzumenschliches Ich, man konnte wieder mit ihm reden und scherzen, ohne sich von dieser zwingenden Notwendigkeit gelähmt zu fühlen, eine Fassade aufrichten zu müssen.

Es war Dylans bekanntes und wie üblich kluges Argument, daß man sich von dem Zuhause der Leute fernhalten müsse, sie immer nur an öffentlichen Orten treffen solle und zwingender noch, sie von deinem eigenen fernzuhalten habe. Egal wie spontan und spritzig, wie gastfreundlich dein Freund auch ist, in dem Augenblick, in dem die Tür eines Privathauses hinter dir zufällt und dein Freund notwendigerweise dein Gastgeber oder dein Gast wird, sackt die Spontaneität empfindlich ab. Dylan zufolge sollten Privathäuser einzig und allein Erholungs- und Familienzwecken vorbehalten bleiben; ich sehe es einfach als Frage des Geldes an: mit einem Heer von Köchen und Dienern würde ich eine sehr gute Gastgeberin abgeben. Ich habe eine seltsame Abneigung dagegen, daß man mich arbeiten sieht, nicht gegen das Arbeiten an sich; teilweise, weil ich nichts kann, wenn man mir dabei zusieht, und sehr wenig, wenn man mir nicht zusieht; und teilweise ist es ein Überbleibsel von der Art, wie unsere Mutter uns erzog: nicht nur schickte es sich nicht, über Geld zu reden, man durfte sich auch nicht die Hände schmutzig machen. Sie lehrte uns alles, was eine junge Dame wissen muß, ohne die Verhältnisse, an denen wir diese Fertigkeiten hätten erproben können. Wir lebten in der tiefsten Provinz, ohne Gesellschaft, fast ohne Geld: nicht, daß wir uns dessen bewußt gewesen wären oder irgendeines anderen materiellen oder praktischen Aspekts; wir wuchsen wild auf, in Lumpen, mit wahlloser Lektüre, eine ungewöhnliche Bande junger Guerilladamen. Das Ergebnis war, daß wir in jeder gesellschaftlichen oder häuslichen Hinsicht glücklich ungeeignet waren für die Härten einer Ehefrau, die vor uns lagen. Aber wir waren ja auch, wie unsere Mutter uns beharrlich immer wieder einprägte, darauf vorbereitet worden, reich zu heiraten; ungeachtet dessen, daß wir niemals die Gelegenheit hatten, einen reichen Mann zu treffen, und, natürlich, auch nicht trafen.

Wie kam Dylan hier wieder rein? Er tauchte beim Friseur auf, ohne die geringste Vorwarnung. Ich wartete gerade auf das Haarewaschen, zwischen einem typischen Fang von wimmelnden, schampoonierenden, ölenden, schwarzhaarkräuselnden, geräuschvoll schwatzenden Frauen, als eine von ihnen, haarnadel- und netzbewehrt wie ein monsterköpfiger Fisch unter der bedrohlich brummenden, walfischschnaubenden Trockenhaube, eine alte Zeitung hervorkramte und mir hinhielt. Da war Dylan, auf einer Fotografie, die ich nie zuvor gesehen hatte, und starrte mir ins Gesicht, als wollte er sagen, ›was glaubst du verdammte Närrin eigentlich, was für ein Spiel du treibst‹. Als sei ich bei etwas Schändlichem ertappt worden, schoß mir das Blut ins Gesicht; das Meer schlug über der Insel zusammen, und all die Dinge, für die ich so hart gearbeitet hatte, um sie als wichtig erscheinen zu lassen, und worin ich beinahe, für kurze Zeitabschnitte jedenfalls, wie ich dachte, auch Erfolg gehabt hatte, wurden geräuschlos mit verschlungen.

So viel zu meiner Tändelei mit den hitzigen Leidenschaften der Kirche. So viel zu dem brennenden Schmerz um Joseph. Aber zumindest das kann ich zu meinen Gunsten sagen, daß ich mir die äußeren Anzeichen meiner Neigung für ihn nicht anmerken ließ. Ich zeigte sie, aber er war nicht alt genug, um sie zu sehen, da ich zu den entgegengesetzten Extremen griff, und die Italiener ausgesprochen prosaisch sind: was du sagst oder tust, das meinst du auch. Sie können unmöglich verstehen, daß ein Brite beinahe alles tun wird außer dem einen, was für ihn am wichtigsten ist. Er fürchtet nichts mehr, als ein Herz zu offenbaren: er wird über Abgründe springen, Pyramiden erklimmen, nur um es zu verleugnen. Joseph war von Natur aus intelligent und verstand überhaupt nichts; nannte ich ihn scherzhaft einen Dieb, weil er aus Versehen meine Streichhölzer eingesteckt hatte, verdunkelte sich sein ganzes Gesicht, wie es nur ein Italiener kann, der sein Gesicht als Spiegel seines Geistes nützt, nicht als Vorhang, wie wir es tun; und ohne ein Wort ließ er mich sitzen. Wie kann man einer solchen Denkweise Bedeutungsnuancen erklären? Selbst wenn ich mir stundenlang den Mund fusselig redete, war er nicht überzeugt; er beschuldigte mich, ihm allerlei Kränkungen seines *amour propre* zugefügt zu haben, der ihn blendete wie die Sonne; ihn auszulachen, für dumm zu halten, wenn meine einzige Sorge war, meine Liebe vor ihm zu verbergen; nicht den stillen Haarstrudel, der aus seinem ungemein ernsten Kopf wirbelte, aufzustören. Und sich vorzustellen, daß ein Blick aus einer vergilbten Zeitung meine zarten Neigungen Lügen strafte, meinen möchtegern romantischen Rückfall in die Kindheit; so gründlich, wie Schnee eine Landschaft auslöscht, meine armseligen widerstrebenden Hirngespinste auslöschte.

12

Zweimal waren Joseph und ich ganz zufällig zu Hochzeitsfeiern eingeladen worden; und jedesmal kam ich mir ausgesprochen albern vor, immer in Begleitung dieses naiven Jungen aufzukreuzen, der beinahe mein Sohn hätte sein können; und feierlichst mit ihm am Kopfende der Tafel zu sitzen, als wenn wir die nächsten auf der Liste wären. Die erste Feier begann um acht Uhr morgens, gleich nach der Trauung. Ich hatte die Einladung total vergessen, die uns Mario überbracht hatte, ein lustiger, ausgelassener Seemann: einer der seltenen Vögel, der Wein aus Wassergläsern trank, und zwar *vor und* nach dem Essen und so verwegen war, sich offen einen anzusaufen, zur ungezügelten Verachtung der Kirche. Joseph wartete also drei Stunden lang auf der Straße unter meinem Fenster auf mich, bis ich unschuldig wie die Hölle um elf Uhr herabgeschlendert kam. Wir kamen gerade noch zum Schluß hin, als die meisten Gäste schon genug gehabt hatten und gegangen waren, und nur die Trödelliesen und Schnapsbrüder und außer-Rand-und-Band Kinder noch faul und voll den langen, lädierten Tisch bekränzten. Die Neuvermählten saßen steif und stumm, mit gesenkten Lidern und händchenhaltend; er, als wenn er wollüstig ertrinken würde, würde er einmal seine träumerischen, bettschweren Lider heben; sie, so ergeben wie ein hypnotisiertes Lämmchen, das auf den Stoß des Schlächters wartet. Wir boten ihnen unsere besten Wünsche an und sie erhoben sich, um uns ihre Stühle anzubieten. Dann begann die herkömmliche Prozedur: zuerst gab es drei dragierte Mandeln auf die flache Hand, dann einen gehäuften Teller Süßigkeiten: Bonbons, Gebäck und Hochzeitstorte. Es wäre eine Beleidigung gewesen, nicht alles aufzuessen, auch wenn es kurz vor dem Mittagessen war. Dann ein Regiment noch süßerer, lebhaft bunter, die Kehle verklebender Liköre, die wir in rascher Folge kippten. Heftiges Verlangen nach einem einzigen Schluck des guten alten Essigweins überkam mich, und schließlich mußte ich um ein Glas Wasser bitten.

Das Schlafwandler-Pärchen wechselte jetzt in seine tadellos gebügelten, neuglänzenden Maßgeschneiderten, bereit für die gefährliche Flitterwochenreise zum Festland. Ich konnte mir nicht vorstellen, was sie dort mitten im Winter machten, außer miteinander zu schlafen, und auch das muß hin und wieder eine Pause machen und verschnaufen. Leute vom Land, die normalerweise den ganzen Tag über arbeiten, sprechen nicht miteinander, um sich zu unterhalten, und trinken auch nicht, außer ein Glas zum Essen; lesen auch keine Zeitung, so weit ich das beobachten konnte. Es muß eine einzige endlose *passegiata* gewesen sein: auf und ab, auf und ab, Schaufenster angucken, immerzu gemächlich gucken, endlos gucken, sich gegenseitig angucken, gar nichts angucken; mit der gelegentlichen Dunkelheit des Kinos, um die Augen auszulüften. Nach der rituellen Besichtigung von glänzend geschliffenen Kristallgeschenken, protzig und kitschig und glitzernd, die mit unverhülltem Stolz im besten unbewohnbaren Zimmer ausgestellt waren, und die ich nur mühsam mit den nötigen Ausrufen beeindruckter Bewunderung bedenken konnte, stolperten wir rotgesichtig die Stufen hinunter ins unbarmherzige Licht der Straße.

Es gab nur eins, wenn ich nicht für den Rest des Tages krank sein wollte: mich kopfüber ins Wasser zu stürzen; so schickte ich Joseph, der im allgemeinen keine harten Sachen trank und jetzt über einem Abgrund von Heiterkeit schwankte, Colm von der Schule abzuholen; und stürmte zu meiner Bucht reinigender Erlösung.

Und dann Weihnachten: werde ich jemals dieses letzte Weihnachtsfest vergessen, oder werde ich es mein Leben lang in allen Einzelheiten vor Augen haben? dieses dumpfe, trübe Geißeln, gedämpfte Weinen, eingetaucht in Fäulnis und Falschheit, und all das niederträchtige Teufelsblendwerk der nächtlichen Erinnerung; und Dylan nie ganz tot, aber auch nicht lebendig in jedermanns Gedächtnis; und niemand, der seinen Namen erwähnt hätte; es war, wohl oder übel, Dylan oder nicht

Dylan, wieder einmal soweit. Lieber als zurück nach Wales zu gehen, wo diese selben unbegrabenen Geister sich erheben und mich von neuem geißeln würden mit ihren Übelkeit erregenden, grabnassen Tüchern, wollte ich in der fremden Grube der Insel aushalten. Zumindest bin ich schwimmen gegangen am Heiligen Abend, obwohl das Wasser, wie ich zugeben muß, mir den Atem raubte, als ich hineinzukommen suchte: einen Moment glaubte ich, daß mein Herz stehenbleiben würde, aber kein Glück, natürlich, nach ein paar Stößen war es gerade erträglich, und ich fühlte mich prickeln vor Verheißungen von Christi Geburt.

Während ich zu der entfernten Bucht wanderte, erinnerte ich mich an ein nicht sehr geschmackvolles Intermezzo, das mir vor einiger Zeit zugestoßen war, und das ich in den hintersten Winkel meines beschmutzten Geistes zu schieben versucht hatte. Als ich mich eines Tages an der Küste weiterwagte, folgte mir ein richtiger Trottel von Bauernlümmel, mehr Kind als Junge und mehr Tier als Kind; ob er bei Verstand war oder nicht, konnte ich nicht beurteilen. Sein schwankender, kriechender Abstieg den steilen, steinkollernden Weg hinunter beunruhigte mich zunächst kaum: doch empfand ich die Anwesenheit eines Fremden als Angriff auf meine Gelassenheit. Als er hartnäckig immer näher kam, bis direkt in die verbotene Bucht hinunter, fühlte ich mich verpflichtet, etwas zu sagen, ihn höflich hinauszuschmeißen. Ich versuchte, in meinem rudimentären Italienisch, das sich weigerte, das Wesentliche meiner Aussage preiszugeben, zu erklären, daß ich ins Wasser wollte und in Gegenwart eines Fremden mich nicht ausziehen konnte. Er blieb einfach stehen und gab auch keine Antwort. Schließlich verlor ich die Geduld und schrie ihn auf Englisch an und puffte und knuffte ihn, um ihn in Marsch zu setzen. Da, endlich, drehte er sich weg und latschte schlechtgelaunt davon, bis ich ihn nicht mehr sehen konnte und vergaß.

Ich war gerade aus dem Wasser gekommen und hatte meinen Anzug ausgezogen: weit und breit kein Hinweis auf ein menschliches Wesen in diesem abgelegenen Einschnitt einer unbewohnten Küste, und wollte mich mit einem taschentuchgroßen Handtuch abtrocknen, als der schwachsinnige Lümmel in ganzer Größe wieder dastand – obwohl er offensichtlich sehr jung war, war er keineswegs klein – sich ungeniert vor mich hinkauerte und mich ausgiebig in Augenschein nahm, nicht mehr. Aber das war genug, um mich rasend zu machen, nachdem ich ihm gegenüber so in nacktem Nachteil war; ich war zu naß, um meine Kleider schnell über meinen salzig klebenden Körper ziehen zu können, so ließ ich die nutzlose Maske zimperlicher Sittsamkeit mitsamt meinem Handtuchfetzen, der doch nichts verbarg, fallen, packte meinen nassen Badeanzug und klatschte ihn ihm ins Gesicht. Zu meinem Ärger brach er in Gelächter aus, dachte, es sei ein Spiel und meinte, temperamentvolle Frauen gefielen ihm. Diese Unverschämheit machte mich noch rasender, gleichzeitig begann ich mich ernsthaft zu fragen, wie ich dieser absurden Falle mit Haltung entrinnen könnte. Wut und Angst begannen sich zu mischen, ich kämpfte hektischer; obwohl ich immer noch hoffnungslos versuchte, ihn leichthin loszuwerden, als sei nichts gewesen. Irgendwie zerrte ich mir irgendwelche Kleidungsstücke über: verkehrtherum und das Innere nach Außen verdreht und ohne einen Knopf zu treffen mit meinen zu energischen, überhasteten Bemühungen; griff eilig nach meinem Korb und keuchte stolpernd den Weg nach oben.

Er folgte mir dicht auf den Fersen, und als wir zu einer kleinen grasbedeckten Lichtung kamen, die sich ausgerechnet unter meinen geliebten Olivenbäumen verbarg, so rein und aromatisch mit Salbei und Eidechsen und Thymian wie ein naives Bibelbild, fiel er über mich wie ein stürzender Turm, und ich lag rücklings gefangen unter ihm. Jetzt war es nicht einmal mehr auf groteske Weise komisch: ich kämpfte nicht für irgend etwas so undeutliches wie meine Ehre, sondern um mein pochendes Leben. Aber selbst jetzt noch wehrte sich nur ein Teil von mir; die gelassene, sich ruhig zurücklehnende Jungfer meines Geistes flüsterte: genau so reagieren die verlorenen Opfer eines tierischen Angriffs, wenn die Finger sich anspannen, sich tiefer graben in die letzten Schlangenzuckungen, in die dröhnende Röhre der Kehle. Und obwohl ich biß und trat und Fäuste voll Haare ausriß, war ich immer noch halb beschämt, mich tödlich ernst, mit aller Kraft kämpfend zu zeigen; und natürlich gab es da noch die andere Teufelsstimme, die mir ins Ohr wisperte: ›wieviel einfacher wäre es doch, ihm seinen Willen zu lassen.‹ Obwohl er ihn nicht kriegte, kriegte ich ihn auch nicht; fest umklammert lagen wir da, in liederlicher Unordnung, schwitzend in der Sonne, voll kindlich hilfloser Wut. Kein schlauer Trick wollte mir einfallen, um seine drückende Macht über mich zu brechen; und obwohl ich inzwischen um Hilfe betete, war ich zugleich entsetzt bei dem Gedanken, jemand könnte des Weges kommen und sehen, wie ich ihm so verächtlich ausgeliefert war. Wer in der logischen Welt würde denn meine Geschichte glauben? Widerwillig griff ich zu dem alten Hilfsmittel und begann geradezu hysterisch zu schreien; aber auch er fürchtete um seine Haut und sprang ängstlich auf die Füße, mit einem zugleich überraschten und schuldbewußten Ausdruck im Gesicht.

Hastig klaubte ich mich und meine Habe zusammen: mein Korb war den Berg hinuntergerollt, und Papiere und Schätze lagen überall verstreut; meine Kleider preßten sich in feuchten Knoten um meine Taille und waren mit Strohhalmen, Stacheln und Dornen übersät; Gesicht und Haare konnte ich glücklicherweise nicht sehen, aber ich fühlte einen wirren Klumpen Werg über flammenden Backen. So schoben wir uns, liederlich und grotesk, den Berg hinauf. Ich merkte jetzt, wie ich mich verausgabt hatte, wie aufgewühlt ich innerlich war: mein Gesicht zuckte, ich war gefährlich nahe am Heulen. Aber immer noch ließ er nicht von mir ab, grabschte er nach mir: ich schleuderte seine Mütze so weit ich konnte aufs Meer hinaus, in der Hoffnung, daß sein Sinn für Hab und Gut, normalerweise so mächtig hier, die Oberhand über ihn gewinnen würde; aber dieses eine Mal funktionierte es nicht; obwohl ich feststellen konnte, daß er sie später holte.

Ich drohte, seinen Arbeitskollegen, die oben ein Haus umbauten, und der Polizei von seinem unerhörten Benehmen zu erzählen, aber an seinem spöttischen Grinsen konnte ich ablesen, daß er mir nicht glaubte. Doppelt erzürnt gelangte ich endlich aufgelöst und schnaufend zum Haus auf der Klippe und ging geradewegs zu seinen Freunden; sehr viel älteren, vernünftig aussehenden Männern; und unzusammenhängend, halb unter Tränen platzte ich mit dem Unrecht heraus, das mir durch die Zudringlichkeit dieses anmaßenden Bengels geschehen war. Allmählich aber verstummte ich hilflos, weil mir die Worte fehlten und weil ich ihre mitleidig spöttischen Blicke sah. Sie lachten nachsichtig und bemerkten: »Lasciare farce, e giovane« – Lassen Sie ihn doch, er ist noch jung. Englische und italienische Flüche schniefend gab ich auf.

Zitternd vor Haß und Empörung gegen die ganze italienische Bevölkerung floh ich zu meinem Haus. In der Tat war ich mehr aus der Fassung gebracht, als mir bewußt war, ich spürte, wie die trägen Maden sich wieder zu ringeln begannen, und eine Welle von Feindseligkeit spülte über mich hinweg. Ich hielt es für nötig, mich öffentlich und in aller Form zu beschweren, meine Rechte geltend zu machen: nicht so sehr wegen dieses einen peinlich erniedrigenden Vorfalls, sondern weil sie mich, würde ich es nicht tun, dafür verachten würden, daß sie mich so mühelos zum Opfer degradieren konnten; und mich in Zukunft mit demselben Mangel an Respekt behandeln könnten: als billigen Dreck für alle.

Ich war immer noch heftig erregt, als die Kirche zum Haus kam, und ich erzählte ihm die ganze widerwärtige Geschichte: mehr um ihn von dem Thema meiner Schandtaten abzubringen, als aus irgendeiner wohldurchdachten Überlegung heraus. Sogleich sprang er auf und schleppte mich unerschrocken zum Kommissariat, ohne irgendwie zur Kenntnis zu nehmen, daß ich mich sträubte. Dort verlangte er den ranghöchsten Beamten zu sprechen, *il commissario*, und sobald wir in seinem persönlichen Dienstzimmer saßen, war er nicht mehr zu halten und spulte seine höchst tendenziöse Version meines sich bereits in die Phantasie zurückziehenden Erlebnisses ab. Hilflos fand ich mich in den Klauen des Beamtentums wieder, nichts mehr konnte jetzt seinen albernen eins links, zwei überziehen, drei rechts und unversöhnlich weiter Kurs des Strümpfestrickens noch aufhalten. Sie bestanden darauf, noch die winzigsten und wann immer möglich, kompromittierendsten Einzelheiten festzuhalten, bis ich nicht nur an mir selbst, sondern auch an der Wahrheit meiner langsam widersprüchlich klingenden Geschichte zu zweifeln begann. Es war unmöglich, sie noch in irgendeiner Weise ernst zu nehmen: Tod durch den Strang oder Vergewaltigung waren dieser mörderischen Inquisition bei weitem vorzuziehen. Mein einer und einziger Wunsch bei dieser libidinösen Sitzung war, davonzulaufen und alles zu vergessen; mein moralisches Gerechtigkeitsgefühl war schon seit langem aus dem vergitterten Fenster entflohen. Aber hast du dich erst einmal in den gewundenen, gähnenden Schlingen des Gesetzes verfangen, ist es unglaublich schwer, dich vorwärts oder rückwärts zu bewegen. In den meisten Fällen täuschte ich bestürztes Nichtverstehen vor, eine meiner Spezialitäten, die weitgehend aufrichtig war: ich wollte nicht zu tief in dem sich ansammelnden Morast versinken, der allmählich jedes vernünftige Maß überstieg.

Dann ließ mich die Kirche allein mit dem Commissario, der sich als gescheiter und liebenswürdiger Mann entpuppte, der von den finsteren Anschuldigungen der Kirche und dem Gewicht seiner bedeutenden Persönlichkeit kein bißchen beeindruckt war. Er zog eine Augenbraue hoch und fragte, ob ich unterschreiben wolle oder nicht? Hellhörig geworden bei dem Wort ›unterschreiben‹, fragte ich, was? Die Anzeige gegen den Jungen, die ihm die Handhabe bot, ihn zu verhaften und nach dem Gesetz zu verfahren: mir die Sache aus der Hand zu nehmen, also. Ich wog sorgfältig meine Worte ab und fragte, welche Art von Strafe dies für ihn nach sich ziehen würde. Zuvorkommend durchblätterte er ein schwarzes Buch von Verbrechen und Strafbestimmungen, wobei er zufrieden ›li, li, bi, bi, libi, libi‹ vor sich hin summte, dann triumphierend ›*Libidino* ah... eccolo!‹, dann, nach konzentrierter Durchsicht ›Alles, von ein bis fünf Jahren‹ verkündete.

Ich hatte alles von einer Woche bis zu zehn Tagen erwartet, es riß mich hoch, als hätte jemand scharf die Zügel angezogen: ich wußte nur eines genau: daß ich nicht unterschreiben durfte und kostete es mein Leben. Ich hatte schon genug auf dem Gewissen, ohne jemanden ins Gefängnis zu bringen; für den

Rest meines jämmerlichen Lebens würde er mir auf der Seele liegen. Wohlgemerkt, ich dachte an mich und nicht an ihn dabei: mit Vergnügen hätte ich ihn erwürgt, aber Gefängnis, den Erstickungstod der Seele, nein. So schüttelte ich den Kopf und versuchte zu erklären, daß ich ihm nur eine Lektion erteilen wollte, ihn erschrecken wollte, so daß er seine üblen Schliche nicht noch einmal wagen würde; und durch sein Beispiel andere davon abhalten würde, sich dieselben Freiheiten herauszunehmen. Der Commissario schien meinen Standpunkt zu verstehen und mit ihm übereinzustimmen, riet mir, die Sache zu überdenken, und morgen würde er den Jungen vorladen lassen aufs Kommissariat, ihn mir gegenüberstellen und dann könnte ich entscheiden, was mit ihm geschehen solle.

Was für ein schrecklicher Gedanke, aber es war deutlich, daß ich jetzt nicht mehr davonkommen würde. Als ich nach Hause kam, erzählte ich der Kirche davon, selbstverständlich war er wütend, daß ich das Protokoll nicht gleich unterschrieben hatte und versuchte, mich auf jede erdenkliche Weise davon zu überzeugen, es doch zu tun; aber obwohl ich scheinbar darauf einging, hätte mich nichts von meiner Entscheidung abbringen können. Es ging zur Abwechslung um meine Prinzipien, er wußte gar nicht, daß es sie gab, aber wenn sie berührt waren, war all seine kleinliche ›öffentliche Meinung‹ verschwendet an mich. Als ich zum Café hinunterging, beugte sich der pensionierte Oberst über seinen Tisch und flüsterte verschwörerisch, »Rein mit ihm, rein mit ihm«, sie hätten gar nicht mehr für ihn tun können unter sich, damit ich ihn ›draußen halten‹ mußte. Sie verkörperten das Volk, das so fanatisch begeistert verurteilt, sich das Maul zerreißt und vor allem, einsperrt.

Der nächste Tag fand mich also wieder dort, in dem erbarmungslos gleichgültigen Wartezimmer, mit der Sonne, die mich draußen verspottete und einem sehr untergeordneten, untersetzten Unter-Beamten, der vor mir stand: der so dreist, als hätte er es mit Kreide auf die Tafel geschrieben, mein Alter, mein Gewicht, mein Vermögen abschätzte und den Umstand, der mich seine exklusive Rattenfalle beehren ließ. Zu gern hätte ich ihm eine Ohrfeige auf seine selbstgefälligen, feisten Idiotenbacken gesetzt; aber nach einiger Überlegung verhielt ich mich für einmal ruhig. Endlich ließ der Commissario mich rufen; er war allein, spielte auf der Schreibmaschine, als wäre sie ein festliches Klavier, sang Worte und Satzzeichen glücklich trillernd vor sich hin: »*...virgola...punto...virgola...punto.*« Dann hob er den Blick und fragte mich forschend, ob ich meine Meinung geändert hätte? Ich antwortete, nein, fürchte aber, die Kirche könne meine Entscheidung nicht gutheißen; verächtlich verzog er die Lippen, während er den Namen wiederholte und zeigte damit deutlich, was er von ihm hielt. Aber, beharrte ich, würde er dem Jungen den Ernst seines Vergehens einschärfen? Er stimmte zu und schickte nach ihm.

Der Bursche hatte sich in der Zwischenzeit eine schlaue einleuchtende Geschichte ausgedacht, wie ich ihm zugelächelt, ihn ermutigt hätte, kokett ein unschuldiges Baby verführte. Als er aufgeputzt, arrogant und abwehrbereit eintrat, grüßte ich ihn automatisch mit »Buona sera«, worauf ich keine Antwort erhielt, natürlich hatte ich nicht bedacht, daß dies unter den Umständen vielleicht nicht angemessen wäre.

Der Commissario heftete einen durchdringenden Blick auf ihn und begann, ihm meine Anzeige gegen ihn vorzulesen; wortreich hielt er sofort dagegen, wurde aber durch den Commissario zum Schweigen gebracht, der ihm sodann eine vernichtende, strafende, verletzende Standpauke hielt: in glühenden Worten und ebenso ausdauernd und lang wie eine Opernarie; und sie mit echter, klassischer Wiederholung des zentralen Themas abrundend: »Und nur der Gnade der Signora hast du es zu verdanken, nur der Gnade der Signora, daß du nicht in diesem Augenblick schon hinter Gittern sitzt, um auf deine Verurteilung zu warten, gewärtig einer Strafe von fünf, sieben, zehn Jahren...« Er machte eine Pause: »Und nun gib der Signora die Hand, entschuldige dich und danke ihr für ihre Großzügigkeit.«

Der Kerl drehte sich blöde zu mir herum und schüttelte mir mürrisch unwillig die Hand, murmelte »grazie« und ein paar unverständliche Worte und stolperte aus dem Zimmer. Es war vorbei; ich dankte dem Commissario für seine ausgezeichnete

Arbeit und zog mich still zurück; mit der festen Überzeugung von jedermann, daß ich der schuldige Teil sei, da ich das Naheliegendste nicht getan hatte. Vorsätzlich hatte ich mich selbst verurteilt, aber da ich nichts zu verlieren hatte, war es kein großartiges Opfer.

Ich hatte viele Gelegenheiten gehabt, mich im gepolsterten Pferch der Gesellschaft einzufinden, wie die Kirche es mir einmal wieder so inständig nahelegte, und ja die Tür hinter mir zuzumachen; und obwohl ich diese sicheren, bequemen Leute beneidete, deren Leben wie ein Schnittmuster vor ihnen ausgebreitet lag, bevor sie noch die Augen öffneten: sie brauchten nur ihren blindlings wühlenden Nasen zu folgen, um diesen psalmodierenden Trog des einer in allen und alle in einem zu finden. Und doch, wenn es zu diesem entscheidenden Schnappen des Schlosses kam, stand ich stockstill wie ein erschrecktes Pferd, scheute und machte einen Satz hin zu den aufregenden Gefahren des Unbekannten: die leider fast immer die Gewohnheit hatten, sich in das Wohnschlafzimmer, den Kronleuchter und die Zimmerpalme umzuwandeln.

13

Es gab Zeiten, da gingen mir diese faden italienischen ›Naturkinder‹ so auf die Nerven, daß ich sie hätte umbringen können für ihre Unkompliziertheit: dies ist richtig und das ist falsch: folglich tun wir dies und das tun wir nicht; ihr ruhiges Hinnehmen der wogenden Überlegenheit ihrer nicht-denkenden Körper, sich nicht-ändernden Gewohnheiten und brutalen Tabus: ihr gefühlloser Mangel an Verständnis, oder auch nur der Wunsch, jemanden verstehen zu wollen, der nicht dazugehörte, der sich nicht anpaßte an das uralte Inkaufnehmen der Dinge, wie sie sind, immer waren und immer sein werden. Wie bei einem Kind ist solche Ich-bezogenheit zuweilen einnehmend; aber es gibt sich verwickelnde Zeiten, wenn ein Stich von Reife, eine Spitzenborte Intellekt alle entwaffnenden Kinder der Erde aufwiegen. Wenn ich aber wirklich in Wut geriet über einen von ihnen, grob wurde, unzusammenhängende Worte brüllte, gestikulierte, in meiner Version ihres Privilegs, begannen sie paradoxerweise aufzuwachen, schauten mich an mit neuem Respekt, und ein wärmendes Band war hergestellt; nicht nur zwischen uns beiden, sondern wie ein Stein, den man in stilles Wasser wirft, immer weitere Kreise nach außen zieht, zu allen, die um uns herumstanden.

Ähnlich war es im Hotel, wenn ich mich selbst in wilde Aufregung hineinsteigerte über die eisigen Bedingungen: kein heißes Wasser, kein Feuer, kein Licht, ziemlich häufig fiel der Strom einen ganzen Tag und eine Nacht lang aus und ich konnte nichts tun als hilflos in diesem ewigen Hotelzimmer herumzustolpern, das nichts von seinem Vampirzauber verloren hatte und noch fledermaus-heimgesuchter denn je war – immer dann fing die Kirche über meine glühende Vorwürfe an zu lächeln. Beladen mit Wärmflaschen, Punschgläsern, Blumentopf-Öfen kam er zurück, während der Rest der Familie fröhlich wiederholte, *iente corrente*, als wenn das die Lösung für alles wäre.

Sie hatten eine besondere Vorliebe dafür, in eintöniger Litanei das sowieso schon zu schmerzlich auf der Hand liegende zu besingen; alte Männer gingen seufzend wie schlechte Schauspieler ihren Geschäften nach, ›ich bin *alt*, ich bin *alt*‹; achtbare Bürger tönten aus voller Brust: ›ich bin rechtschaffen, ich bin ein ehrlicher Mann, jedes Kind in der Stadt schätzt mich‹; verschämte Jugendliche stimmten ein: ›ich bin stark, ich bin tapfer, ich mache Boxkämpfe mit den furchtbarsten Männern; ich mache die Musik, die Liebe, das Schwimmen, die Sprachen, die Fröhlichkeit.‹ Dieser Gedanke, ›Fröhlichkeit machen‹, war fremd für meinen Zurückhaltung-gewöhnten Geist: für sie war Fröhlichkeit nicht ein Aufbrausen, das hochstieg aus irgendeiner geheimnisvollen Quelle, sondern eine handgearbeitete Ware, so spülwasserseicht wie der Tag des Jüngsten Gerichts. Aber natürlich braucht Fröhlichkeit, um ausgelassen fröhlich zu sein, Gegensätze: es braucht einen Eskimo oder Russen, oder alle verwegenen keltischen Völker, um durch jene schneebedeckten, erstickenden, der Sonne widerstehenden Wände zu brechen in ein körperloses Auflodern zündender Fröhlichkeit. Und im Hintergrund immer dieses Frauengeheul, das unaufhörlich weitertönt aus einem dunklen unvorstellbaren Fensterloch, E,O,L,O,O,O,O, so klagend wie ein Nebelhorn, dem man das Junge weggenommen hat; aber EOLO kam nicht, niemals; und aus der Tiefe der Stadt wimmerte eine andere verzweifelte Stimme Antwort: P,I,N,O,O,O,O,…

Weihnachten: wie sehr ich auch versuchte, es zu vergessen, vorgab, es sei gar nicht da, es lastete auf mir wie ein zerfließender Sonntag; und gleichzeitig durchbohrte die durchdringende Pfeife des Januars mein Trommelfell; und diese aufgeladene Atmosphäre drang in mich ein, so viel ich mir auch erzählte, immer und immer wieder, daß es nichts: ›nein, nein, nichts, nie mehr‹ irgend etwas für mich zu erwarten gab. Nichts als diese inbrünstige Glut der letzten Minuten, die selbst die unempfänglichsten Steine berührt; und die ist immer noch, trotz jahrhundertelangen konstruktiven Unglaubens untrennbar mit der Geburt Christi verknüpft. Um wieviel augenfälliger hier, in diesem papageiengeschwätzigen katholischen Kinderlieder-Buch, mit ihrem *presepio*, ihrer Krippe in jedem Haus, einfach oder kunstvoll, wie es ihre Mittel erlaubten; liebevoll ausgebreitet in feuchtem Bergmoos, grünem Laubwerk, Flechten aus den Wäldern; die Könige und die Lämmer, die Schafhirten, die warme, heu-süße, wollig-weiche Decken für das gleißende Kind trugen; Brot und Wein; der Esel und der Ochse, die weise dabeistehen und wissen, in ihrem animalischen Verständnis, daß sie da sein müssen; und alle ziehen sie in die eine Richtung, vorbei an der gemalten hölzernen Stadt auf dem Hügel, der steifen, fleckigen Windmühle, der grauen, spitztürmigen Kirche, der hellen Grotte tief im beleuchteten Stollen, dem Teich aus Spiegelscherben, dem Silberpapier-Strom, auf diesen einen großen Flitterstern über dem strahlenden Stall zu; und ein einsamer Engel, der traurig an einer Schnur darüber schwingt.

An Heiligabend gab es hier eine spezielle Mitternachtsmesse, und ich hatte versprochen, sie mit Oberst ›Barts‹ Frau zu besuchen. Ich genoß also die zitternde Aussicht vor mir, fünf gähnende Stunden lang bis zur festgesetzten Zeit die Straßen auf und ab zu laufen. Nirgends gab es so etwas wie ein warmes Zimmer, in dem man hätte sitzen können, in der ganzen Stadt gab es meines Wissens keins: sie vergruben sich rundherum in wollene Unterwäsche, bis zu den Hand- und Fußgelenken, mehrere Lagen Schwarz darüber, preßten ihre Blechbüchsen mit brennenden Kohlen gegen ihren Bauch und beharrten darauf, daß es *sempre l'estate* sei, immer mild und wunderschön hier: Winter gab es nicht. Sie schlenderten heiter auf und ab, als wenn es mitten im Sommer sei, während ich in meinen leichten Albernheiten und den verkehrten platzenden Kleidern noch nie in meinem Leben so gefroren hatte und mich nach dem dumpfen Mief von London sehnte. Meine mißliche Lage wurde noch verschlimmert dadurch, daß ich mich passend zur Gelegenheit in meine feinsten Kleider stürzen mußte; und das bedeutete unweigerlich, mich aus den bequemen Ballen, die ich wahllos übereinander geschichtet hatte, wieder herauszuwinden; unsichtbar durchsichtige Strümpfe über purpurn anschwellende Beine zu reißen, mit dem ganzen zum Wahnsinn treibenden Strumpfhaltergeschirr, das sich absichtlich in den herumspringenden Rüschen verhängt; rasend an zu engen Bundenden zu zerren, die sich standhaft weigern, zusammenzukommen; ruckweise verklemmte Reißverschlüsse zu bewegen suchen: wann hat ein Reißverschluß je nicht geklemmt? sich in Eiszapfen-Seidenblusen hineinzuzittern; und die abschließende Seiltänzernummer, die zusammengequetschte, halbnackte Fummel-Erektion auf diese stöckelnd gefährlichen, besessen beengenden, kopflastigen Pfennigabsätze zu balancieren. Ich konnte mich weder hinlegen noch aufstehen und nur mühsam hinsetzen: trinken war nicht erlaubt, aber ich schwankte auf meinen Spindelbeinen durch den schneidenden Wind die Straße hinab, um die grausame Kurve herum zu der stürmischen Uferstraße, wo meine früher beschriebene schändliche Schenke stand. Sie war nicht wie üblich verlassen: überhaupt keine lebende Seele war da, weder Fisch noch Fleisch noch Geflügeltes; der Padrone und seine Frau saßen beim Essen, wie immer; und ich stand da, aufgetakelt wie eine verstaubte Weihnachtsbaum-Fee und dachte hoffnungslos darüber nach, was ich mit mir anfangen sollte? Als dankenswerterweise Joseph und sein Freund Ernesto durch die Tür kamen, *erpicht* auf Jux. Ernesto war der anerkannte Spaßmacher hier, mit buschig aufschießendem Haar, riesigen hellen Augenteichen und einem übergroßen, hängenden Kiefer; er war so sehr der akzeptierte Clown, daß die Leute lachten, sobald sie ihn sahen, obwohl sein Spaß sich auf kindlich einfachem Niveau hielt: eine Gummimaske mit Schurkengesicht, ein bißchen nachgemachtes arabisches Kauderwelsch, einige verulkte Dialekte und eine liebenswerte Persönlichkeit waren genug, um sie zu hifloser Heiterkeit zu rühren. Aber er hatte auch seine empfindsam ernste Seite, und wenn Joseph auf seiner Gitarre spielte, konnte er traurig und sanft, liebevoll lange, leidenschaftliche Lieder an eine imaginäre Liebe singen, die sich auf seinen Tiefen wiegte. Ich war nicht in der Stimmung für seine zahmen Possen, auch wenn ich ein Faß Brandy ausgetrunken hätte, hätte ich diese Nacht nicht lächeln können: je ausgelassener er und Joseph wurden, desto mehr zog ich mich zurück, wie eine beleidigte Schildkröte, in mein krustiges Haus.

Wie konnte ich mich nicht an diese anderen hektischen, strumpffüllenden, sich um die Kinder drehenden, unvernünftigen Heiligabende erinnern, frei von Hader und Hektik, an denen Dylan immer da war, an denen wir uns betranken, stritten, liebten und nicht *einmal*, zwei fette, vertrauensselige Narren, an Morgen dachten. Mein Morgen war hier: und sie wollten, daß ich ›Fröhlichkeit mache‹.

Und noch viel, viel weiter zurück: als ich das Kind war, in unverkorkbarer Erregung gärte; nicht auf der strumpffüllenden Seite damals, aber endlos dieses Warten durchlebte, daß das Unglaubliche geschehen möge: daß dieser schlaff hängende Strumpf in den dunklen, träumenden Stunden sich verwandeln möge in ein aufgeblähtes, schwerfüßiges Wunderpaket; und die Überzeugung, daß ich *niemals* einschlafen würde diese Nacht; dann die unvermeidbare Enttäuschung des nächsten Morgens, daß es nicht genau so war, wie meine überspannte Einbildung es sich ausgemalt hatte. Aber unsere Mutter, die ebenfalls wunderbar überspannt war und sehr eingenommen für ihre Kinder, beschenkte uns immer mit den phantastischsten Strümpfen; und immer mit einem Fläschchen himmlischen Kirschlikörs im Zeh, den wir schwelgerisch noch vor dem Frühstück tranken.

Da ich nicht wußte, wohin ich sonst gehen könnte, schlenderte ich mit Joseph zu der Anlegestelle und den Booten hinaus: meine ständige Zuflucht, und ich denke ungern daran, wie oft ich überdrüssig zu ihrer erregten Illusion unmittelbar bevorstehender Abreise flüchtete. Und Joseph, mit all seiner jugendlichen Intensität, seinem Schwarzweiß-Denken, seiner blinden Überzeugung von der Wichtigkeit dessen, was er sagte, begann unweigerlich mit: »Hören Sie, Fräulein Caterina«, *senta, senti, ascolta*; und heraus strömten der gute Rat, die *consigli*, die Warnungen vor gefährlichen Leuten, Dieben, Banditen, Straßenräubern. Ich hörte nicht so genau hin, aber seine Sorge um mich berührte mich, und daß er mich solch peinlich genauer

Obhut für wert erachtete. Trotzdem war ich, fürchte ich, an Joseph dem Mann mehr interessiert als an dem Erzähler; und wäre sehr viel erfreuter gewesen, hätte er aufhören können zu reden und mich stattdessen geküßt. Aber er war immer auf der Hut vor Spionen, Schatten-Gestalten, die auf der Lauer lagen; ich sah nichts, behauptete er, wo doch die Umgebung geradezu wimmelte von ihnen. Dann fuhr mir der schreckliche Gedanke durch den Kopf, daß Joseph mich vielleicht gar nicht küssen wollte, und das ließ mich unmerkliche Hautschichten Entfernung von ihm wegschrecken und machte meine Antworten unentschuldbar knapp und schroff. Ich glaube nicht einmal, daß es so war: es war eher die strikte italienische Trennung der wesentlichen Dinge des Lebens: Essen, Glauben, Lieben; jedes hatte seine eigene Zeit und seinen eigenen Ort und keines durfte sich überschneiden mit einem anderen. Nach demselben Prinzip wie bei der Fröhlichkeit machte man sich an eine Sache und machte sie ganz; und mit Freude, aber auf keinen Fall durfte diese Sache ineinandergreifen mit der nächsten, die man zu tun hatte: essen zum Beispiel; und wenn ich bedenke, daß es Tage gab, an denen ich vor Liebe nicht essen konnte.

Mein ganzer Horizont war ein Netzwerk ineinander greifender Fäden, so war ich natürlich heftigst gegen diese Falltür, die man mir vor der Nase zuschlug, gerade wenn ich einen flüchtigen Blick auf den Himmel über mir erhascht hatte. Ich empfand sie als Beleidigung, als Ablehnung der Natur: ein Kätzchen im Sack, mit einem Stein darin, noch ehe es die Augen offen hatte. Liebe ist so viel mehr als der Liebesakt; und es war dieses so viel mehr, das ich so unerträglich vermißte. Dann, nachdem ich meinen Kuß nicht bekommen hatte, mir stattdessen eine lange Lektion über die Kernfragen ethischen Betragens anhören mußte, in haarspaltendem Wind – obwohl Joseph und die Kirche oberflächlich gesehen Feinde waren, gab es grausig grundlegende Gemeinsamkeiten zwischen beiden – überfiel mich die Kirche an meiner Schlafzimmertür mit seinen Schlangenschreien ›*prostituta, prostituta*‹!

Nun hatte ich auch die Frau des Barts verpaßt, die mich für die Mitternachtsmesse hatte abholen wollen; so folgte ich nach einem letzten sehnsuchtsvollen Blick auf Colm, der so warm und friedlich, so embryohaft weit entfernt schlief, meinem bösartigen Schicksal. Da ich von jedem zurückgewiesen wurde, hatte ich ein ständig schlechtes Gewissen, obwohl ich nicht wußte weshalb, oder was ich getan haben sollte; aber egal was, es war eine sehr passende Stimmung des Selbstmitleids, um meine Sünden beichten zu gehen. Während ich krampfhaft das flatternde Viereck von einem Halstuch auf meinen Kopf presste, wodurch ich mir noch auffälliger vorkam, zerrte ich an der Kirchentür, die nicht aufgehen wollte, dann plötzlich, mit einem Ruck, schwungvoll und mit lautem Knall, nachgab. Jeder Kopf, so schien es, drehte sich in meine Richtung; unter dem Feuer dieser versengenden Blicke traute ich mich nicht, nach einem Sitz zu tasten und blieb eingeschüchtert hinten stehen. Ich hatte angenommen, es würde höchstens eine halbe Stunde dauern, aber es zog sich eine dreiviertel Stunde hin, dann über eine Stunde... wo es doch nur zu augenfällig war, daß die Visionen der hin- und herruckenden Leute vor allem um Abendessen und Bett kreisten.

Vor mir befand sich eine Sardinenreihe der nönnchengleich gehaltenen jungen Damen der Stadt, sich aneinanderdrängend wie verlassene Kälber in einem Gewitter. Nie gingen sie allein auf der Straße, immer untergehakt, eingehüllt in Malkasten-Mäntel, in enggestrickten, nahgesponnenen, kläglich brüllenden Herden. Alle trugen sie wollene Mützen auf ihren Köpfen, aus denen das nicht zu bändigende Haar mit Schleifen, Nadeln und Spangen gebunden, geschnürt und geklemmt in Strömen und Schnellen und Wellen sprang. Und diese unverwitterten Gesichter, als hätte man sie gerade aus Watte genommen, hervorgezogen aus einem geheimen Fach, in dem sie versteckt lagen; was ihrem starren Alltag wohl recht nahe kam; ich staunte wieder über ihre Fähigkeit, auf diesem von Wind und Wetter versengten, zerzausten und zerschlagenen Eiland zu leben wie eingebettet in einen orientalischen Harem.

Was taten sie mit sich selbst, wenn sie nicht als Schaustück defilierten, in der Zeit zwischen den *festa* Tagen, wenn sie nicht zu sehen waren: wenn sie darauf warteten, von einem Mann geangelt zu werden; und wie konnten sie je geangelt werden, wenn kein Mann ins Haus durfte, es sei denn, er war mit einer von ihnen verlobt? Solcher Art waren die fesselnden Mysterien für mich, die ich niemals zufriedenstellend lösen konnte.

Und noch viel mehr fruchtlose Betrachtungen gingen durch meinen Kopf, vermischt mit der rauhen, ermahnenden Käsereibe-Stimme des entschieden uns gut für unser gutes Geld bedienenden Priesters. Das Gedränge der Kommunikanten, die von der Kommunionsbank zurückkehrten, als überquerten sie im Dunkeln eine Brücke mit einer goldenen Last, die kostbar unversehrt gehalten werden mußte, bis sie auf der anderen Seite waren. Die hüpfenden Mädchen, die Haare schwingend im Pferdeschwanz, dies zurechtzupfend und das zurechtzupfend, taufrische Heimlichkeiten flüsternd, kichernd, kneifend, so unfähig still zu sitzen wie die Sterne nicht zu scheinen. Und dahinter die Zementmauer der Männer, die stehen und beobachten und ihr Urteil zurückstellen. Dann der Ansturm auf die Weihwasserschale, das großzügige Tunken der Finger, das Gerühre des Kreuzzeichens; und das vereinte Geschiebe zur Tür hinaus.

Es war vorbei, und wieder stand ich zitternd in der kalten Nacht, vergeblich nach den leichtsinnigen Bändern und Schleifen der Signora Bart Ausschau haltend. Sie war eine winzige Vogelfrau, nur Federn und Nerven, wie sie da oben auf ihren kleinen, aufstrebend hohen Vogelabsätzen stand. Sie war Sängerin gewesen, auf der Bühne, und konnte es nicht vergessen, als der arme, alte Babbo – und ich bin sicher, er war älter als der älteste Grabbewohner – damals ein fescher Colonello, sie dem ›Prunk und Staat‹ eitler Zurschaustellung entriß, sie zu seiner ehrenwerten Gattin machte und ihr drei stramme Kinder schenkte; und Sklaverei und Armut obendrein, als nachträglicher Einfall. Sie hatte ein tapferes Herz, kämpfte darum, den Schein zu wahren, in ihrem einen, einzigen stallartigen Zimmer für alle; fragte sich nachdenklich, aber nicht rebellisch, was ihr denn fehle; und sehnte sich nach etwas so Schlichtem wie ein bißchen Poesie in ihrem Leben. Auch war sie mehr als willig, unanständig zu sein, falls sich die Möglichkeit dazu ergab, aber viel zu ängstlich, um das Risiko einzugehen, entdeckt zu werden.

Mit ihrem ältesten Sohn Cesare, der sechzehn war, ein Jahr älter als mein Ältester, und sie turmhoch überragte, stürzte sie sich auf mich; und gemeinsam führten sie mich ab, die unzähligen Stufen zu ihrem Zimmer hinauf, zum abendlichen Festmahl. Dort entdeckte ich mein erstes Feuer: drei Streichhölzer, die in einem winzigen Eisenkorb prasselten; ich kauerte über der flüchtigen Glut, fütterte sie mit Spänen und versuchte, meine erfrorenen Beine damit aufzutauen. Dann begann das festliche Essen; und endete mit einer feierlichen Flasche Sekt, die die Runde um den Tisch machte, um dann – etwas, das ich vorher noch nie erlebt hatte – wieder verkorkt zu werden. Die Musikanten kamen mit ihren klingenden Uralt-Witzen und ihrem Weihnachtslächeln und versetzten die Kinder in einen Aufruhr des Entzückens; aber nichts konnte den Stein in meinem Herzen verrücken; und eine plebejischere, weniger berauschte Nacht hat nie jemand verbracht. Ich konnte nicht einmal mit Joseph nach Hause gehen; der Babbo bestand darauf, an meinem Arm zu hängen und mich bis zur Hoteltür zu bringen, die verriegelt und verrammelt war. Wir pochten und pochten... endlich machte die Kirche auf, zerzaust und mürrisch vom Schlafen und von Kopf bis Fuß in Wolle getarnt. Ich fiel ins Bett, gegen vier Uhr früh, ein zusammengefrorener Eisklumpen, und begrub mein Stöhnen in Colms Wärme gerösteter Kartoffeln.

Welch ein Weihnachts-Erwachen! als wenn die glühenden Nägel und Nadeln der Ausschweifung mich in schönster Eintracht stechen würden. Wie ein durchlöcherter Schwamm lag ich da, unfähig, einen Muskel zu bewegen, und ächzte bei mir selbst: ›Nein, nein, nichts kann mich heute aus dem Bett bringen‹. Und Colm hüpfte herum und schüttelte mich und heulte nach seinem Fahrrad: wenigstens das hatte ich ihm besorgt, mich nahezu ruiniert, um mein Gewissen zu beruhigen; aber keinen Strumpf. Sie hatten einen seltsamen Brauch hier, die Strümpfe erst am sechsten Januar aufzuhängen, wenn eine Art Hexe, die sie Befana nennen, kommen und ein einziges

Geschenk bringen sollte; der Rest war ausgestopft mit süßen, krank-machenden Klebrigkeiten; nicht zu vergleichen mit unseren schätzebergenden Strümpfen zu Hause. Irgendwie schaffte Colm es, in seine Kleider zu kommen, ohne irgendwelche Hilfe von mir, und verschwand mit seinem Fahrrad zu den Gefahren von Autos, Abgrund und Hafendamm: ich schloß meine Augen zu den Visionen von Engelsleichen auf bekränzten Bahren; und konnte mich immer noch nicht bewegen. Ich wußte, ich ließ ihm zuviel Freiheit, aber wehe, Gott würde mir das auch noch antun; aus und vorbei wäre es mit Lenden gürten, den Gürtel enger schnallen oder Ärmel aufkrempeln und Socken hochziehen, ein für alle Mal.

Dann kam die Kirche herein, auf seit sechs, gutmütig, voll geschäftiger Fröhlichkeit, so überzeugt von der Richtigkeit seines Tuns wie ich von meinen Fehlern; er wünschte mir ein aufmunterndes *buon Natale*; ich antwortete nicht sehr ermutigend mit einem Tränenstrom. Messerscharf folgerte er, daß ich die Familie vermisse; das stimmte, aber um genau zu sein, wieviel mehr ein bestimmtes Mitglied dieser Familie, das ich niemals wieder sehen würde: hast du gehört, *niemals*? Was ist niemals? Tod ist Tod für sie, und irgendwann hört man auf damit; für mich ist das anders, ich begreife ihn nicht, ich hasse ihn, ich will mich nicht damit abfinden.

Ich hatte die fette Aussicht auf ein abermaliges Mich-Vollstopfen im Bart'schen Zimmer, und es gab keine höfliche Art, das zu vermeiden, es sei denn durch augenblicklichen Selbstmord, und dafür hatte ich nicht die Kraft. So schleppte ich mich millimeterweise, ziellos, aus dem Bett, wobei ich all die Dinge zuerst tat, die am wenigsten getan werden mußten, und preßte mich in irgendeine Kleiderform.

Dann hörte ich über dem Bombardement der anderen Geräusche in der aufgeputzten Straße eine gebieterische Stimme, die Colm dafür strafte, daß er tollkühn auf seinem Fahrrad ritt, und diese Stimme rief ›Dylan, halt, Dylan‹!, und es war meine eigene. Dieser Streich war mir schon früher gespielt worden, und ich konnte es mir nicht abgewöhnen; aber jedesmal wenn es passierte, hatte ich das schreckliche Gefühl seiner körperlichen Nähe; als sei er gerade um die Ecke, die Straße hinauf, in der nächsten Kneipe und eben dabei herauszukommen, schwerbeladen mit Bärenmänteln, rutschenden Schals, hervorquellenden Papieren, und die Straße herunterzubrüllen, daß alle Welt es hören konnte, ›Cait‹.

Und so, um das bis-aufs-Blut gehäutete Bewußtsein schnellstens zu betäuben, abzustumpfen, zuzustopfen mit mehr Watte-Stufen, Watte-Essen, mehr schlafwandlerischem Wein... bis ich übersättigt, die Flamme ertränkt in meinen Augen, angewidert zu bleiben, widerwillig zu meinem ausgelöschten Haus zu gehen, saß, als sei ich mit einem Anker an den Tisch gekettet. Aber sie schleppten mich den Berghang hoch, die Kinder, mittlerweile aufgewühlt durch zuviele ungewohnte Reichtümer: zankend und streitend... die Signora in ihrem unpassenden Putz mühsam hinterherkeuchend; der glückliche Babbo, in seinem Schaukelstuhl nickend, die Füße im Aschenkasten; zu alt, um noch einen Gedanken darauf zu verschwenden, sich für irgend etwas anzustrengen.

Und als Überraschung für uns zu dieser trauer-geeigneten Jahreszeit, in einer schwarz-gestimmten Landschaft: ein tanzender gelber Mimosenbaum, wie ein modischer Hochzeitsgast auf einer Beerdigung. Und etwas später bemerkte ich zum ersten Mal, die steilen Klippen hinunter, weiße Blüten und ganz zart rosafarbene, und zu ihren Füßen, beinahe beschämt, sich zu so unschicklicher Zeit zu zeigen, Zwerg-Osterglocken, Narzissen und Weidenröschen.

Es begann dunkel zu werden, als wir, ohne zu sehen, die Klippe herunterstolperten; und ich erinnerte mich dann an die letzte Verpflichtung dieses anstrengenden Weihnachtstages: Abendessen in der festen Burg der Kirchenfamilie. Ich sehnte mich nur noch danach, meinen Kopf irgendwo hinzubetten, in Lagen von Schwärze zu schwelgen, für einen zu kurzen, begrenzten Zeitraum zu vergessen, wer und wo ich war; aber für diese höchst feierliche Gelegenheit mußte ich meinen schmalen Vorrat an Charakter aufbieten, die Überbleibsel meiner guten Manieren als Dame, und mich selbst in einer Löschpapier-Rüstung verbergen, in die ich die stumpfen Zähne der Langeweile bohren, den Gas-Mund der Lethargie versenken könnte. Und wenn ich ganz tief gesunken war, zu einem fetten Gespenst geschunden, ja, so etwas gibt es, und keine Funken flogen mehr, dann bezeigte mir die huldvolle Kirche solch ein entwaffendes Lächeln: der Blitz, der den Donner aufreißt, offenbart nicht mehr und lobte, während all die Glocken des Himmels freudig jubilierten, *bravo, benissimo*... Mein einziger Wunsch war, so zu bleiben, wie er mich wollte. Aber es fiel mir doch auf, wie männlich bedacht er selbst darauf war, nie lange bei diesen Sitzungen im Schoß der Familie zu verweilen: kräftigen Schrittes kam er herein, warf einen kurzen Blick in die Runde, um sich zu vergewissern, daß wir alle sicher an unsere Plätze gekettet waren, ein schneller Bissen, ein paar aufmunternde Worte und in dringenden Geschäften war er wieder davon... während ich vergeblich an meiner Kette zerrte und ihn verfluchte.

Es half nichts, so sehr ich mich auch bemühte, ich konnte nicht zur Ruhe kommen in dieser geschützten Oase; ich schnaubte und schäumte und stampfte den Boden, um alles abzuschütteln; warum ich es so blindlings eilig hatte, zurückzugaloppieren zu meinen Brontë-Mooren, Klippen und Löchern, ist eine dieser Fragen ohne Antwort; sie drückten mir auf die Seele, aber ich brauchte sie, und wenn ich sie nicht riechen konnte, war ich niemand, und es ist sehr wichtig, jemand zu sein, selbst wenn es jemand Schlechtes ist. Ich hatte mich so weit entfernt, täglich ein Stückchen weiter, von den ordentlich gesteckten, reinlich gesäumten, rechts und links sauber genähten Konventionen, daß es jetzt zu spät war, die aufgefransten Fäden sammeln zu wollen für die vergebliche Kehrtwendung. Und in meiner mir halb aufgezwungenen, halb freiwillig gesuchten Absonderung gab es auch, in unbestimmbaren Abständen, außergewöhnliche Belohnungen: Belohnungen, die die in Kissen Gebetteten, mit Recht, niemals erleben durften; sie sollen zufrieden sein, daß in ihren Kissen keine Nadeln stecken. Eine der kleineren war das Spiel so zu tun, als gehörte man dazu: in die Masse eintauchen, sich zurechtmachen und in Floskeln ergehen, so nett und artig wie jedermann, sich einen Mann nehmen... aber das war schon viel heikler.

In dem Joseph-Spiel war das meine Schwäche: daß ich nicht so tun mußte, als liebte ich ihn, sondern so, als täte ich bloß so; und das ist nicht halb so leicht. Aber die spontane Liebe, die im Augenblick zwischen uns entstanden war, drohte zu einer Farce zu verkommen; mit den ständigen höhnischen Sticheleien der Kirche, unterstützt von seinem bis jetzt stärksten Argument: ›Alle lachen über Sie.‹ Mißbilligung war fast zu leicht zu ertragen: Billigung wäre schon wesentlich ungewohnter gewesen; aber Lachen! Mir war es im Grunde gleichgültig, aber war Joseph stark genug, um dem zu widerstehen? Er war stark, das wußte ich, und für einen Jungen seines Alters hatte er ein erstaunliches moralisches Empfinden; aber ich konnte nicht von ihm verlangen, den Regeln und Vorschriften seiner Erziehung und den geheiligten Gesetzen der Stadt gegenüber ebenso unempfindlich zu sein wie ich.

Das fromme Mahl nahm seinen Verlauf; ich würgte den köstlichen, mir jetzt überdrüssigen Vogel herunter, den ich zu jeder anderen Zeit, mitten in der Nacht zum Beispiel, mit Haut und Federn verschlungen hätte: womit meine Behauptung bewiesen wäre, daß ein Stück Brot zur rechten Zeit alle Gänse von China aufwiegt. Als ich schließlich teilnahmslos die Unterhaltung aufgegeben hatte und nur noch schlaff auf meinem Stuhl hing und mir das Aufstehen vorzustellen suchte, brachten sie die *pasta ubriaca* heraus: den betrunkenen Kuchen; und klebrige Feigen mit obszön eingefügten Mandeln drin.

Der betrunkene Kuchen war der beste, den ich je gekostet hatte, und ich hatte zugeschaut, wie sie ihn auf dem Marmor-Aufsatz des Küchentisches knetete. Sie machte eine kreisrunde Festung aus Mehl: die junge Signora, die Frau des Sohnes, die gehorsam von ihrer Schwiegermutter vom alten Schlag in den Küchenschritten unterwiesen wurde; und in diese Rundung in der Mitte goß sie eine beunruhigende Menge von einem Drittel Olivenöl und zwei Dritteln Aleatico-Wein, wobei sie geschickt die gefährlichen Ränder unterknetete, sobald sie nachzugeben drohten; bis eine erfreuliche, glitschige Masse entstanden war; in die dann wiederum Köstliches gegossen und gefaltet und geknöpft wurde: Rosinen, Sultaninen, gehackte Nüsse und ich weiß nicht was für würzige Spezereien.

Ich sah auch, wie sie die Ravioli machte: sie rollte den Teig flach aus, setzte kleine zusammengedrückte Pyramiden der grünen, schmackhaften Füllung reihenweise ordentlich auf die eine Hälfte, dann klappte sie geschickt ruck-zuck die andere Hälfte im richtigen Abstand darüber; und nun drückte sie den Teig um jede Pyramide herum fest an, um die Füllung sicher zu umschließen; dann kerbte sie mit einem Teigrädchen fachmännisch waagerechte und senkrechte Striche dazwischen und hob die nun sachte voneinander getrennten, wie durch Zauber befreiten, sozusagen von Meisterhand gefertigten Ravioli-Vierecke mit dem Messer heraus. Wenn ich doch auch etwas so gut machen könnte, nur eine Sache, dachte ich, ich würde es immer und immer weiter machen, ohne jemals aufzuhören. Aber ich konnte mir das richtig vorstellen, wie ich mit zwei linken Händen alles vom Tisch fegte, als sei ein Panzer darübergefahren: geschickte Leute brauchten für ihre raffiniert rationellen Bewegungen nur eine kleine freigeräumte Ecke und bewegten sich mit zufälliger Zuversicht und ärgerlich beiläufiger Überzeugung. Wie ich dann mein Zeug und Werkzeug zu Berghöhen stapelte, als wenn ich ein Schlachtfeld vorbereitete, was ich ja wirklich tat; in Bezug auf peinlichste Ordnung und Organisation war ich immer tyrannisch. Danach schlagen, rühren, hämmern, mit der Brutalität Carneras, bis das Stück schlaffen, grauen, fertiggemachten Teigs, das ich so wild bearbeitet hatte, alle Hoffnung auf Auferstehung in meinem Küchen-Feuerofen fahren ließ: starr, besiegt, blei-äugig wie eine überfahrene Ratte lag es auf dem Boden der Schüssel.

Versuchte ich eine der anderen, von Natur aus, wie mir versichert wurde, sich für Frauen schickende Künste, war es ganz genauso schlecht: nähen zum Beispiel; ich setzte bedachtsam diesen ungemein wichtigen belanglosen, leicht zerstreuten Ausdruck auf, fädelte flott meine Nadel ein; oder etwa nicht? Nein, trotz aller meiner Kniffe, der Faden wollte nicht; dann, aus reiner Unberechenbarkeit, ging er doch hinein; und ich machte den ersten peinlich akkuraten Stich, der gar nicht daneben gehen konnte, er blieb hängen, unbegreiflicherweise; das Garn vollführte einen Wahnsinns-Trapezakt: zum Auftakt verknotete es sich selbst; dann führte es ein Ballett von leichtbeschwingten Wirbeln und Pirouetten vor, wie Maibaum den verlorenen Knoten fing; und immer gab es eine verirrte Schlinge, die es fertigbrachte, sich an einer abgelegenen, abstehenden Spitze festzuhaken; die sich nur deshalb dort befand, um meinen schwindelerregend rotierenden, rollenden Kopf in rasende Räume zu locken.

Und die Kleider, die ich kaufte, die unbedingt aus Wolle sein mußten, und die war nur schwer und für viel Geld zu haben – kam ich nicht aus der Heimat der Wolle, mit den hübschesten Flausen über diese Insel im Kopf; ohne das bißchen Höflichkeit, zu warten, bis ich sie wenigstens einmal angezogen hatte, platzten sie an den Nähten auf, die Knöpfe sprangen ab, die Säume hingen durch, und unter den energischen Steinwaschungen schrumpften sie zu wurstigen Zwangsjacken zusammen. Ich war auf dem besten Wege, ein britischer Reaktionär zu werden wie der Engländer, und über die Tugenden der Beständigkeit zu predigen. Die erfreulichsten Kleidungsstücke, denen ich endlich erlegen war, über all meine fraulichen Zimperlichkeiten hinweg, war die rosane, wollene, allesumschließende Unterwäsche; in der mich in meinen illusionsberauschten Tagen niemand nicht einmal tot gesehen hätte; jetzt aber, in meinen wen-kümmerts-schon-wie-ich-aussehe Tagen niemand lebend ohne sie. Und ohne Übertreibung, bestimmt nicht, ich glaube nicht, daß ich ohne sie überlebt hätte. Denke ich an meine täglichen windspaltenden Klettereien die mir-zum-Hohn-gesetzten Stufen hinauf, zu meinem überwintern-bis-zum-Sommer Haus; wie ich über meinem kaputten Topf ins Leben gelockter und geblasener Kohlestückchen hockte; das überdehnte, gleichgültige Meer, das vernichtend auf mich blickte, vor mir; und wie ich verzweifelnd meine schrundigen, rissigen Hände besah, wo hinter zerrottenden Fingernägeln das Gift hervorbrach. Colm und ich, wir waren beide mit diesem Hiobs-Bazillus infiziert, dessen kurioser Einfall ausgerechnet uns von allen leidenden Leuten wählte. Mit fünf totzuschlagenden Stunden vor mir: die Zeit war so langsam, daß ich manchmal dachte, sie hätte ein böses Ende genommen; ein Bogen boshaften Papiers, das im Wind sprang; und eine Flasche schwarzen, wie sie den roten hier nennen, Weins hinuntergespült; mit Brocken knusprigen Brots, weichem Käse und knackigem Grün; um die Kälte in Schach zu halten und den erlahmten Geist in einen Eisfilm der Benommenheit zu hüllen. Wie widersinnig, dachte ich, daß ausgerechnet ich, die wie ein Edith-Sitwell-Reiher einbeinig auf der Ecke von Nirgendwo hockt, von der Kirche für lockere, lasterhafte Neigungen angeklagt wird; keine ungeliebtere Person hätte er in der Länge und Breite der Stadt finden können, und ob nun freiwillig oder nicht, kein tugendhaft keuscheres Wesen.

Überflüssigerweise dachte ich an die sonnigen Briefe aus England, hoffend, ich sei gefestigter, im reinen mit meinem Leben: was heißt das? Mit einem Körnchen Glück; was *ist* das? Ein Valentino? alles vor einem Hintergrund von Datteln und Palmen und schmachtenden Tangos. Ich war froh, daß sie mich jetzt nicht sehen konnten; und wie konnte ich es wagen zurückzukehren, so wund, so blutig, so ungenäht wie je, wenn nicht mehr.

Wie sollte ich die nächsten drei ent-zwei-schneidenden Monate überstehen: Januar, Februar, März; das Land würde gerade aufwachen, sich ausstrecken aus seinem finsteren Koma, wenn ich zu meinem weinenden Wales aufbrechen mußte. Und ich wußte, wie hart und grausam dies hier auch war, oder die nächste Stätte, in die ich meinen schuppigen Körper eingraben würde, daß ich niemals, niemals dorthin zurück wollte; soviel Dylan, wie ich tragen konnte, hatte ich bei mir.

14

Wie immer verschwand das Geld mit beängstigender Schnelligkeit, und ohne irgendeine krumme Tour würde ich nicht durchhalten können. Ich machte auch idiotische Sachen: fuhr über das Wasser zum Festland hin, ein verrücktes Unternehmen, und mein erster Ausflug weg von der Insel. Nur um einen zuverlässigen Apotheker zu finden, bei dem ich Gesichtscremes und Puder und anderen unentbehrlichen schönen Schein und Flitter kaufen wollte; und natürlich setzte ich mich über meine Liste hinweg und kaufte einen Berg von Luxusdingen obendrein, eine Reaktion auf meine dornen-besäte Wildnis, einschließlich einer fünftausend-Lire-Flasche ›Scandal‹, die mir genau soviel moralischen Auftrieb gab, als ich sie verschwenderisch mein eng anliegendes, rosa-wollenes Unterhemd hinuntergoß. Was ein Ding wert ist, hängt davon ab, wie sehr du es willst, entschied ich. Dann packte mich der Einkaufsrausch, und ich konnte das dreckige Geld gar nicht schnell genug loswerden; ich kaufte einen schönen, aber überflüssigen Badeanzug, einen schmetterlingsgeflügelten Büstenhalter, der unmöglich länger als einen Tag halten konnte, und die durchsichtigsten, hauchdünnsten Seidenstrümpfe, um sie auf meinen struppigen Bergen zu zerfetzen und zerreißen. So schaffte ich es, einen hübschen, nicht zu verachtenden Betrag kleinzukriegen – mit Geld für Bus, Boot und *carrozza* und der Nahrung für die welkenden Lebensgeister – der mich in meiner Inselfestung eine gute Strecke weiter gebracht hätte. Es war ein seltsames, unheimliches Gefühl, ganz allein und frei auf dem Festland zu sein, verlegen wurde ich gewahr, daß ich die Streifen meiner Sträflingsinsel trug; und wie ein verwirrter Gefangener floh ich, mit einem fast erleichterten, perversen Gefühl des Nachhausekommens, zurück in meine Zelle.

Wie warm wurde es mir ums Herz, als ich Joseph sah, der auf mich wartete: für einen Augenblick fühlte ich, daß er zu mir gehörte, und ich wollte zu ihm hinrennen, meine Arme um ihn schlingen und mit ihm auf und davon gehen, nur wir zwei. Stattdessen wünschten wir einander ein ersticktes ›Guten Abend‹, und ich ging davon, um mit gleichgültigen Leuten in der Bar ein Glas zu trinken.

Dann waren da die Puppen; und niemand wird sagen, ich litte an einem unterdrückten Mutterkomplex; aber sie waren so wunderschön, ich konnte ihnen einfach nicht widerstehen. Ich hatte schon sechs gekauft, und sie waren durchaus nicht billig, mindestens dreitausend Lire kostete eine. Die schönsten hatte ich meiner Tochter Aeron geschickt, die schöner und schlechter war als irgendeine der Puppen; und die übrigen in der Stadt verteilt, an verführerische kleine Mädchen, darunter auch an die zwei jüngsten Schwestern Josephs. Nur eine kleine Mulatten-Schönheit behielt ich für mich selbst, sie hatte Blumen im Haar und goldene Ohrringe an den Ohren und sagte ›Mama‹ mit menschlicher Überzeugungskraft. Sie würde mir Glück bringen, wollte ich mir weismachen; aber mein Puppenfetisch ließ sich kaum unter dem Stichwort Notwendigkeiten unterbringen, genauso wenig wie die Wolle. Es war, als ob die Hälfte von mir alles, was ich besaß, so schnell wie möglich loswerden wollte, so daß ich gezwungen wäre, nach England zurückzukehren; während die andere Hälfte festverwurzelt und eigensinnig sich weigerte, auch nur zu rucken und sich dabei einbildete, daß die Anhäufung von Ungemach doch zu irgend etwas führen müsse.

Mitten in diesen Verschwendungs-Orgien kam der Engländer, den ich beinahe schon vergessen hatte und niemals wiederzusehen meinte, zu Neujahr zurück.

Wie lange verloren geglaubte, dem Inzest nahe Geschwister fielen wir uns in die Arme; er kam mir so absurd englisch vor, nach seinem kurzen Aufenthalt dort, noch englischer als zuvor. Und ich fragte mich, ob ich mich auch so wunderlich von meinem Hintergrund abhob wie er es tat; und obwohl ich glühend wünschte, so sexy und verführerisch wie ihre Frauen zu sein, fürchte ich, daß es so war.

Eifrig suchte ich Anzeichen von Enttäuschung über die ›Alte

Heimat‹ an ihm zu entdecken, aber lustig trug er eine Harris-Tweed-Fischermütze zur Schau, schwor auf schottischen Whisky, trotz seines horrenden Preises, und bestand darauf, daß England das beste Essen auf der Welt habe, und er endlich eine anständige Mahlzeit bekommen hätte, zum Beweis bemerkte er, daß er sich ›fit wie ein Floh‹ fühle.

Beladen mit rührenden Andenken an England, war er zurückgekommen: Büchsen mit Bird's Vanillesauce, die die Italiener aufschlapperten, weil sie sie für eine seltene Delikatesse hielten: ganze Pakete voll echter Hafergrütze; ich kann mir nicht vorstellen, wozu sie die brauchten, vielleicht ließen sie sie oben auf ihrer heißen Wassersuppe, dem *brodo* schwimmen; Worcester Sauce und all die feurigen Zutaten für ein richtiges Curry. Schottisch-sparsam wie immer, lud er uns ohne die Kinder mit den anderen Honoratioren von Rio: Doktor, Post und Geschäftswelt – zum Abendessen in sein Haus, um sein selbstzubereitetes, ›indisches‹, Anti-Itaker-Curry zu kosten.

So lange er freundlich war und seine blauen Augen in seinem geröteten Gesicht zwinkerten, war er ein leidlich liebenswertes Scheusal; aber wehe wir gerieten wegen irgendeiner ernsthaften Sache aneinander, sogleich bezogen wir entgegengesetzte Positionen, und wären wir im Krieg dort gewesen, wären wir mit dem Bajonett aufeinander losgegangen. So fand ich seine unerträgliche Aussage, daß er keine Lümmel, das bezog sich auf Joseph, an seinem Tisch dulden werde, noch sonst irgendein Mitglied der Arbeiterklasse, weiterhin beleidigend und schwer zu schlucken. Ich zog sie immer noch allen anderen Klassen vor, trotz der vielen Schläge, die ich von ihren blöden Fäusten abgekriegt hatte. Sicher war es löblicher zu arbeiten als nicht, als den ganzen Tag lang auf einem verlassenen Landungssteg zu stehen, ein müßiger, vertrockneter, feiner Herr, und auf Fische zu warten, die niemals auftauchten, da sie in dem verseuchten Wasser längst vergiftet waren.

Aber wie sehr wir auch grundsätzlich verschieden waren und uns verleugnet hätten in England: auf diesem fremden Floß waren wir wider Willen aneinandergebunden mit den rauhen Stricken der Verlorenen, der Ausgestoßenen, der weißen

Unberührbaren. Und eingehüllt in schrille Nettigkeiten, reichten wir uns die furchtbare Erkenntnis weiter, den Blick des Wissens, den ein Ertrinkender auf den anderen wirft.

Diese nassen Erinnerungen rufen mir die nicht minder eindringlichen Atembeklemmungen des alles im Regen ertränkenden Sonntags ins Gedächtnis zurück. Wie eine rasende Mutter trommelte der Regen die ganze Nacht herab; und als der Morgen kam, dachte ich, es kann doch unmöglich so weitergehen; sobald es aufklart, unternehme ich einen langen gesunden Spaziergang in die Berge, noch bevor die Ausschweifungen des Sonntags beginnen. Das Wochenende brachte immer eine Lockerung der vorgeblich strengen Regeln für uns mit sich: eine Kombination aus Dickens-Schule für Colm und jungfräulich-keuscher Verbannung in die Campagna für mich. Waren die Dinge nur schwer genug für mich, so hatte ich kein so schlechtes Gewissen, ihn für eine kindliche Ewigkeit seinem Sprachgeplapper zu überlassen; hätte ich aber eine gute Zeit gehabt, hätte ich ihn schrecklich bemitleidet; als ob er dadurch irgendwie besser oder schlechter dran gewesen wäre; und wenn ganz zufällig ein unzeitiger Strahl ungeziemend milder, tröstender Sonne mich traf, und ich für eine kurze, verzauberte Zeit schlaftrunken mich selbst und meine Umgebung vergessen konnte, packte mich die heftigste Reue über die Ungerechtigkeit, die ich ihm zugefügt hatte.

Aber der Regen hörte nicht auf; gegen alle Gesetze der Logik, alle Erkenntnisse physikalischer Phänomene regnete es weiter. Weiter und weiter und weiter: wo kam bloß soviel Regen her? und was sollte ich jetzt tun? Es gab in der Tat nur zwei Möglichkeiten: entweder zurück ins Bett zu gehen, was ich, geschlagen wie ich war, am liebsten getan hätte, mit Colm aber nicht machen konnte; oder hinaus in den Regen zu stürzen und sich ertränken zu lassen, was mir ganz recht gewesen wäre, ich aber auch nicht machen konnte, da ich die Kinder nicht mit in den Tod zerren wollte. Damit wir uns nicht mißverstehen, da waren noch andere Kinder; bis zwei Uhr nachmittags beehrten die drei strammen Bart-Kinder mein klägliches, seinen verdammten Geist aufgebendes Hotelzimmer. Sie waren annähernd so alt wie meine, was keine Entschuldigung dafür war, sie mir aufzuhalsen; wenn ich mich schon mit so unpassenden Sprößlingen der Natur abgeben mußte, hätte ich meine eigenen vorgezogen: an ihnen hatte ich wenigstens ein pathologisches Interesse. Sie waren gekommen, sagten sie, um zehn Uhr morgens, um mich zu dem traditionellen Bart'schen Sonntagsessen abzuholen, damit ich, wie sie richtig argwöhnten, nicht auf den Gedanken käme, davonzulaufen. Es gab immer einen Geburtstag oder eine *festa* oder einen anderen nicht zu erschütternden Vorwand für diese Essen; und immer plagte mich die Übelkeit erregende Vorstellung, sie hätten die widerliche Hündin mit den baumelnden Zitzen in ihr besonders schmackhaftes Gericht verpackt. Als ich endlich aus ihrer tropfenden Bude in den strömenden, stürzenden Wind hinaustrat, fiel mir auf, daß das wirklich lebenswichtige Ding auf dieser Insel ein Schirm war: beim ersten Regentropfen sprang ein bunter Wald von ihnen auf, in allen Formen, Farben und Größen. Aber mir war es gleich, wie naß und schmutzig ich wurde: ich weigerte mich einfach, dem letzten Wegweiser zur Ehrbarkeit zu folgen: Galoschen und Schirme; meine biederen wollenden Hemdchen reichten mir schon.

Nachdem ich Colm und Chico, den jüngsten Bart-Sohn, im Kino abgeladen hatte, hielt ich entschlossen mein Gesicht in den strömenden Regen und mühte mich blind den fließenden Berghang hoch. Instinktiv strebte ich dem Kalvarienberg zu, es schien mir der einzige Ort zu sein, der es mit diesem stürmischen Tag aufnehmen konnte; und hier traf ich an einer Krümmung des schwarz sich dahinschlängelnden, ansteigenden Weges Joseph. Wie tapfer von ihm, dachte ich, sich diesem Regen auszusetzen, nur um mich zu treffen, schließlich benehmen sich die Italiener wie die Katzen im Nassen: ihr Fell sträubt sich bei einem Tropfen Wasser, als würde man sie gegen den Strich streicheln; ganz anders als die ordinären britischen Hunde, die sich im Wasser suhlen und schwelgen. Mir wäre es viel schwerer angekommen, mich dem Regen sezierender Augen zu stellen, der mich aus der Sonntagswolke zickzackzüngiger Kleinstädter tränkte.

So gingen wir zusammen weiter, Joseph und ich, und fühlten uns endlich einmal unbeobachtet in unserer eigenen Regenwelt, ohne die Spione, die sonst in jedem Dickicht krochen. Wir stießen in tiefe, schirmende Wälder vor, lagen auf der durchnäßten Erde, den verklumpten Blättern, fochten gegen einengende, raschelnde Kleidung für eine kurze Begegnung des Fleisches: ein bißchen der wortlosen Wärme, die uns eine weitere Woche reichen mußte. Die Nässe und unsere ungeschickten, drängenden Umarmungen waren so miteinander verquickt, daß ich, als ich hellwach in einen tropfenden Busch hinaufstarrte, überlegte, wie wenig durchdacht es war, daß die Eingebungen der Natur auf äußeren Beistand angewiesen waren; und wie wunderschön es wäre, wenn ich mit Joseph in einem warmen Bett liegen könnte und nicht mehr als ein Nachthemd anhätte. Dann das eilige Zusammenraffen des zerstreuten Ichs, das So-tun, als sei nichts passiert, die zufälligen Bemerkungen und das jauchzende Stürzen ins Dunkel hinein; das Anhalten für den ersten freundschaftlichen Kuß und weiter, stolpernd, aufgeregt plötzlich, den Kalvarienberg hinunter. Das Auseinandergehen schließlich, wenn er sich auf einem Weg in die Stadt schleicht, ich mich auf einem anderen; und später auf der Straße, das kühle Erstaunen diesem Fremden gegenüber, fremder als irgendein Körper, der zufällig vorbeikommt.

Ich wußte immer noch nicht, warum diese komplizierte Kriegslist nötig sein sollte. Wem schuldete ich Rechenschaft? Ich brauchte niemanden zu hintergehen, nur die Kirche, und ihm gehörte ich nicht von Rechts wegen. Aber er band mich fest mit ungeschriebenen, doppelt haltbaren Gesetzen; mit seinen unzüchtigen, maulzerreißenden Bildern voll schallendem Hohngelächter, die er wie Fahnen vor meiner Nase schwenkte und schlenkerte, mit denen er mich verletzte und ewiger Schande auszuliefern suchte; und womit er beinahe Erfolg hatte. War es denn so schlimm, daß eine Frau ein bißchen Liebe wollte, brauchte, wenn sie doch dafür vorgesehen war, wie man mir immer versicherte? Wählt sie das entgegengesetzte Extrem und strebt eine Karriere an, macht sie sich noch unbeliebter; nur der Schleier bleibt ihr, der sie vollends aus dem Verkehr zieht; oder das gleichermaßen von der Gesellschaft ausgeschlossene, aber unvergleichlich lieblosere Bordell. Ich wußte genau, was ich tun mußte, um allen Schwiegermüttern dieser Erde zu gefallen: für den Rest meines Lebens mich selbst in eine Kiste nageln und nie wieder gesehen werden; eine Abgeschiedenheit, in der ungestraft gemordet werden durfte, sofern man es nur nicht *sah*. Der Mord selbst war von keinerlei Bedeutung, solange man sich nur nicht sehen ließ; das hätte dieses ungreifbare *man* beleidigt, das allmächtig im leeren Raum schwebte, und das man nie zu fassen kriegte. Ich konnte nicht vergessen, daß ich nur ein Leben zu leben hatte: auch wenn es schon ganz zerfetzt war: aber offensichtlich konnten es alle anderen.

Dann gesellte ich mich in fiebrigem Überschwang zu den Stammgästen, die wie immer im Café-Fenster saßen, um zu sehen und gesehen zu werden, und träge den Kaffee verdauten, den sie vor einer Stunde getrunken hatten.

Natürlich war die ganze Armada der Bart-Familie da, und einmal mehr grübelte ich darüber nach, wie sie es machten, oder vielmehr gemacht hatten? diese kräftigen Amazonen-Kinder zu bekommen. Der Engländer spielte sich derb und herzlich als Brite auf; aber ich mußte zugeben, daß er als einziger Alkohol trank und einen Anschein von Unterhaltung führte, während die Italiener bloß hypnotisiert herüberstarrten. Was war besser letzten Endes, bewußt Schaden anrichten, die Köpfe aneinanderzuschlagen, daß sie rauchten und im Gemeinschaftstopf des Wissens zu fischen; oder sich auf harmonischen Verdauungspfeifen zu entspannen, mit Schmollmund und reinen Rehaugen, und nichts zu sagen?

Da war Pietro-Petruschka zum Beispiel, so anbetungswürdig wie der Engel der Verkündigung und mit einem Lächeln, das den Himmel entflammte, der füchsisch-schlau nie eine Gelegenheit verstreichen ließ, die gewinnbringendste Person zu melken und nun genau bedachte, was er heute wohl zu Abend essen würde, dabei wirbelte er – schon nagten mittelalte

Gewohnheiten an ihm – seinen eingerollten Regenschirm wie ein Zauberstöckchen herum.

Und Alfeo, der einem altmodischen Künstler in Rio am nächsten kam; mit seinem zottigen Haar, dem wendigen, ausgemergelten Körper und den spitzen Adlerkrallen statt der Finger, die zweifellos einem Saiteninstrument seine rhapsodische Seele zu entlocken wußten, aber nein, auch er war bei den Minen beschäftigt, wenn auch nicht gerade in den Stollen. Sein Kopf könne jederzeit explodieren, hatte man mich gewarnt, vielleicht kam daher die augenblickliche Sympathie zwischen uns; und in regelmäßigen Abständen wurde er weggebracht und eingesperrt. Mit Kindern war er ein richtiger Zauberer: geräuschlos, zwanglos ließen sie sich von ihm fesseln, wenn er, ohne ihnen irgendwie Aufmerksamkeit zu schenken, leise vor sich hinmurmelnd die phantastischsten Feenpaläste aus Colms Bausteinen türmte.

Und Anna Maria, die Tochter der Café-Besitzer: des elefanten-fetten Francesco, der den Mythos vom lustigen und liebenswerten Dicken Lügen strafte, indem er mich konsequent um mein Wechselgeld betrog und seiner immer um den heißen Brei herumredenden kleinlauten Frau. Anna Maria entstieg dieser Ausschweifung der Fleischtöpfe als herrlich sinnliche Venus, deren aufragende Brüste sich wie Berge gegen ihre engen Pullis preßten; und eines Tages, da war ich sicher, würden sie es schaffen. Deren Abhang verheißungsvoll schwerer Hüften einladend hin und her schwang wie ein liebeskrankes Pendel; und weder Mann noch Frau konnte sie ansehen, ohne zu denken, wie köstlich sie war. Nur die Kategorie Frauen, die ihren besten Teppich mit Zeitungen abdecken, war fähig, an ihrer aus allen Nähten platzenden Schönheit etwas auszusetzen; die Männer samt und sonders zogen sie mit ihren Augen aus, brachten sie ins Bett und suckelten sie leer: die überlebensgroße Verkörperung ihrer schweißnassen morgendlichen Begierden. Ich versuchte zu erraten, wer einmal der beneidete Besitzer dieses Gottesgeschöpfs sein würde; aber wie so oft in diesen überreichlich beglückten Fällen, schien die Strafe ein erbärmlicher Wichtigtuer vom Festland zu sein, der sie mit

Auto und greller Krawatte beanspruchte; und die herrlich langbeinigen, rabenlockigen, staubig-rot-gestiefelten Bergwerker schmachteten vergebens.

Plötzlich hatten alle Geburtstag: zuerst die Signora Bart, und ich kaufte eine Flasche Sekt für sie, dann erinnerte sich der Engländer schnell, daß er gestern Geburtstag gehabt hatte, und ich kaufte eine Flasche Sekt für ihn; dann sagte Alfeo, daß sein Geburtstag morgen sei, und ich kaufte eine Flasche Sekt für ihn; gehorsam leckten sie ihn alle auf, nachdem sie anfänglich vor Abscheu gestöhnt hatten und mit nachfolgenden Gluck-Geräuschen kundtaten, wie zuwider das alles ihrem besseren Empfinden lief: Italiener müssen so sein, wenn sie dir je die Ehre erweisen, einen Schluck von dir anzunehmen. Es bestand nicht die geringste Hoffnung in Rio-Inferno, daß jemand mein Angebot erwidern würde, und für diese impulsiven Gesten, die mich weder vorher noch nachher groß beschäftigten, sagten mir höchst wahrscheinlich genau diejenigen, die von ihnen profitierten, nach, daß ich liederlich und ausschweifend sei. Ich machte mir nichts aus meinem schlechten Ruf, warum sollte ich? Das war meine Stärke, sie konnten nicht verstehen, daß ich mir aus den Dingen nichts machte, die Leben und Tod für sie bedeuteten: ich hatte meinen Tod gehabt, und jedes Sterben danach war ein Nachmittagsschläfchen.

Indes gab es winzige Anzeichen, daß sie leicht angeheitert waren, obwohl die Unterhaltung deshalb nicht gleich geistreicher wurde: die Signora schnatterte laut darauf los, der Engländer wurde rot im Gesicht und schob die Fischerkappe in den Nacken, Petruschkas himmlisches Lächeln erstarrte auf seinen Zügen und Alfeos Hände zerrten und zogen an seinen alten Zeitungen über ein längst-vergangenes Flugzeugunglück. Für ihn gab es nichts Unglückliches darin, sondern etwas Übernatürliches, und er brütete über seinen Artikeln und Bildern in ehrfurchtsvoller Liebe: die drei jungen gepflegten Frauen, die in Leintücher gehüllt waren und deren Köpfe nach hinten überhingen, während das Haar über die Leichenbahren herabrieselte; in seinen Augen war da eine seltsame, Angst einjagende Schönheit. Diese dumpfe Unverständlichkeit der

Verrückten, als würden sie unter einem Berg von Daunendek-ken liegen und von ganz unten aus dem Bett heraus zu dir reden, so daß du dich nicht darauf konzentrieren kannst, was sie dir sagen wollen und dich ganz einfach abgestoßen fühlst.

Es war einer meiner Kissen-Tage, alles sank nur zu einfach ein und nichts kam heraus; und ich glaube, daß es unserer ganzen Gruppe nicht viel anders ging. Ich dachte still darüber nach, wie schön es wäre, eines Tages eine Flasche Sekt ganz für mich allein zu haben, am liebsten schon beim Aufstehen am Morgen! Und obwohl ich mich dagegen sträubte, erinnerte ich mich daran, wie Dylan und ich im Bett gelegen hatten, besonders, wenn wir schrecklich pleite waren, und uns ausmalten, wie herrlich es wäre, wenn wir den ganzen Tag so liegen könnten, und ein herrschaftlicher Kellner uns als erstes morgens Champagner ans Bett bringen würde... und ununterbrochen Kino an der Decke, appetitliche Häppchen und Liebe und Eimer voll Alkohol, bis die Nacht unsere benebelte Verruchtheit bedeckte. Aber es kam nie dazu, wir waren immer zu arm und hatten immer zu viele Kinder. Nie hatte ich ihn so innig geliebt, fühlte ich, und all das Unrecht, das ich ihm angetan hatte, wollte ich wieder ungeschehen machen, all die Knöpfe annähen, all die Socken stopfen, dankbar all seine Klagen anhören. Wenn Abstand verzaubert und die Mißverständnisse zweier verblas-sender Persönlichkeiten ausradiert, wie kam es dann, daß er nie weniger entfernt war?

Und es regnete weiter, aus reiner Sturheit, und die Orangen-bäume schüttelten sich und weinten Tränen, Melancholie am falschen Platz, als sei Wales plötzlich verrückt geworden und hätte sich über Nacht in die italienische Riviera verwandelt.

Eine neue Woche begann. Und mit ihr das mühselige Weiterschleppen, Weitermachen, das langwierige neue Leben ganz und gar Neubeginnen: fehlerlos, enthaltsam, harmonisch – das irgendwie doch immer als das alte endete. Nicht so sehr, weil dieses trance-ähnliche Sein so unmöglich zu erreichen war, und wenn, zu ruhig um wahr zu sein; sondern weil es so viel unerträglich hellwache Zeit übrigließ: und die mußte vermie-den, verdunkelt und dumpf betäubt werden für mich. Ich konnte mich nicht endlos diesem einförmigen Gerümpel, das unter den grauen, unförmigen Schutzhüllen meinen Kopf vollstopfte, aussetzen.

Die Stollen, die die Berge rund um Rio durchbohrten, hatten viel gemeinsam mit den modrigen Erdlöchern in meinem Hirn. Ich hatte endlich den Mut aufgebracht und um die Erlaubnis gebeten, selbst einen besuchen zu dürfen; eine beachtliche Leistung für mich, da ich eine instinktive Abneigung dagegen hatte, unter Tage zu gehen, und die italienische Bürokratie ist schlimmer als alle anderen zusammengenommen. Eine Briefmarke zu kaufen, kommt schon einer mittleren Katastrophe gleich, und als ich zum Beispiel eine Puppe nach England schicken wollte, dachte ich schon, ich müsse bis zum Ende meiner Tage immer wieder dasselbe Formblatt ausfüllen, neunhundertundneunundneunzig Mal: was machen sie nur mit soviel Papier? Um also meine Genehmigung für den Besuch des Schachts zu kriegen, hieß die einleitende Unvermeidlichkeit: »Warten Sie einen Augenblick«, und der Finger wies auf eine Bank, auf der schon mehrere *contentissimi* Italiener seit vier oder fünf Stunden warteten, und nur zu dankbar dafür waren, daß sie wenigstens sitzen durften. Dies war die Gelegenheit für eine Rede, merkte ich, schnell und geschwind und ruhig unsinnig: das Problem war nur, ein Opfer zu finden, das ich mit dieser Rede überfallen konnte. Inzwischen scharrte ich in meinem Korb auf der Suche nach einer Beschäftigungstherapie, da ich nicht mit der Göttlichen Zufriedenheit der Italiener gesegnet war. Ein geplagter Mann eilte papierwedelnd in dringenden Geschäften aus seinem Büro; ohne ihm die Chance zur Flucht zu lassen, pflanzte ich mich vor ihm auf und legte los, wobei ich den einen bedeutenden Namen, der mir zur Verfügung stand, immer wiederholte. Das, und welche Pest ich aus mir machte, waren das Einzige, was er verstand; ich kann es ihm auch nicht übelnehmen, da das wenige Italienisch, das ich sprach, zu einem nie-gehörten, entstellten Brei zerfloß, wenn ich aufgeregt war. Aber der fanatische Unterton tat seine Wirkung: zwischenzeitlich war mir die Erkenntnis gekommen, daß ich geradezu verpflichtet sei, in den Stollen zu steigen.

Zuerst sagten sie Ja, sie würden mir den Schein geben, aber ich möge mich hinsetzen und »einen Augenblick, bitte« warten. So leicht wollte ich mich nicht abwimmeln lassen, sonst wäre ich nie aufs Land hinaus gekommen an diesem Tag und säße heute noch dort. Also erklärte ich höchst ungeduldig, daß es mir mit all der wichtigen Arbeit, die ich zu tun habe, nicht gut möglich sei zu warten: und ich dachte verschämt an mein bißchen nichtiges, flüchtiges Papier im Wind; aber jetzt kam es darauf an, den Bluff aufrechtzuerhalten, daß ich einer höchst bedeutsamen Tätigkeit nachging. Schließlich erklärten sie sich einverstanden, mir den Passierschein später ins Hotel zu schicken.

Als ich jedoch am Abend zurückkam, hatten die Feiglinge einen Schreiberling geschickt, der mir sagen sollte, wie leid es ihnen tue, aber Frauen seien nicht zugelassen in den Stollen, da sie zu gefährlich seien, die Stollen. Und jetzt war ich wirklich verärgert und entschlossen, sie klein zu kriegen, jetzt war es eine Frage der Ehre geworden. Am nächsten Morgen also war ich wieder dort und diesmal bestand ich darauf, den Direktor zu sprechen. Eine Zeitlang machten sie Ausflüchte, erfanden unbestimmt und unaufhörlich neue Möglichkeiten, wo er wohl sein könnte, um mir ja keine klare Auskunft geben zu müssen; und um seine geheiligte Unsichtbarkeit vor unfeiner Bloßstellung vor mir zu bewahren; bis ich mich zu fragen begann, ob er vielleicht gar nicht existierte. Aber mein Eindruck verstärkte sich, daß er hinter der Bürotür im Hintergrund saß und unbeweglich wie eine Eule jedem Wort unserer Diskussionen lauschte. Schließlich mußten sie einsehen, daß sie mich trotz all ihrer hinterhältigen Abraterei und den berechnenden Gefahrenschilderungen nicht loswurden. »Also ist das Leben der Männer, die dort täglich arbeiten, nichts wert?« antwortete ich darauf. »Soll ich etwa glauben, mein Leben sei mehr wert als ihres?« Zumindest versuchte ich, das zu sagen, und entweder verstanden sie mich nicht, oder sie taten nur so; aber sie kapitulierten. Ich hatte keine Angst um mich selbst: ich wußte, ich könnte mit verbundenen Augen und betrunken ungestraft über die Niagara-Fälle stolpern: Gott ist nicht daran interessiert, die Leben zu nehmen, die sowieso keine Bedeutung mehr haben, und meines wäre keine sehr beneidenswerte Troddel in seiner Schlafmütze gewesen.

Trotzdem amüsierte ich mich mit meinen schönsten Phantasien: riesige Felsbrocken, die mich fast begruben, fast, ich mußte wissen, was vor sich ging, während verzweifelte Trupps unter der Leitung von Joseph nach mir suchten. Ophelia, wie sie graziös zusammensinkt; im Tod vergaß ich ganz meine üblichen Stiefel und geballten Fäuste; bleich auf der Bahre, Mineralien in den verwirrten Haaren, Eisensteine um mich streuend, auf meinem *dunklen* Weg zur Ambulanz. Und am schönsten, die Szene am Totenbett: das abgedunkelte, blauschattige Licht, die verschworenen, flüsternden Stimmen, das schimmernde, Lichtjahre entfernte Fenster, die wogenden, seekranken Wände, die gestärkte Tracht, das leise Murmeln des Deliriums und der trockene Husten. In der nächsten Szene schlüpfte ich schmerzlos von Ophelia in Greta Garbo in *Camille*. Und jetzt gab es kein Halten mehr für mich: ich war nicht nur verstümmelt und entstellt, obwohl Gesicht und Gesichtszüge wunderbar symmetrisch blieben, ich hatte auch auf geheimnisvolle Weise die romantischen Symptome der Schwindsucht ausgebildet; ohne das Blutspucken. In einem enthüllenden, schwanenweichen Négligé rang ich nach Luft, stöhnte, rief mit rauher, heiserer Stimme, von Schluchzen geschüttelt nach einem außergewöhnlichen Wesen, das eine Kreuzung aus Professor und Marlon Brando war. Es sind nicht nur die Männer, die nie erwachsen werden.

Aber dieses ganze Gerede über die Gefährlichkeit der Stollen hatte Josephs Leben einen tragischen Zug verliehen; und meiner Liebe zu ihm, die keiner Ermutigung bedurfte, eine neue, bewegende Dimension.

Sie sagten mir, ich solle morgen um vier wiederkommen, und der Direktor persönlich würde mich mit Alfeo zusammenführen. Dies war eine große Enttäuschung für mich, da ich mein Herz daran gehängt hatte, in Josephs Stollen zu gehen, der viel weiter entfernt war, und ihn in der Morgenschicht arbeiten zu sehen. Sie arbeiteten in Acht-Stunden-Schichten, von acht Uhr morgens bis vier und von zwei bis zehn; aber ich traute mich nicht, noch mehr Wirbel zu machen, sagte, ich würde kommen und unterschrieb, daß ich auf eigene Gefahr ging.

Nach Schulschluß am nächsten Tag kam ich mit Alfeo und Colm, der sich nicht abschütteln ließ, wieder zum Büro, wo irgendein kriecherischer Hilfsschreiber uns in Empfang nahm. Der Direktor, falls da wirklich ein Direktor war, blieb die ganze Zeit über unsichtbar. Wir stiegen die Stufen und die staubigrote, gewundene Straße die nächstgelegenen Berge hinauf; bis wir auf eine Art von Plattform kamen, wo Lastwagen auf und ab rollten und ihre Ladung abluden, die dann gewaschen und sortiert wurde; was übrigblieb, ergoß sich in flüssigen Bahnen ins Meer, das sich mit einem heftigen Ausschlag überzog. Der Hilfsschreiber brachte uns mit einem der Lastwagen nach oben zum Eingang des Stollens: wir kurvten eine enge, halsbrecherische Klippe hoch, zu Colms grenzenlosem Vergnügen, der immerzu schrie: »Schneller, schneller, schneller...«

Später war ich sehr dankbar, daß ich ihn in dem Kipper gelassen und nicht mit in den Stollen genommen hatte. Wir zogen alte Mäntel über, nahmen Lampen und machten uns auf den Weg hinab in die kleine, vor langer Zeit lose abgestützte Öffnung in den Friedhof der Erde; wo es, je weiter wir kamen, immer dunkler und stickiger wurde. Ich trat unsicher in schmatzenden Schlamm, und es hätte nicht viel gefehlt und ich wäre in Panik geraten. Mit dem schwindenden Tageslicht schwand mir der Mut, aber es gab jetzt kein Zurück mehr. Die behelfsmäßige Decke über uns wurde immer niedriger, bis selbst ich nicht mehr aufrecht stehen konnte: und die triefenden, modrig-tropfenden Wände kamen immer näher. Ich konnte kaum atmen in der erstickenden, eisengetränkten Luft, und es machte mir kein bißchen Spaß; ich fragte mich bloß, wo die Arbeiter waren. Schließlich stießen wir auf zwei Jungen, die Steinbrocken in einen Wagen luden; sie trugen Helme, weil die Stollen häufig einstürzten; es stank nach Fäulnis, Verfall und Schlampigkeit. Ein verbrecherisches, unterirdisches Relikt angeblich überwundener Sklavenzeiten. Was konnte Lebenslänglich in diesem barbarischen Land bedeuten? Schlimmeres als das hier war unvorstellbar. Sie waren herzzerreißend jung, diese seltsamen, ausgetrockneten Kreaturen einer geologischen Unterwelt; dieselben, und doch nicht dieselben, wenn sie über Tage auftauchten. Ich begann zu begreifen, was dieses unterminierte Gebirge für den oberflächlichen, sprudelnden Überfluß der Stadt draußen bedeutete; wie stark es das Leben der Menschen bestimmte und überschattete.

»Aber wo sind die übrigen Männer?« fragte ich. Ich erwartete schwitzende, halbnackte, gebückt hämmernde Torsos auf dem Grunde eines jeden neuen, langen, leeren, zutiefst deprimierenden Stollens. Vielleicht war diese Leere überhaupt am schwersten zu ertragen; aber noch schlimmer war es, zu glauben, daß lebende Menschen je hier gewesen waren oder je wieder kommen könnten. Man sagte mir, daß sie die Spätschicht einschränken mußten und nur eine Handvoll Männer bezahlen könnten, was die erbärmlichen Umstände womöglich noch trostloser machte. In Gruppen zu leiden, ist lange nicht so qualvoll wie allein.

Jedenfalls hatten sie mich um den Betrieb gebracht, den zu sehen ich gekommen war, und Ruinen interessieren mich nicht. So erklärte ich, als wir an die schneidend kalte Nachtluft zurückkamen, und nie war Kälte willkommener, daß ich morgens hinabsteigen wolle, um die Männer arbeiten zu sehen; und während mein listiges Hirn raste, verlangte ich, einen Stollen besuchen zu dürfen, von dem ich gehört habe, daß er sehr gut sei: das war natürlich Josephs Stollen. Seine Blässe, die Ringe um die träumerisch grünen Augen, die frühe Reife, die unsicher auf seinen knabenhaften, noch nicht zu großen, noch nicht fertigen Knochen saß, waren mir jetzt nur zu verständlich geworden. Nach zwanzig Minuten im Stollen kam ich so eingetrocknet heraus wie ein Leichnam, der einen Monat in der Erde gelegen hat; wie sollte es Joseph da gehen, der acht Stunden eines jeden Tages, außer Sonntag, in seinem Grab verbrachte, mit der Aussicht, dasselbe für den Rest seines verkrampften, verengten, verkorksten Lebens zu tun. Daß die Mehrheit der Männer nicht bewußt litt oder sich beklagte, außer wegen der geringen Löhne, nicht dachte, daß ihnen ein unverzeihliches Unrecht geschehen sei, überhaupt kaum dachte, über das unmittelbare Tun hinaus, das getan werden mußte, um das nötige Geld zu beschaffen, das nicht einmal zum Essen reichte, machte diese Greueltat keineswegs verzeihlicher. Joseph aber begehrte auf, er haßte diese Bedingungen und wollte unbedingt da heraus. Die Vorstellung, wie er Jahre hindurch vermoderte, ein gebückter Lykidas, war unerträglich. Er klammerte sich an mich, gestand ich mir traurig ein, als einzige Verbindung mit der weiten Welt außerhalb der Grube.

Ob seine Anhänglichkeit an mich, ich habe nicht den Mut, sie Liebe zu nennen, nun von meinem Wert als Sprungbrett abhing oder nicht, er war entschlossen, für sein zukünftiges Entkommen Englisch zu lernen. Wie soll man im besten Sinne jung und nicht zugleich selbstsüchtig und egoistisch sein? Während die Jugend abnimmt, bleibt der Egoismus dir erhalten und nimmt widerwärtig zu. Ich wollte ihm helfen soviel ich konnte, zunächst einmal, um ihm aus diesem erstickenden Schacht herauszuhelfen; und dann, um ihn auf die Verlockungen der Zivilisation loszulassen, wobei ich wußte, daß dies seinen Tod für mich, und meinen für ihn bedeutete. Da der Tod sich sowieso nicht vermeiden ließ, und es sehr wichtig ist, einem Menschen das zu geben, was er glaubt, haben zu müssen, zog ich es vor, die Sache zu beschleunigen, irgend etwas vermeintlich Gutes zu tun und fertig damit.

Es war natürlich sehr schön, solche edlen Absichten zu hegen, von denen ich ganz und gar durchdrungen war; aber als ich später nachdachte über meine Wolkenkratzer-Behauptungen: daß ich höchstwahrscheinlich nach Amerika gehen würde nächstes Jahr; daß ich mit England für immer und ewig abgeschlossen hatte, und daß ich eine Menge reicher Freunde drüben hatte: wen, zum Beispiel? die ihn nur zu gerne unterbringen würden und sich um ihn kümmern würden, wenn er ankam; so waren sie auf einer aus Spinnennetzen gestrickten, von mir selbst schon vor langer Zeit verschlossenen Zukunft aufgebaut. Er war sehr ehrgeizig, scharfsinnig und enthusiastisch, mit großartigen Ideen, wie er herauskommen könnte aus diesem ein-äugigen Rio-Loch, mit seinen Einschränkungen und Verboten; und eine reichere, weitere, verheißungsvollere Welt finden könnte. Wer kann es ihm verdenken? Zweifellos würde er Hilfe brauchen bei seiner Ankunft, und wie gerne wäre ich in der Lage gewesen, ihm zu helfen, aber meine eigene Situation, die er sich nicht vorstellen konnte, war doch so, daß ich die Hilfe unvergleichlich dringender brauchte als er.

Meine mißliche Lage wurde noch verschlimmert durch meine chronische Angst vor Freundschaft, selbst wenn sie mir spontan und von Herzen angeboten wurde und keine Dylan-Aufkleber daran hingen. Aber ich hatte einen tiefsitzenden Verdacht entwickelt, daß Dylan hinter all diesen angenehmen Gesten steckte, daß er sie färbte, und natürlich war das großenteils richtig, und wie alle ungeheuer eitlen Leute, die vor falschem Stolz fast platzen, wollte ich nur um meinetwillen geliebt werden. Nicht nur, daß ich die Beziehungen zu Anderen nicht pflegte, ich gab mir alle Mühe, sie zu kränken; und wenn sie meinem perversen Geist gar als Angehörige einer zu privilegierten, stinkreichen Schickeria erschienen, sie zu beleidigen; dann war ich überrascht und verletzt, daß sie mich nicht mochten und für aggressiv hielten. Auf diese Weise, größtenteils durch eigene Bemühungen und indem ich mich auf tibetische Distanz hielt, war es mir gelungen, praktisch ohne Freunde dazustehen. Ausgesprochen kindisch und dumm, wenn man sich vor Augen hält, daß ich zuerst und vor allem Freunde brauchte.

Zumindest auf der Insel konnte ich nicht behaupten, daß ich meine Freunde Dylan zu verdanken hatte: ich bemerkte keinerlei subversive Anzeichen für irgendeine intellektuelle Tätigkeit, nicht ein richtiges Buch, nichts Gedrucktes außer der Zeitung, ich begann mir einzubilden, daß nur der Engländer und ich Alkohol tranken und Bücher lasen, obwohl auch unsere Lektüre zumeist aus Zeitschriften bestand. Kein Mensch wußte etwas oder wollte etwas über Dylans Werke wissen: aus den Zeitungen wußten sie, daß er gestorben war, und das war genug.

Wenn Joseph jemals, Gott bewahre, zivilisiert und kultiviert wurde: ich hatte eine fürchterliche Vorstellung von ihm in seinen feinen, steifen Sachen, mit witzigen Bemerkungen auf den Lippen, so würde er jeden Zug seines Stollen-Charmes für mich verlieren und ich würde ihn nicht mehr wollen. Er könnte sogar, und das war eine noch sadistischere Vorstellung, seinen natürlichen Stolz, seine Würde verlieren, einen Anstrich billiger biederer Gefälligkeit gewinnen und allmählich in dieses gewöhnliche Wort: Gewöhnlichkeit hineinrutschen. Und so den Satz erreichen, der das Ich herabsetzt: »Ich schämte mich, in seiner/ihrer Gesellschaft gesehen zu werden.« Nicht, als ob ich ihn je gesagt hätte oder, der Schlag soll mich treffen, sagen würde; aber ist ein Mensch erst einmal im gesellschaftlichen Sinn peinlich, ist es fast unmöglich, seinen Zauber zu bewahren. Ich dachte an die Iren und was aus ihnen geworden war, als sie aus den Schlammlöchern Irlands auf die goldgepflasterten Straßen Amerikas stürmten: vom Bauern zum verherrlichten Bauern, aber immer noch in erster Linie: Bauer. Die Ecken abzuschleifen, zu meißeln, modellieren, beschneiden, stutzen, putzen, den Akzent zu unterdrücken, affektiert den Iren zu neutralisieren, ihn polieren, uniformieren, ist eine mühsame Arbeit, und unweigerlich verraten sie sich. Sie bleiben dem irischen Gurren ihrer Stimmen auf ewig verbunden.

Welche unseligen Verwandlungen Joseph auch bevorstand, ich wußte, daß ich ihn nicht davon abhalten durfte zu gehen: man soll den Drang nach Bewegung, Veränderung, Abenteuer fördern, und auch wenn ich seinen neuen Status als Unglück ansehen sollte, er selbst könnte sehr glücklich damit sein, sich einbilden, er käme weiter: im übrigen ging es um sein Schicksal, nicht meines und es war seine Sache, was er daraus machte. Der Schacht war für ihn und sein Leben weitaus schlimmer als das Vulgäre.

15

Joseph beging seinen ersten kleinen Verrat an mir nach dem Tanz: ein richtiger Tanz in der Zwangsjacke von Rio. Zunächst tat er alles, um mich davon abzuhalten hinzugehen, und ich begann, den Braten zu riechen. Wenn er eine Ahnung von mir und meinem Charakter gehabt hätte, hätte er gewußt, daß das eine Herausforderung für mich war, erst recht hinzugehen; jetzt mußte ich hin, obwohl ich vorher meine Zweifel gehabt hatte. Er konnte nicht genau begründen, warum ich nicht hingehen sollte, aber ich vermutete eine Mischung aus Angst, mich zu begleiten und sich damit vor dem wohlanständigen Pack von Familien und Freunden zu kompromittieren; obwohl er, vielleicht ein bißchen zu nachdrücklich unterstrich, daß er nur mein Interesse im Auge hatte; und, näher am feigen Mark, dessen bin ich sicher, daß ich zuviel trinken und mich schrecklich aufführen würde.

Also ignorierte ich sein scheinheiliges Geschwätz und machte Pläne, mit meiner Busenfreundin, der Signora Bart zu gehen: obwohl wir nichts unter der Sonne, Mond und Sternen oder Sternbildern hatten, worüber wir reden konnten, und mit Alfeo. Ich fühlte immer noch Panik in mir aufsteigen, wenn ich an die Abgründe von Peinlichkeit dachte, die wahrscheinlich auf mich warteten, aber es gab jetzt kein Zurück mehr.

Der erste Rückschlag kam, als ich eines meiner Kleider anprobierte und es nicht die leiseste Hoffnung gab, es zuzukriegen. War ich tatsächlich so aufgegangen? Bestimmt war es eingelaufen! Aber als ich einige andere versuchte, ging nicht eines zu: ich mußte die Signora ins Schlafzimmer rufen und zusammen zogen und zerrten wir, und rissen an Reißverschlüssen und schlitzten auf und setzten ein, bis ich straff und stramm in meiner Haut steckte wie ein vollgestopftes Herbst-Huhn, das gleich platzt.

Aber es war gar nicht so schlimm, wie ich es mir in meinem

fröhlichen Pessimismus vorgestellt hatte: obwohl wir ihren ältesten Sohn mitschleppen mußten, Cesare, der unverschämt zwischen kindischen Faxen und frühreifer Männlichkeit schwankte. Zunächst einmal hatten wir einen Tisch, einen Zufluchtsort, oben unter den Auserwählten und Verlorenen: viele Augen und kein Partner. Aber die Genugtuung, zu dieser privilegierten Gruppe zu zählen, wiegt die Ungeheuerlichkeit nicht auf, daß der Pöbel da unten fröhlich hüpft und du nicht. Denn was eine Frau unbedingt will bei einem Tanz, auch wenn sie es vielleicht unbedingt abstreiten wird, ist tanzen: und ich meine nicht flirten oder einer anderen den Mann wegschnappen; das kommt erst in zweiter Linie und eher zufällig hinzu. Ist der Mann, mit dem sie tanzt, nicht ausgesprochen lächerlich und kann er den Takt halten, ist sie schon zufrieden. Wenn sie durch einen wunderbaren Glücksfall einen Mann bekommt, der präsentabel ist und sich leicht bewegt, ohne daß sie jeden seiner Bocksprünge vorhersehen muß, will sie nichts anderes, als immer und ewig mit ihm weitertanzen.

Ich hoffte, die Tatsache, daß ich mich unter den erlesenen, zumeist verheirateten Frauen befand – und verheiratet hieß soviel wie weg vom Fenster, auch wenn sie größtenteils sehr anziehend waren –, die mir insgeheim den Rücken zukehrten, würde meinen Einstieg in die beneidenswert sich drehenden und hüftwackelnden unteren Schichten nicht verhindern. Sie saßen an nackten, von keinem Weinfleck besudelten Tischen, verwandten ein Viertel ihrer Aufmerksamkeit auf munteres Geplauder und ließen sich nicht das Geringste entgehen. Ich bestellte Spumante, der vergleichsweise billig ist und seine Wirkung tut, und fand es bald nicht mehr so wichtig, ob jemand mich beachtete oder nicht. Es kam mir so vor, als ob diese unterdrückten Frauen eigentlich alle herzensgut waren, und eher Mitleid als Verachtung verdienten; aber als ich mich großzügig an eine wandte und ihr anbot, einen Schluck mitzutrinken, warf sie erschrockene Blicke auf die anderen, die ihr helfen sollten und zog sich schleunigst mit der alten Magen- und Leber-Ausrede aus der Affaire: glaubten die, ich hätte keine Eingeweide? Dann übertraf Cesare sich wieder mal selber und warf *coriandoli*, Konfetti in unsere Münder und Gläser; und ein hilfreicher, unbekannter Mann holte mich zum Tanz.

Sobald ich auf dem Tanzboden war, hatte ich keine Probleme mehr, unerwarteterweise war ich sogar drauf und dran, mich zu amüsieren. Wie ein Wunder war der perfekte Tänzer aufgetaucht: groß, mühelos tanzend und genau mit dem richtigen Abstand. Aber es war nur allzu schnell vorbei, und ich mußte Misters Charleston direkt-aus-der-Arche ertragen, Alfeos zitterndes Skelett und den Anprall von Marios verschwitztem, schwabbelndem Leib: aber das machte mir nichts aus, und wie sollte ausgerechnet ich mich über schwabbelndes Fett aufregen? Dicke, untersetzte Menschen tanzen meist viel besser als lange, dünne: sie sind paradoxerweise leichter, beweglicher und gehen mit dem Rhythmus mit. Aber mein großer, perfekter Tänzer war eine glänzende Ausnahme. Ich war kurz vor diesem wunderschönen Stadium, wenn einem schon alles egal, aber man doch noch ganz da ist, das so unmerklich in das Stadium abgleitet, in dem man sich daneben benimmt. Für eine Sekunde vergaß ich, daß ich in Italien war und meine unbegreifliche Strafe abbüßte, daß der Tod mir die Luft abdrückte wie eine Schlinge um den Hals: ich war sündhaft, kurz und unnatürlich glücklich.

Ich tat nichts Schreckliches, trotzdem wurde ich später wegen dieses momentanen Rausches von dem Polizisten, der den Befehl hatte, mich im Auge zu behalten, streng verwarnt. »Ich spreche mit Ihnen«, sagte er salbungsvoll, »wie mit einer Schwester.« Hin und her gerissen zwischen Entsetzen und dem unwiderstehlichen Verlangen mitzumischen, hatte Joseph seine Ausrede von dem kranken Neffen, der übrigens drei Wochen alt war, fallenlassen; er versuchte mich mit der Feinfühligkeit eines Dickhäuters und Spumante-Versprechungen, die ich sofort als Lügen durchschaute, nach draußen zu locken. Aber die Lust am Tanzen hatte mich gepackt, ich wurde bockig und weigerte mich zu gehen; außerdem war ich wegen seines feigen Benehmens nicht gut auf ihn zu sprechen. Am nächsten Tag gab es einen Krach, daß die Wände wackelten.

Der Oberst hatte mir hinterbracht, daß Joseph gesagt hatte, meine Verrenkungen seien skandalös, oder etwas Ähnliches. Von einem anderen hätte mich das nicht weiter getroffen, aber daß ausgerechnet er mich so verriet, konnte ich ihm nicht verzeihen. Ich steigerte mich in eine selbstgerechte Wut hinein und entschied, daß das die Gelegenheit war, auf die ich gewartet hatte, um Schluß zu machen. Nie und nimmer, wenn andere ihn herabsetzten, aber jetzt hatte er mich heruntergemacht; ich hatte sowieso keine ehrenhafte Wahl. Und vor allem wollte ich mich rächen.

Zum Auftakt ließ ich ihn bei unserem üblichen Rendezvous, am Pier unten sitzen, wenn ich vom Land zurückkehrte und er geschniegelt und gestriegelt nach der Arbeit aus dem Haus kam; und ich tauchte auch nicht bei Gigi auf: dem Loch in der Mauer am Wasser, unserem nächsten Treffpunkt. Und so sah ich ihn erst nach dem Abendessen im Café, als er mit Schafsmiene und Bedauern im Blick auf mich zukam. Ich gab ihm keine Gelegenheit, mich mit dem alten italienischen Schlangen-Charme zu umgarnen und machte mich ohne Zögern dran, ohne überhaupt zu wissen, was ich sagen wollte und in welcher Sprache; aber was eine gute Rede kennzeichnet, ist nicht der Sinn, sondern die Überzeugung, die dahintersteht und die Art, wie die Worte fließen, jedes Zögern ist verhängnisvoll; selbst die richtige Lautstärke ist wichtig. Meine Rede hatte alle diese Kennzeichen, in einer Mischung aus italienisch und englisch, und die Wirkung wärmte mir das Herz: die Leute unterbrachen ihre Gespräche und hörten zu, nicht daß das außergewöhnlich gewesen wäre; aber ich wußte, daß Joseph das am meisten ärgern würde; viel mehr als alles, was ich sagte, und er flüsterte immer wieder unglücklich, »Nicht jetzt, bitte, komm raus und ich erkläre dir alles.« Aber so leicht sollte er nicht davonkommen, beharrlich wie eine hängengebliebene Schallplatte sagte ich, was ich zu sagen hatte, drehte mich würdevoll um, wünschte höflich allen eine gute Nacht und rauschte davon.

Sobald ich zu meinem Zimmer kam, war die Luft raus, ich sah sein spitzes, pikiertes Gesicht, sagte mir zynisch, trotzig: »Dem habe ichs gegeben«, und der Schmerz überfiel mich. Ich dachte an Joseph, wie er sich in den unbarmherzigen Morgenstunden, schmutzig von der Arbeit unter Tage, meinetwegen im Stollen kränkte; und mein hochnäsiger kleiner Triumph fiel beschämt in sich zusammen. Manchmal könnte ich eine Axt nehmen und mich selbst in Stücke hauen, für diesen Dämon in mir, der mich dazu bringt, absichtlich gehässige, und vor allem dumme Dinge zu tun, die mich selbst am meisten verletzen. In dieser Nacht war ich ängstlich gespannt, was er nun tun würde; solange er mich nicht wie Luft behandelte, war es mir egal: seine Gleichgültigkeit war mir am unerträglichsten; jede Beleidigung war besser.

So saß ich denn in der zunehmenden Dämmerung an meinem Tisch und versuchte, mit Handschuhen und Öfchen und plärrender Musik der Kälte ein wenig länger standzuhalten, bis ich die Tür hinter mir und meinen Rasereien schließen müßte. Eine nervöse Stimme rief: »Catalina, Catalina«; Joseph kam wie ein Schmierenschauspieler, der seine dramatische Rolle übertrieb, ums Haus und reckte mir seinen blutbefleckten Finger entgegen. »Was ist los« fragte ich, im Gegensatz zu ihm kaltblütig, wie ich hoffte; ich ahnte, daß meine Kapitulation unausweichlich war, trotzdem wollte ich ihm nicht zu schnell zeigen, daß mein fester Entschluß, ihn loszuwerden, ins Wanken geriet.

»Komm zum Kalvarienberg«, sagte er gebieterisch, »ich werde alles erklären.« Aber ich blieb sitzen.

»Wenn du mir etwas zu sagen hast«, antwortete ich, »kannst du es hier sagen.«

Der arme Junge wand und drehte sich, seine Bedrängnis war rührend anzusehen: er erzählte mir, daß er im Laden des Oberst gewesen sei, ihn für seine gemeine Behauptung herausgefordert und *farabutto* genannt habe: was im italienischen wie eine tödliche Beleidigung klang, war im englischen nichts weiter als ein Lump. Dies versetzte das aufbrausende sizilianische Blut des Obersten so in Wallung, daß er Joseph mit einer Schere anfiel und ihm die schmachvoll kleine Kerbe am Finger beibrachte. Joseph zitterte vor verletztem Stolz und schwor, er werde zurückgehen und ihm das Genick brechen. Da der leichteste Windhauch den Oberst wie ein bißchen trockenen Blütenstaub in sein geliebtes Sizilien zurückgeweht hätte, konnte ich dieses Vorhaben nicht gutheißen und mit einiger Mühe Joseph davon abbringen. Inzwischen war die Kälte unerträglich geworden und obwohl Joseph sich an den ihm zugefügten Ungerechtigkeiten seiner Rolle erwärmte, und endlos hätte weitermachen können, beschloß ich, die faszinierende Unterhaltung zu beenden. Wir tranken schnell ein zitterndes Glas Wein zusammen und machten uns auf den Weg zur Stadt hinunter. Ich konnte Joseph unmöglich länger böse sein, er nahm diesen unbedeutenden Vorfall so herrlich wichtig; um mein Gewissen zu beruhigen, erklärte ich, daß ich ihm nicht deshalb vergab, weil ich ihm glaubte: ich wußte Bescheid über seine *onestissimi* Lügen, sondern weil ich ihn liebte. Nach diesem für mich ungeheuerlichen Geständnis, das von ihm abglitt wie Sand von einem Fischbauch: daran zweifelte er ja gar nicht, antwortete er, »Ich liebe dich« in der gleichen nüchternen Art, in der er »Gib mir das Brot« sagen würde; und das war ein großes Kompliment, da er Brot über alles liebte.

Als wir in die Nähe der Stadt kamen, zögerte er und meinte, er wolle die Dunkelheit abwarten, da der Oberst gedroht habe, die Polizei auf ihn zu hetzen. Er war tödlich überzeugt davon; erst als ich scherzhaft andeutete, daß er sich vielleicht fürchte: da er nichts fürchtete, außer Schlangen, dann aber lieber einem Löwen gegenüberstehen würde, war er bereit, mich zu begleiten, obwohl ihm die Vorstellung, ich sei es, die ihn schütze, auch nicht gefiel.

Ich mochte immer diese Abendstunde, wenn die blendende Helligkeit des Tages abnahm und ich mich beinahe unbemerkt unter den Leuten bewegen konnte: die mit großen Steinplatten gepflasterte Marktstraße hinauf, wo die großen gespenstischen Laken aus den Fenstern tropften; vorbei an den eng zusammenstehenden, hintereinander aufgereihten, fast immer leeren, nur selten mit Trinkern gefüllten Weinhandlungen; den riesigen, aufgehängten, schamlos gespreizten Tierleichen, die nun schicklich herabgelassen waren und in einem Bett von Grünzeug, Mandarinen, die wie Glühwürmchen leuchteten und blassen Bananen lagen. Den hellen Lebensmittelläden, die niemals ruhig waren, immer voll mit Korb-beladenen, auf Teufel komm raus feilschenden, schwarzgekleideten Männern und Frauen. Den jetzt nackten Marmortischen, naß und stinkend seit den Morgenstunden, als klebrige Berge von glitzerndem, gleitendem, springlebendigem Fisch auf ihnen lagen: zuweilen auch ein einziger, riesengroßer, der den ganzen Tisch bedeckte, so daß die Menge sich in aufgeregten Knoten zusammenballte und zuschaute, wie er enthäutet wurde; und das schreckliche Babygesicht, das zum Vorschein kam, bestaunte. Und zuletzt, am besten, dem Pizzaladen: in dem warmen Halbdunkel, mit den wunderbar rotglühenden Kohlen, die den großen Backofen beleuchteten, wo die Pizzas hinein- und hinausglitten, auf einem Heber mit langem Griff; und schattenhafte Gestalten standen darumherum, während ihnen das Wasser im Mund zusammenlief. Und die verlausten Katzen und dreckigen Köter krochen näher, in Erwartung der Reste, sprungbereit wie hungrige Wölfe in der Nacht.

Obwohl ich Joseph in nichts verpflichtet war, außer darin, daß ich ihn heimlich zu sehr liebte, versuchte ich diese törichte Schwäche nach besten Kräften aus mir auszutreiben. Wenn er mich nur nicht so berühren würde, wenn er um sieben Uhr morgens im Nieselregen stand, mit seinem weißen, verkniffenen, vergrämten Gesicht unter der spitzen Mütze, das Essenspaket fest unter den Arm geklemmt, und auf den Zug wartete, der ihn und all die anderen lustig laut grüßenden Männer in seinen ihn ertränkenden Tunnel stürzen sollte. Während er sich neidisch vorstellte, wie ich in Luxus und Wohlergehen des Hotellebens schwelgte; ohne irgendeine Sorge in der Welt. Bis in den Mittag im Bett lag, ohne eine Aufgabe den Tag über, als müßig durch Stadt und Land zu schlendern und mich angenehm zu unterhalten. Wie wenig wußte Joseph von mir, meinem Charakter oder meinem Glück; oder dem häßlichen Loch meiner Zukunft, das mir dämlich leer von den jeden Tag näherrückenden Küsten Englands entgegenklaffte. Immer wieder dachte ich, ›es reicht, ich kann nicht mehr, ich gebe auf‹. Aber nachdem ich sorgfältig alle Schnüre gekappt hatte, die mich mit dem alten Dylan-getränkten Leben verbanden, hatte ich gar keine Wahl mehr, nichts, wozu ich hätte zurückkehren können. Rio war mein ganzes neues Leben und das entglitt mir zusehends, wurde unerträglich für mich; oder, um genauer zu sein, ich wußte, sie würden mich nicht mehr lange ertragen, ich würde gehen müssen, obwohl ich nicht wollte. Selbst meine anderen Kinder, die sich ständig in meine Seele fraßen und mir das Messer in der Wunde drehten, wenn ich an sie dachte, waren unauflöslich mit Dylan verbunden und diesem anderen von Heimsuchungen freien Leben. Und obwohl Joseph sich zu Recht nach einer modernen, fortschreitenden, zivilisierten Welt sehnte und bereit war, den roten Staub der Insel für immer zu verleugnen, dachte ich ungern an seine Einführung in die sogenannte große Welt.

Und die Kirche zu verpflanzen, den seine weinstockverflochtenen, in der verkrusteten Erde schleppenden Wurzeln wieder nach Hause zurückziehen würden, war noch undenkbarer. Manchmal stellte ich ihn mir in einem Londoner Pub oder einer New Yorker Bar vor; amüsiert überlegte ich, was er mit seinem bigotten Schlafsaalkodex dort wohl machen würde. Und was würde er mit sich selbst machen? Er würde nirgends hinpassen: verloren herumirren, mit einem Ausdruck verletzten Stolzes und Bedauerns, gemischt mit Verwirrung auf seiner großen häßlichen Fratze. Und mit wieviel Liebe würde ich ihm in diesen trostlosen Einöden begegnen.

Aber ich wollte mich, im Gegenteil, in diese Welt, die so alt war, daß sie zum Himmel stank, versenken. Wollte nicht nur umhergehen auf diesen von den Zeiten geprägten, gefurchten, knorrigen Bergen, ich wollte von ihnen verschlungen werden; meine Sinne verlieren in ihrem hungrigen, stinkenden Atem; zerrissen, zerfleischt werden von ihren scharfen Zähnen aus Dornen und Dickicht und reißenden Ranken; ohnmächtig verschluckt von der roten Kraterkehle ihrer brutalen Überreste.

Und wirklich, an diesem Morgen gelang es mir beinahe, als ich losging und ein neues, ursprüngliches, noch ungeformtes Land fand; als ich den Kieselfaden des Wegs verlor, in bodenlose Löcher fiel, mich in undurchdringliches Gestrüpp verhedderte: hartnäckig hafteten die Ranken an meinem Rock, zerkratzten boshaft meine Beine, Hände, mein Gesicht – und wie ein Wunder den Weg wieder fand. Präzise wie auf einer Landkarte lag er dann vor mir, solange ich die Hinweise lesen konnte. Am Ende der riesigen Biegung kam ich zu einer Mulde, wo Wasser aus den Felsen sprang und sich in kleinen Teichen sammelte, und blaue Iris wie Zauberblumen wuchsen. Etwas weiter oben erreichte ich zu meiner Freude und meinem Erstaunen die Spitze des Kalvarienberges. Wäre ich in Begleitung gewesen, hätte ich sicher nichts von diesen Dingen wahrgenommen; und obwohl niemand besser als ich die Pein und gelegentlichen Aufschwünge der Einsamkeit kannte, hätte ich diese ganze handgeschnitzte Schönheit für ein Schulterklopfen alltäglicher Zuneigung eingetauscht.

Es war an diesen ›Jesus in der Wüste‹ Schauplätzen, wo nur Jesus fehlte – wenn ich auf meinem flachen Stein saß, trockenes Brot aß und das moossüße Quellwasser aus den hohlen Händen trank – daß ich mich weniger beraubt fühlte, aber nur selten wirklich ruhig. Niemals lehnte ich mich zurück und betrachtete meine Umgebung, ganz wenig nur fiel mir auf, aber die Bilder schienen trotzdem in mich einzudringen, wenn ich jetzt zurückdenke. Ich war im Übermaß besessen von meinem eigenen abscheulichen Bild, das sich wie ein Nagetier hinter die Sichtblenden fraß, und täglich mühsam die grotesken Glieder so weit wie möglich aus den Augen schleppte: es machte sich nur deshalb heimlich davon, damit man es nicht sehen sollte. Ich wußte, daß ich Joseph liebte; er war viel einfacher zu lieben, weil ihn ein Bedürfnis quälte, eine überwältigende Not von den gleichgültig Normalen unterschied; nicht nach mir als Frau; er war enttäuschend anspruchslos bisweilen; aber nach der Welt, die ich für ihn repräsentierte. Und so lange unsere Beziehung unpersönlich blieb, war es ein ›Kinderspiel‹; aber war es das wirklich? Nicht für mich, und wenn ich ihn verletzte, war es, als ob ich ein Kind verletzte, es zerriß mir das Herz. Er besaß alle Waffen eines Kindes, um sich zu rächen, und alle grausame Zeit der Welt, und die gleichgültige, nichts-verstehende Überzeugung, um sie zu gebrauchen. Ich weiß nicht, wie er dazu kam, sich soviel launenhafte Freiheiten zu erlauben, aber wie auch immer, ich liebte ihn nicht deswegen. Ich liebte ihn für all das, was er in sich haßte und am schnellsten zu vergessen wünschte: sein ausdrucksstarkes, unvermeidbares, unverdientes Italienisch als Muttersprache; eine Sanftheit des Wesens, die ihn zauberhaft von den anderen unterschied und unschätzbar wertvoll für mich war; seine rührende Mischung kluger melancholischer Reife mit dem der Jugend eigenen ununterdrückbaren Überschäumen von Spaß, Spontaneität, Zuneigung, Verlangen, die auch die Stollen-Knechtschaft nicht unterdrücken konnte.

Es war jetzt Karnevals- und Maskenzeit, wie sie es nannten; daher auch die für Rio ungewöhnliche Tanzorgie; bevor die Fastenzeit allen unziemlichen Lustbarkeiten bis Ostern ein Ende setzte. Trotz ihrer lauwarmen Version des Verkleidungszeremoniells hatte es für mich noch etwas von seiner ursprünglichen Faszination behalten; aber es waren fast nur Kinder, junge Burschen und gelegentlich ein unternehmungslustiges Mädchen, die daran teilnahmen, die die Straßen hinuntersprengten und sich in zufälligen Gruppen fanden. Am wichtigsten war es, nicht erkannt zu werden; die Reicheren kauften also die üblichen einfallslosen Pappmasken; und die Ärmeren bohrten Löcher zum Atmen und Sehen und hüllten und wickelten und verschnürten sich in alles, was sie finden konnten; und waren sehr viel eindrucksvoller. Das war eine abgerissene Mannschaft von zweifelhaftem Geschlecht, besessene, grotesk vergrößerte, verzerrte Geschöpfe: Jungen mit aufgeblähten Busen und Hintern, ausgestopft mit Kissen und Stroh, schwankend und wankend auf ihren ungewohnt hohen Pfennigabsätzen; mit raschelnden, glänzend schwarzen Unterröcken; flatternden rosigen, zitronengelben Tüchern, wirbelnden oder verschämt gesenkten, Rüschen-besetzten und Rosenbedruckten Sonnenschirmen. Teufel, Schwarze Männer, die traurigsten aller glänzendseidigen Harlekine, mit Samtknöpfen, von den vermögenden Müttern stolz zur Schau gestellt; und einige grau verhüllte Geister, die sich einfach in eine Decke gewickelt hatten, mit einem Strick um die Taille, und vorgeben konnten, gar nichts zu sein.

Wie gern hätte ich mich verbotenerweise unter diesen sichtbar unsichtbaren Haufen gemischt, ohne daß es jemand mitkriegte, und sie alle mit meiner tollen Verkleidung hinters Licht geführt. So groß war der Wunsch, mich zu verkleiden und jemand anders zu sein, daß ich einen riesigen, ausgebeulten Anzug von dem Engländer borgte, und einen ausgedörrten Panamahut, und beide verstohlen in seiner schwarzen Reisetasche ins Hotel schmuggelte. Ich hoffte, mich im richtigen Augenblick: wenn die Lustbarkeiten auf dem Höhepunkt, die maskierten Aufrührer losgelassen wären, um die schlafende Nacht in das Leben eines schlechten Traums zu schrecken – heimlich der Menge anschließen zu können, ohne daß irgend jemand etwas merken würde. Um später dann schadenfroh die Maske zu lüften. Aber der richtige Augenblick kam nie; der Karneval zog sich lustlos dahin, tröpfchen-, scheibchenweise, wochenlang; ohne einen wirklichen Höhepunkt: er verlief sich einfach im Sprühregen nasser *coriandoli*.

Denn natürlich regnete es grundsätzlich, wenn es zu einem Fest gehen sollte, Gott kümmerte sich schon darum.

Beim letzten Tanz dieses Karnevals, als ich hingebungsvoll mit den wenigen Auf-den-Hund-gekommenen tanzte, die noch dazu bereit waren, kam ich an meinem Joseph vorbei, den ich zeitweilig vergessen hatte, als grämlicher Clown hockte er da, seine Maske war seitlich verrutscht... und er sah verlorener aus als irgendeines der lärmenden Kinder, die zwischen den Tänzern über den Tanzboden wieselten. Selbst Colm war zu dieser Gelegenheit erschienen und ausgelassener als jeder andere. Joseph sah mir mit einer Mischung aus Verachtung und Schrecken und – täuschte ich mich? – einem Anflug von Neid nach. Er konnte es mit der Kirche aufnehmen, was schreckliche Blicke betraf und tagelang eine beleidigte Miene zur Schau tragen, die kniefälliger Überredung gegenüber total unzugänglich war; und als ich flüchtig vorbeisegelte, vermerkte ich in einem Winkel, ›morgen werde ich dafür bezahlen müssen.‹

Dann wurde ich mit großem Bahnhof von der vollzähligen Abteilung der Bart-Familie nach Hause geleitet und war schon bis zu den obersten Treppenstufen gekommen, die zum Hotel hinaufführen, als ich plötzlich unbedingt zum Meer und baden gehen wollte; und irgendein unbekannter, unsympathischer, ungebetener Mann mich daran zu hindern suchte; eine blinde Wut kam in mir hoch, stürzte über mir zusammen, und ich schubste ihn von oben nach unten die ganze Treppe hinunter, mit mir obendrauf. Es war ein steiler, harter Fall, ich bekam Abschürfungen und einen Schock, und die Hysterie begann mich zu schütteln. Die Kirche war da, und zum Entsetzen seiner Familie und der Nachbarn klammerte ich mich an ihm fest. Er trug mich die Treppen hoch und brachte mich ins Bett; und ich begann zu weinen, krampfhaft und nach Luft schnappend und war wieder da, wo ich begonnen hatte, als zuckendes Häufchen Elend. Ein Arzt kam und gab mir eine Spritze, und ich schlief ein mit einem Ring verschwommener, aber zutiefst anteilnehmender Gesichter, die auf mich herunterstarrten.

Und so verlor ich für einen kurzen, höchst köstlichen Moment die Verbindung mit der Außenwelt: Zeit und Wirklichkeit flossen glücklich ineinander; um nur zu schnell ihre kalten, schnüffelnden Nasen wieder gegen mich vorzuschieben. Und diese gräßlichen Ockersonnen schielten von den Wänden herunter, hinter ihren lila-violetten Fliederzweigen und schmierigen Wolken hervor, als sei dies der letzte Himmel, den ich jemals sehen sollte.

16

Mein Geld ging zu Ende, und kurze Zeit später hatte ich gar keines mehr. Es stimmt, ich brachte es durch, als könnte ich erst frei atmen, wenn ich die Luft von seiner ungesunden Anwesenheit gereinigt hätte; aber ich regte mich nicht übermäßig auf, da ich wußte, daß ein ziemlich großer Dollarscheck und ein recht kleiner englischer zur Auszahlung anstanden; und soweit ich nur Lust hatte, in die Zukunft zu sehen, würden sie mich über Wasser halten. Als die Bank mir mitteilte, daß sie mir den Scheck nicht einlösen könnte und ich warten müsse, war ich ungeduldig und verärgert, aber nicht ernsthaft beunruhigt, bis das Warten sich über Wochen hinzog und immer noch nichts geschah. Und dann, als mein Vertrauen schwand, schien es, als habe sich ganz Rio zu einem harten Knoten des Mißtrauens gegen mich zusammengeballt; und wo ich vorher so freigiebig und gedankenlos gegeben hatte, schlich ich mich nun zitternd in die Läden und ließ mit geheucheltes Forschheit und dem geschärften Sinn des gezeichneten Kriminellen anschreiben in den Bars.

Ich hatte mich auf die Kirche verlassen als einer sicheren Bargeld-Quelle, aber als ich zu ihm ging, war es nicht so einfach: er sagte hinterhältig, daß er selbst ein bißchen knapp sei, und ich wußte, daß sein Geschäft nicht so florierte, wie er gerne vorgab; folglich rückte er gerade mit dem unmittelbar Nötigsten heraus, viel zu wenig, natürlich, für mich. Dann weigerte er sich plötzlich, mir überhaupt etwas zu geben, und ich hatte nicht einmal fünf Lire, um mir einen Strick zu kaufen; und jeder, der diese demoralisierende Situation schon einmal durchgemacht hat, weiß, wie wichtig ein paar klimpernde Münzen in der Tasche sind. Niemand wußte es besser als Dylan, dessen ganzer Horizont erleuchtet oder verdunkelt wurde, je nachdem, ob er ein paar dieser unzuverlässigen, immer ungenügenden Scheinchen hatte oder nicht hatte.

Unverkennbar und völlig ungeniert erpreßte mich die Kirche: entweder tat ich, was er sagte, und das hieß vor allem, Joseph völlig aufzugeben und dann kriegte ich meinen Lohn; oder ich beharrte auf meinen Schandtaten und kriegte nichts. Kein Zweifel, wer jetzt obenauf war: und als gutes Faschistenschwein nutzte er die Lage weidlich aus. Ich versuchte, Zeit zu gewinnen, ich wollte mich seinen Bedingungen nicht unterwerfen, noch nicht, obwohl meine Lage hoffnungslos aussah. Ich verbannte mich selbst aus den Augen der Menschheit, nahm den Weg den Kalvarienberg hinauf und betete inbrünstig, daß von nirgendwoher mir etwas Gutes zustoßen möge; aber meine Gebete wurden nicht erhört, und meine mißliche Lage wurde immer schlimmer. Da ich keine anderen Freunde besaß, die ich hätte bitten können, fragte ich sogar den Engländer, ob er mir Geld borgen würde; aber das hätte ich wissen können, schließlich war er wirklich ein Schotte, auch er mogelte sich gerade so durch und konnte nichts für mich tun; obwohl ich mir einbilden möchte, daß er mir geholfen hätte, wenn er gekonnt hätte. So steigerte ich mich langsam und zu spät in echte Panik hinein, zum ersten Mal dachte ich ernsthaft daran, mich davon zu machen, zurück zu gehen, und ich schrieb ein paar verzweifelte Bettelbriefe an meine Freunde, die ich lange vernachlässigt hatte und an die ich mich scheinbar nur erinnerte, wenn ich in Schwierigkeiten steckte.

Hilflos war ich gefahren, unfähig, einen Schritt vorwärts oder rückwärts zu tun; und die Verantwortung für Colm drückte auf mein Gewissen, und die Sorgen plagten mich, besonders früh am Morgen, eine Zeit, die sich für Sorgen geradezu anbietet, wie jeder weiß; und auch wenn ich mir noch so den Kopf zerbrach, ich konnte mir nicht vorstellen, was ich als nächstes tun sollte.

Und als gäbe es noch nicht genug profane Störungen für meinen Geist, mit denen ich mich herumzuschlagen hatte, kam die *padrona* meines Häuschens auf dem Land: meines einzigen, eisigen Mauselochs, schnatternd und gackernd und tugendhaft mit den Schwanzfedern peitschend zurück, um mir zu sagen, daß ich gehen müsse, weil sie das Haus wieder für ihren Gatten brauche. So ein nützlicher Mann, dieser Gatte, falls es ihn überhaupt gab; wenn er nur ein bißchen Gefühl hatte, würde er ›auf See‹ bleiben, was er, wie ich vermute, sowieso tat. Sie schob ihn als Anstifter all ihrer giftigen Äußerungen vor: als sie auf das verfaulte Gartentor stieß, das der Wind in zwei Teile gerissen hatte, als sie im Garten nach der verlorenen Kette scharrte, die ein vorbeiziehender *vagabondo* sachte mitgehen ließ, alle ihre Bemerkungen leitete sie mit dem Vorspann ein: ›Ich würde ja nichts sagen, aber mein Mann ist so heikel.« Und emsig schrieb sie Punkt für Punkt und den Preis in ihr Kontobuch. Ich ließ sie schreiben, da sie keine Hoffnung hatte, je ihr Geld zu sehen, gönnte ich ihr die Befriedigung, mich auf dem Papier übers Ohr zu hauen. Ganz offensichtlich machte es ihr Spaß, als sie über die eingeschlagene Fensterscheibe herfiel, das fehlende Besteck, zerbrochene Steingut, die verlorenen Töpfe und Pfannen, verschwundenen Gläser: Mäuseleichen in der Asche. Die Mäuse waren über Nacht erschienen und hatten mit ihrer Maschinengewehrfeuer-Technik im Nu das ganze Haus besetzt. Ich konnte nichts anfassen und nichts fallen lassen, ihre dreckigen Exkremente waren ausnahmslos überall, sogar in den Betten; und machten aus diesem peinlich feinen Interieur ihre ausgeplünderte Provinz. Als ich schließlich aus dem Haus kam, fühlte ich mich selbst unberührbar und kaufte in einem Anfall von Abscheu und Ausrottungsexzess ein Dutzend Fallen, die ich mit Widerwillen an den Orten ihrer schmutzigsten Vergnügungen aufstellte. Daher die eingedrückten Kadaver, die ich in meinem rachsüchtigen Eifer als scheußlich gehäufte, schlagende Beweise vor die verengten Augen der Padrona gekippt hatte.

Sie gab mir einen Tag, um sauber zu machen und zu gehen, und da ich mich der Aufgabe nicht gewachsen fühlte: ich wußte nicht einmal wo ich anfangen sollte und hätte mein ganzes Leben dafür gebraucht – bat ich die Signora Bart, auf der man nur schwer nicht herumtrampeln konnte, da sie sich selbst so einladend hinlegte, mir zu helfen. Sie war freundlichst einverstanden, womit ich gerechnet hatte und wollte am Nachmittag heraufkommen.Ich ging am Morgen hoch, um schon ein paar Haufen wegzukratzen und alles fertig zu machen für den großen Ansturm des von innen nach außen Kehrens, Aufrührens und rasenden, besser gar nicht erst angefangenen Polierens. Für einen Augenblick, der, wie ich meinte, mir ganz allein gehörte, saß ich in dem kostbaren bißchen Sonnenlicht am Tisch draußen, mein Durcheinander an Brot und Wein und Käse und Salat zu genießen, als die Padrona hereinstolzierte. Und als wenn das noch nicht höllisch genug wäre, folgte ihr ein Aufzug fremder Frauen. Ich zählte sie, es waren ein Dutzend oder mehr, mit einer Handvoll streunender Kinder obendrein. Nachdem sie in ihrem bezaubernden Singsang »Buona sera« geflötet hatten, reihten sie sich alle entlang der Mauer auf, glotzten mich an und sagten kein Wort mehr. Ich versuchte, unbekümmert weiter zu essen und zu trinken: dies war eine der Gelegenheiten, bei der ich fest entschlossen war, mich nicht durch ihre Blicke einschüchtern zu lassen, und ausnahmsweise einmal berührte mich ihre dreiste Musterung auch nicht; vielleicht, weil mein Körper in dieser Sekunde der Wärme wunderbarerweise entspannt war statt wie üblich verkrampft gegen die Kälte; oder vielleicht, weil man gezielte Folter nicht unendlich lange ertragen kann, und die Folter für mich schon ein bißchen dick aufgetragen worden war in der letzten Zeit, ich kann es nicht sagen; aber solange die Sonne noch wärmte, wollte ich mich jedenfalls nicht stören lassen. Als die Zeit verstrich und sie so steinern kalt wie zuvor blieben, ohne aufzutauen, ohne die kleinste Bemerkung zu machen, blieb mir jedoch allmählich das Brot im Hals stecken, und zu meinem größten Verdruß hörte ich meine eigene Stimme, die automatisch höfliche Floskeln sagte. Inzwischen wünschte ich mir nichts heftiger, als daß die Signora Bart endlich kommen möge, und schließlich erspähte sie eine der Harpyien, wie sie tapfer und klein und absolut vertrauenswürdig die Straße am Meer entlangkam; und wie dankbar ich war. Sie kam mit dieser wunderbaren italienischen Sorglosigkeit, die scheinbar nichts bemerkt, ganz natürlich aber, organisch sozusagen alle Parasiten unter der Haut zur Kenntnis nimmt, in unsere schurkische Horde. Ich stellte sie der Padrona vor, ganz sicher falsch herum, da ich nie weiß, wer mit wem zuerst bekannt gemacht werden sollte; und meine *liebe* Padrona begrüßte sie mit einem gerade noch angedeuteten Kopfnicken, als wenn sie tatsächlich die Reinemachefrau wäre; und als sei diese Unverschämtheit zulässig, wenn sie es wäre.

Jetzt schoß mir das Blut in den Kopf, was in der einen oder anderen Weise meine Probleme immer löst. Man muß wissen,*was* man tun soll, nicht ob es richtig oder falsch ist; gerade wie es die schlimmste Verlegenheit ist, *nicht* zu wissen, was man tun soll, wie es mir bis eben ergangen war: ich ging geradewegs auf die Padrona zu und befahl ihr in meiner bekannt liebenswürdigen Art, sich mit all ihren Damen zum Teufel zu scheren, oder wir würden keinen Finger rühren. Und siehe da, man muß nur an seine eigenen Worte glauben, in kurzer Zeit waren sie eine nach der anderen gackernd verschwunden. Und die Signora Bart, der nicht ein rebellischer Unterton in den Verhandlungen entgangen war, machte sich mit blinder Raserei ans Werk, wobei sie mir versicherte, daß sie es nur für mich tue und nicht für diese *antipatica* Padrona; und ich stolperte als hilflos unnützer Trottel hinter ihr drein, voller Bewunderung für ihre Schnelligkeit und Sicherheit.

So war mir ein weiterer Halt genommen worden, und ich durfte auf der ausgestreckten schmutzigen Hand meines Hotelzimmers auf Kredit verschmachten, während Feindseligkeit, Unbeliebtheit und Argwohn wie ein harter Besen mir entgegenfuhren, sobald ich mich in der Familie zeigte. Schon wußte ich nicht mehr, womit ich Colms Schulkorb füllen sollte und war gezwungen, ihn zum Essen ins Hotel zurückzubringen, sehr viel teurer und auf Kredit natürlich. Ich besaß keine Abführmittel mehr, die notwendigsten Kosmetika fehlten, Watte: alle die sogenannten kleinen Dinge, die ungemein groß und wichtig werden, wenn sie fehlen. Noch nie war mir so kalt gewesen, nie war ich so schmutzig: nicht ein einziges Bad in sechs Monaten, weshalb ich schwimmen gegangen war, solange ich das kalte Meerwasser noch ertragen konnte: nie in meinem ganzen bisherigen Leben. Und doch ging ich der Kirche aus dem Weg und er mir und ich sagte mir: ›So kann es nicht weitergehen, irgend etwas muß geschehen.‹ Sonne wollte ich schon gar keine mehr, ich hatte die Rauheit der Insel ganz und gar und innen und außen in mich aufgenommen; und ich wußte, wenn das Land sich plötzlich, wie es für diese lateinischen, sprunghaften Gegenden charakteristisch ist, in einen blühenden, singenden, lindernden Frühling verwandelt hätte, wäre ich verloren und nie mehr einer Bewegung fähig gewesen. Aber ich war todsicher, daß ich erst verschwinden mußte, ehe es anfangen würde ohne Unterlaß zu strahlen und zu leuchten und zu lodern.

Als meine Hoffnung schon ganz in sich zusammengefallen war, wurde der amerikanische Scheck endlich ausbezahlt; wird uns jemals etwas dann gegeben, wenn wir es uns am dringlichsten wünschen? und als ich das Geld, so schnell ich konnte, austeilte, schienen sich die Gesichter der Leute um mich her gleich schnell zu verändern, und ich wurde glatt und ohne Widerstände in meine alten Rechte wieder eingesetzt. Obwohl ich gar nicht genug Geld hatte, um alle meine Schulden zu bezahlen, fühlte ich, daß ich nun gut noch ein paar Wochen trostloser Qualen überstehen konnte: im Grunde läßt sich nichts vergleichen mit der Qual, nichts zu haben, und mein Geld-Mythos hatte unterdessen etwas eingebüßt von seinem Märchenglanz. Doch solange er bestand, benahm ich mich in einer für mich normalen, für sie aber schockierenden Weise, was man mir ohne den Mythos niemals hätte durchgehen lassen. Dem auserwählten Besitzer stehen alle Türen offen, aber wie schnell werden sie ins Schloß geworfen, wenn er stürzt! Für einen Armen ist es genauso schwer, sich durch ein verrostetes Nadelöhr zu zwängen wie durch die Haustür eines Reichen.

Die Erregung der Abreise hatte mich schon gepackt, zugleich aber war ich noch immer nicht bereit, darüber nachzudenken, welche neuen *Teiche der Mutlosigkeit* mich auf der unbewegten englischen Seite erwarteten. Nur Joseph stand meinem Weggang im Wege, und jeden Tag kam er mir ein kleines bißchen näher, und jeden Tag wurde es schwerer für mich, ihn zu verlassen; und desto zwingender wurde es, sofort zu gehen, bevor ich mich hoffnungslos lächerlich machte. Dann hatte er Geburtstag, und wieder einmal wurde mir schmerzhaft klar, daß er gerade absurde neunzehn war. Er war unmöglich, inakzeptabel und doch nicht zu leugnen; Liebe nimmt bekanntlich keine Rücksichten auf Alter, Stand oder irgendwelche Anstandsregeln. Und diese Rolle der erfahreneren, reiferen Frau, die den unschuldigen Jungen einführt, mißfiel mir gewaltig. Ich wollte selbst lernen, geführt, einmal zur Unterwürfigkeit gezwungen werden; und instinktiv wußte er eine ganze Menge mehr, was es mit diesem Kratzen und Beißen auf sich hatte, als ich. Aber ich konnte all die Stufen der Jahre nicht wieder hinabgehen, um mit ihm zusammenzutreffen, und er konnte nicht hinaufspringen, um mich zu erreichen; da standen wir also, ich auf dem Treppenabsatz und er noch im Erdgeschoß, und das einzige, was ich tun konnte war: schnell aus dem Fenster zu springen.

Nur ungern wollte ich an einem kalten und frostigen Morgen uns aus den Bettdecken schälen. Ich zögerte, tat alles mit ihm, intensiv, als sei es das aller-, allerletzte, niemals wiederkehrende, endgültig letzte Mal. Aber es gab so viele letzte Male, und jedes Mal kamen wir einander näher.

Als ich also meinen eisigen Entschlüssen hätte folgen sollen: keine unvernünftigen Trödeleien mehr, unnütze flüchtige Gefühle – der schwere, direkte und enge, desillusionierende Weg – packte ich verrückterweise einen Picknickkorb für uns zusammen. Schuldbewußt trafen wir uns bei Gigi: Joseph hatte sich krank gemeldet, um den Tag freizubekommen, und er war ebenso beladen mit Eß-Sachen wie ich, eine Tonne Brot für ihn und vier Liter Wein für mich, als wir sie zusammentaten: ich konnte mir nicht vorstellen, wie ich jemals wieder in England leben konnte, wo Wein wie kostbarer Likör serviert anstatt wie hier zum Glasausspülen benutzt wird; und die Last hätte einem Esel den Rücken gebrochen, so schwer war sie, und der arme Joseph mußte alles tragen. Wir hatten beschlossen, oder eher, ich hatte beschlossen: denn Joseph konnte sich nie irgendetwas Neues ausdenken und würde mich, auf sich allein gestellt, heute noch zu dem riesigen, balkengestützten Pier bringen, der atemberaubend hoch über dem entsetzlich weit unten liegenden Meer aufragte – und die höchste Plattform dieses schwankenden, quietschenden Bauwerks, auf den nackten Bohlen zwischen den knarrenden Sparren, als angemessenes und passendes Bett für uns betrachten; alle meine landschaftlichen Ecken hatte ich allein gefunden und mußte sie ihm zeigen; wie alle anderen, die in der Stadt lebten, war er mit der üblichen Runde die Straßen auf und ab zufrieden und dachte nicht einmal daran – es sei denn, man legte es ihm nahe – die umliegenden Dschungel zu erforschen; wir hatten also beschlossen, die Burg auf der höchsten Spitze des benachbarten Berges zu besuchen.

Die Befangenheit zwischen Joseph und mir war nahezu verschwunden, so lange wir uns unbeobachtet fühlten; obwohl das auch nicht unbedingt stimmte, da meine Befangenheit schon so lange ich denken kann von Mauern fest umschlossen war und es einer Ewigkeit geduldigen Liebens bedürfte, diese Mauern einzureißen. Aber Joseph, der so sehr er selbst war, so natürlich und so frei von Zweifeln, wobei ich nicht sagen will, daß er nicht auch kompliziert gewesen wäre, flößte mir etwas von seiner Selbstsicherheit ein, und ich entdeckte überrascht und dankbar, wie ich unbewußt darauf reagierte. Wir konnten ganz einfach albern sein zusammen, und ich lachte ein glucksendes Lachen, das sich nur haarscharf von einem Kichern unterschied, so vernarrt waren wir. Und wie absurd, das Wissen, daß es bald zu Ende sein würde, machte alles um so anziehender: dieses kichernd unreife, tödlich ernste Drama, mit dem unvergeßlichen Dylanbogen, der uns verzwergte und Würmer aus unserem Ernst kriechen ließ.

Einige Zeit später, als wir weiter und weiter wanderten und unserem zurückweichenden Burgberg um nichts näher kamen, entdeckte ich in der Ferne eine winzige, uralte Kirche, eingehüllt in Nebel; Joseph erklärte mir, daß das Santa Caterina war. Natürlich konnte ich nicht widerstehen und mußte mir meine posthume Kirche anschauen. Ostermontag, erzählte er mir, kamen die Menschen in endlosem, fröhlichem Zug von allen Teilen der Insel herbei, um ihren Festtag zu begehen und verbrachten den Tag mit Essen und Trinken, mit Musizieren und Liebesspielen. Aber diese Beschreibungen Josephs von den bevorstehenden Frühlings- und Sommervergnügungen: der

Zustrom schnatternder, bunt gefederter Touristen, die vollkommen sorglos waren, sich gehenließen; die hell gestreiften Sonnenschirme, die Familienausflüge, die neckisch bescheidenen Entkleidungen, die zimperlichen, aufs Verführen angelegten Tollereien am Strand; die Lichter und Boote und Ständchen nachts – drehten mir den Magen um. Ich konnte den Gedanken nicht ertragen, daß er das alles gedankenlos ohne mich genießen würde, aber noch weniger hätte ich es ertragen können, bei seinen Freuden eines treulosen jungen Mannes dabeizusein. Obwohl es mich beinahe umgebracht hätte, hatte ich richtig gehandelt, als ich im Winter kam: fröhliche, lachende Horden, die meine privaten Heiligtümer zertrampelten, wären schwerer zu ertragen gewesen als alle Inselstürme zusammengenommen. Feiertagsgetümmel war nichts mehr für mich, wenn es überhaupt je für mich war; zu weit war ich in die Rattengänge meines Anfangs zurückgekrochen. Ich wußte, daß ich gehen mußte, aber ich verschloß die Augen vor der bevorstehenden Trennung, der Abneigung, die sich um mich her aufbaute und der fauligen Ernüchterung im versumpften englischen Trog.

Wir saßen zwischen den Steinen neben Santa Caterina und spielten mit den quälenden Märchen-Ideen, wie Joseph nach England kommen, dort arbeiten und dann nach Amerika gehen würde. Es wurde von Tag zu Tag unmöglicher, aber auch unmöglicher, ihn zurückzulassen, nachdem er zu mir gesagt hatte. »Du bist meine einzige Hoffnungslose«; was der Wahrheit schmerzlich näher kam, als er vermutete.

Es waren nicht nur seine Erklärungen, die er so bezaubernd abgab, weil er noch nicht gelernt hatte, seine Gefühle mit Dornen zu versehen, sondern auch, und vielleicht noch mehr, seine ›eingeborene‹ Fähigkeit zu verletzen, und obwohl ich geglaubt hatte, daß mich nichts mehr verletzen könnte, wurde ich von ihm verletzt; ich fühlte den Schmerz erkennbar und wohltuend: denn etwas zu fühlen, das man benennen kann, ist besser als das namenlose Nichts, durch meinen Körper hindurchgehen; und sein hitziger, eifersüchtiger Stolz füllte mich mit staunender Bewunderung, und Staunen über Staunen, daß ich die Ursache dafür sein sollte.

Am Abend vor unserem außergewöhnlichen Sonntag hatte die Kirche mir angedroht, mich auf die Straße zu werfen, sollte ich jemals wieder ein Wort mit Joseph wechseln. Und die Nacht davor war ich zu spät zum Abendessen nach Hause gekommen, und er hatte mich unverschämt angefahren und mir erklärt, daß er mir um diese Zeit kein Essen mehr servieren würde, und ich hatte ihm den Rücken gekehrt und erwidert, daß ich dann eben nicht essen würde und war auf mein Zimmer gegangen, um nachzudenken, was nun zu tun sei. Aber mit einem Kind ist diese Art von Großtuerei nicht so einfach, wie jede Mutter zu ihrem Kummer erfahren hat, in fünf Minuten war ich also wieder da und bat ätzend höflich um einen Teller Spaghetti und eine Orangeade und meinen Wein, und nur mit äußerster Selbstdisziplin brachte ich es fertig, meinen Teller und mein Glas stehenzulassen und stattdessen ein Glas Wasser zu trinken, das erste hier, während ich Colm beim Essen zusah. Daß ich das Essen verweigerte, machte einen tiefen Eindruck in Italien, und später in der Nacht, als ich schon im Bett lag, schlich er sich ins Zimmer, warf mir ein Fleisch-Sandwich zu und schob meinen Wein auf den Frisiertisch; ich hatte das Gefühl, daß ich ihm dafür alle Untaten verzeihen könnte und nie ganz und gar aufhören würde, ihn zu lieben.

Am Sonntag nach diesen vielen Ärgernissen hatte Joseph etwas Außergewöhnliches für uns geplant. Er hatte weit draußen ein Haus gefunden, noch tiefer im Land als Santa Caterina, das einem sehr alten Onkel gehörte, und den Alten dazu gebracht, es aufzuräumen und einen Holzstapel vorzubereiten, mit dem wir ein Riesenfeuer im dem großen Kamin entfachen konnten, da ich immer klagte, daß ich vor Kälte umkäme und es nirgends Feuer gebe. Er schlug vor, daß wir frühmorgens dorthin gehen und den ganzen Tag bis zum Einbruch der Nacht dort verbringen sollten, in einer flachen Pfanne, die er mitbringen wolle, selbst unser Essen zubereiten sollten und essen und trinken und vollgestopft auf dem Sofa beim Feuer liegen und einander Unterricht geben. Von Liebe sagte er nichts. Ich war zugleich angezogen und abgeschreckt von seinem Vorschlag, mein abergläubischer Schrecken vor jeder Art organisierten Vergnügens regte sich, vor allem, da das unberechenbare Element der Liebe hineinspielte, mit dem ich-kann-hier-nicht-weg Brechreiz der Flitterwochen. Ich stellte mir Fallgruben vertraulicher Verlegenheiten vor, das Unvermögen meinerseits zu reagieren, das Richtige zur richtigen Zeit zu tun; diese lässige, leichte, warme, zwanglose Intimität herzustellen, die solch ein Schäferstündchen erforderte.

Andererseits brannte ich darauf mitzumachen; und es ist mir noch nie eingefallen, mir eine Versuchung zu versagen, nur weil sie mir schlecht bekommen könnte: diese Gefahr wirkt im Gegenteil als unwiderstehliche Herausforderung auf mich, als zusätzlicher Anreiz. Das einzige wirkliche Problem war Colm, der unser ganzes schönes Spiel verderben würde, wenn er mitkäme, und es war zu weit für seine kurzen Beine; aber mir fiel niemand ein, bei dem ich ihn für eine so lange Zeit hätte lassen können: sie waren alle wild auf ihren Schluck meines Blutes, willig hätten sie mir geholfen, wäre ich kurz vor einem Zusammenbruch gewesen, da sie aber Unmoralisches witterten und höchstwahrscheinlich auch vermuteten, daß Joseph mit im Spiel sei, reagierten sie wie beleidigte Napfschnecken, die sich an ihren Hausfelsen festsaugten.

Babbo Bart lag krank im Bett, er sah so aus, als sei er schon lange tot und die Umzugsleute hätten einfach vergessen, ihn wegzuschaffen. Aber mit dem Hunger dessen, der fast umgekommen ist, fiel er immer noch über sein Essen her, und immer noch verfolgte er zwischen Hustenanfällen seine Familie mit seinen martialischen Anweisungen: im Stillen fragte ich mich, wer von uns beiden zuerst gehen würde zu seinem düsteren, trostlosen, grauen Heim. Schließlich beschlossen wir, Colm und Chico zusammen mitzunehmen, so daß sie draußen spielen konnten, während wir drinnen arbeiteten. Und alles schien leicht und möglich in den Vereinfachungen der Nacht.

Wir wanderten lange die saubere Straße am Meer entlang, die sich wohltuend von der eisenverseuchten Bergwerksseite abhob, ohne ein Wort, höchstens daß ich einmal eine dumme Bemerkung über das schöne Wetter machte. Die gefürchtete

Veränderung war eingetreten, und die Natur streckte sich wie ein träge erwachendes Tier; ich neckte ihn, daß er die Schönheit nicht zu schätzen wisse, die ihn vergebens zu bestricken suche, und das kostbare Geschenk dieser plötzlich so großzügigen Sonne verschwende; und immer noch antwortete er nicht. Ich konnte spüren, wie sein ganzer Körper sich gegen mich verspannte, bis sein beharrliches Schweigen mich langsam aus der Sonne schleppte und hinein in seine dunkle, grimmige Knechtschaft. Ganz plötzlich brach eine Flut italienischer Beschimpfungen aus ihm heraus; genau wie ich auf Englisch zurückgreifen mußte, wenn ich mir und meiner Wut mit Verwünschungen Luft machen mußte; über die unendlich vielen Kränkungen, die er von mir zu erdulden hätte. Daß er so früh aufgestanden sei an seinem einzigen Ruhetag, sein großmütiger, einsamer langer Weg, um das Haus herzurichten und aufzuräumen, der lange erschöpfte Weg zurück, als er rannte und keuchte, weil er glaubte, zu spät zu sein, und sein geduldiges Warten um Punkt elf Uhr. Ich versuchte zu sagen, wie leid es mir tue, daß ich nicht gewußt hatte, keine Ahnung davon... aber all meinen hoffnungslosen Beteuerungen schleuderte er sein hartnächiges ›Falsche Schlange‹ entgegen, bis ich fühlte, daß ich jeden Augenblick – unmöglich – in Tränen ausbrechen würde. Er machte mich so elend, und ich wollte ihn so sehr, daß ich ihn bat, doch lieber zu gehen, als weiter so abscheulich zu mir zu sein. Aber das paßte ihm auch nicht, er hatte mich noch nicht tief genug gedemütigt, um die Beleidigung, die ich ihm angeblich zugefügt hatte, aufzuweisen; so machte er weiter, um mich leiden zu lassen, so wie er gelitten hatte.

Wir kamen zu einem Kaktus-Bett, die weiche, matschige Sorte, nicht die stachelige, und ich legte mich hinein, schloß meine Augen vor dem Meer ringsherum und versuchte ihn zu vergessen; er pflanzte sich ein paar Zentimeter neben mich und rührte sich nicht mehr. Unfähig, die bedrückende Feindseligkeit seiner Person weiter zu ertragen, die sich unbarmherzig in mein Bewußtsein bohrte und damit den wundervollen, gleichgültigen Tag ruinierte, streckte ich meine Hand zu ihm hin, ich hoffte, durch den physischen Kontakt die Schlangen des Mißtrauens und Argwohns, die ihn verzehrten, zu besiegen. Aber er war so unzugänglich wie die Ziegelmauer, die sich unzerstörbar zwischen uns aufgerichtet hatte; brüsk stieß er meine Hand beiseite und sagte, er wollte mich nicht. Ich klaubte meine Sachen zusammen, um zu gehen, aber das wollte er auch nicht, er ließ mich nicht vorbei. Erbittert, sprachlos, rangen wir miteinander, bis einer über den anderen fiel und er Gottseidank zu lachen begann: als wenn Stein um Stein der Mauer zwischen uns fallen würde. Aber es war nur halbherzige Liebe, die er mir gab, seine Bitterkeit hatte er noch nicht vergessen; und als er wieder auf die Füße kam und sich seine wilden Haarsträhnen aus den erregten, grünlich glitzernden Augen schüttelte, sich fest in seine enge Jacke knöpfte, bestätigte er sich schon wieder mit seinen ungerechten Grausamkeiten.

17

Inzwischen hatte ich ein anderes Haus von Anna Maria, der wohlgerundeten Tochter des Cafés unten, gemietet, das auf der Bergwerksseite der Stadt stand. Sie sprach davon, als läge es weit draußen auf dem Lande, aber eigentlich mußte man nur die gegenüberliegenden ewigen Treppen hochsteigen und einen kurzen Weg oben an der in vielen Farben und Formen gehauenen Klippe entlang nehmen; die Lastwagen rumpelten pausenlos an der Tür vorbei, um ihre schweren Ladungen in die rollenden Kiefer der Maschinen zu kippen, die sie unaufhörlich über den Hafendamm verschoben und hinein in den Laderaum des großen, geduldigen Lastkahns, der scheinbar nicht voll zu kriegen war und sicher irgendwann auf Grund sinken würde. Bis die rauchenden Dampfer ankamen und ihn zu mythischen Orten schleppten, weit weg, über das Wasser hin.

Obwohl Anna Marias Familie im Geld nur so schwimmen mußte, und obwohl sie auch noch viel Grund in der Umgebung besaß, waren alle Familienmitglieder darauf ausgerichtet, mehr zu machen und so daran gewöhnt, ständig zu arbeiten, insbesondere die Frauen, daß sie immerzu in ihrem Café schufteten und sich immerzu beklagten, daß sie niemals einen freien Tag hätten und nicht einmal aufs Land hinauskämen. Nur Francesco, der Vater, der den dicksten Bauch in Rio hatte, hatte auch, wie ich überrascht entdeckte, eine Seele. Auf meinen weiten Spaziergängen stieß ich zuweilen auf ihn, wie er nachdenklich zufrieden, unbewegter als eine Vogelscheuche, mitten unter seinen Schafen stand; ich bin sicher, daß er nicht über seine Gedärme nachdachte; und wenn ich lange Zeit später wieder vorbeikam, stand er immer noch da, in derselben Haltung; und erklärte, daß es ihm hier draußen besser gefalle.

Das Haus, das ich gemietet hatte, war eine verlassene,

baufällige Gruft, die nichts von dem intimen Charme des anderen besaß, obwohl Anna Maria unmäßig stolz darauf war; und ich die großen, finsteren Räume mit den hohen Decken bewundern mußte, in denen nur ein leeres, eisernes Bettgestell stand oder ein riesiger polierter Schrank und die Fenster mit Brettern vernagelt waren. Die Küche befand sich aus irgendeinem nur ihr bekannten Grund hoch oben auf dem Dach, wie ein Taubenschlag, und war immer verschlossen: ich stellte mir eine gespenstische Köchin vor, die ihre garnierten Platten wie Tauben aus den Fenstern flattern ließ. Über dem ganzen Ort, mit seinem großen wuchernden Garten und Überfluß an exotisch duftenden, sich paarenden Blumen – Anna Maria erklärte, daß die heller- und dunklerfarbigen Purpurblumen Pollen austauschten und so das schreiende Margentarot erzielten; und vertraute, rosafarbene Geranien – hing etwas von Melancholie, von Erinnerungen in der Luft. Mister, der nie wußte, wann er den Mund zu halten hatte, erzählte mir später, daß es just in diesem Haus war, daß wir alle das letzte Mal zusammensaßen, mit Dylan und der Familie; und ich begann mich widerwillig zu erinnern, wo wir gesessen hatten, unter dem üblichen Weinlaubdach, wie heiß es war; und natürlich tranken wir Wein und Dylan redete. Hat er irgendwann einmal nicht geredet? aber in welcher Sprache, kann ich mir nicht vorstellen, denn sicher waren wir unter Italienern. Sogar die Kirche war da, aber er war nicht die Kirche damals, er war der schöne Giovanni; und so, wie er wünschte, ich wäre nicht zurückgekommen und hätte seine schöne Erinnerung an mich nicht zerstört, so war ich betroffen von der verhärtenden, ganz und gar nicht verklärenden Veränderung in ihm.

Wann immer eine äußere Stimme von Dylan sprach, im Gegensatz zu meinem ständigen inneren Gebrabbel, und in Rio war ich relativ sicher davor, stürzten die leichten Gebilde meines Selbst, meiner wichtigen Aufgaben, meiner Liebe: vor allem meiner Liebe, wie Kartenhäuser über mir zusammen. Wenn Joseph mir vorhielt, daß ich eingebildet sei, mich damit aufspielte, der intelligenteste Mensch hier am Ort zu sein: was nicht so schwer war; war ich selbstgefällig geschmeichelt, daß mir diese widersprüchliche Täuschung immerhin gelungen war. Aber an Liebe konnte ich nur *nicht* im Zusammenhang mit Dylan denken: wenn ich an ihn dachte, wenn ich nur ein Wort anschaute, das er geschrieben hatte, und am schlimmsten für mich: einen Brief, der sich jedesmal, wenn ich ein unmögliches amtliches Dokument aus meiner Brieftasche ziehen mußte, herausschob und mir zurief: »Ich bin Dir zutiefst in Liebe verbunden, die einzige Tiefe, die ich kenne. Ich liebe Dich, Cait, nur Dich, jetzt und für immer, ich liebe Dich mit meinem ganzen Leben. Oh, ich liebe Dich so sehr, Cait, denke an mich wie ich an Dich denke, mit Leib und Seele, Dein Dylan auf immer und ewig« – dann schrumpften meine späteren Liebschaften ein wie die Küsse Valentinos, die man an ein Streichholz hält, und verflogen wie schwarze Asche im Wind. Ich war nicht einmal sicher, daß ich Dylan je geliebt hatte, aber ich begann zu vermuten, daß es *das* war, was es war; und wenn es nicht Liebe war, dann war es etwas übermächtig viel Stärkeres, das jeden Versuch, einen anderen zu lieben, auf der Stelle tötete. Liebe war früher nie ein Thema für mich gewesen, aber jetzt, da mir eine unschätzbare Liebe genommen war und ich keine Ahnung hatte, wie ich sie je ersetzen sollte, kreisten meine Gedanken ständig darum.

Ich verbrachte drei bittere, heulende Märztage in diesem kalten, kaltherzigen Geisterkeller; wurde unbarmherzig von meinem zitternden Tisch draußen zurück in die abweisend frostigen Zimmer gepeitscht. Und mußte endlich, als der Regen bösartig bis ins Innere klatschte, sogar die Tür nach draußen schließen; da saß ich nun, in dem Nachmittags-Zwielicht meiner aufeinanderprallenden Wetterfronten, und Donner und Blitz dröhnten und zuckten um mich her; und überlegte, wenn das Unglück nur dick genug kommt, erlebst du am Ende eine Art Exaltation, du erhebst dich über alle Widrigkeiten, und die Zukunft schreckt dich nicht.

Als ich Joseph an diesem Abend bei dem alten Gefängnis wiedertraf: unserem neuesten Treffpunkt auf dem Damm, der jetzt voller Familien war, die unter den hochgelegenen Fenstern schnatterten, war er gelassener, aber das schwarze Blut jagte noch immer stoßweise durch seinen Körper. Er wußte es nicht, aber gerade diese Schwärze zog mich bei ihm an. Er behauptete immer noch, daß ich falsch sei, mit ihm gespielt, einen Narren aus ihm gemacht hätte: ganz allgemein die größte Furcht, während ich nur Angst davor hatte, daß er eines Tages das verbotene Ausmaß meiner Liebe erkennen könnte. Störrisch wiederholte er, daß er mir nicht mehr vertrauen könnte, daß ich ein treuloses Weib sei, und wenn ich endlich vollkommen deprimiert war: ›Ob ich ihn liebe?‹, dann wiederholte ich genauso störrisch und stumpfsinnig ›Ja‹. Dann plötzlich lächelte er schamlos, kniff mich liebevoll italienisch in die Backe, schickte noch einen kräftigen Klaps hinterher und sagte, daß er mich nur auf die Probe stellen wollte und jetzt glücklich überzeugt sei, daß ich die Wahrheit spreche. Und jetzt war es mein Blut, das anfing zu kochen.

Bei Einbruch der Dunkelheit hatte sich unsere Haßsuppe allmählich abgekühlt: wir trafen uns zum üblichen Kaffee nach dem Abendessen und schlenderten friedlich die stille steinige Straße rauf. Er sprach ungestüm italienisch, das er, wie ich immer meinte, so viel besser als jeder andere sprach, und obwohl ich wenig verstand, war es ein Vergnügen ihm zuzuhören. Er hatte die Gabe, voll und ganz in dem aufzugehen, was er gerade machte, und alles andere dabei zu vergessen: ob er aß, trank, sich unterhielt, Stunden gab oder nahm oder Liebe machte, immer war er mit seinem ganzen Wesen dabei, mit Körper, Geist und Seele. Als wir uns unschuldig wie zwei päptstliche Tauben dem Hotel näherten, versperrte die Kirche in ganzer Größe, massig, gehässig, den Zugang, und ich sagte noch zu Joseph: »Ich bin sicher, daß er etwas Schreckliches gegen mich vorhat«, aber er antwortete leichthin: »Warum hast du Angst vor ihm, das ist doch nur ein Strohfeuer«, und schlenderte lässig weiter, so daß ich ihm allein gegenübertreten mußte. Ich ging hinüber, bat: »Entschuldigen Sie, kann ich vorbei?« und bevor ich noch irgend etwas tun konnte, schlug er mich heftig mitten ins Gesicht, so daß ich den Boden unter den Füßen verlor und durch das Tor in den Hof fiel. Meine erste Reaktion war Ungläubigkeit, daß er sich so vor dem gaffenden

Publikum aufzuführen wagte und sich auch noch in wüsten Beschimpfungen erging. Ich zögerte zurückzuschlagen, war ausnahmsweise nicht zum Kämpfen aufgelegt und mehr als er wegen des Aufsehens beunruhigt, nicht meinetwegen, sondern seines makellosen Namens wegen. Ich versuchte, vernünftig mit ihm zu reden, aber gegen eine Flut von Schmähungen hatte ich sowieso keine Chance, so stolperte ich, unfair im Nachteil, die Stufen hinauf.

Um oben auf der Treppe auf seine Frau zu treffen, die die ganze Zeit dort gestanden und uns richtig beobachtet hatte. Ich verwahrte mich murmelnd gegen sein befremdliches Verhalten, aber sie zuckte nur herablassend die Schultern und bemerkte: »*Troppo confidenza*«, zuviel Vertraulichkeit zwischen uns... Ich verschwand im Schlafzimmer und verriegelte die Tür.

Er hatte mir befohlen, mein Gepäck bis zwölf Uhr mittags fertig zu machen. Seine rachsüchtige Eitelkeit kannte nun wirklich keine vernünftigen Grenzen mehr. Nie zuvor hatte sich ihm irgend jemand ernstlich oder regelmäßig widersetzt, am wenigsten eine Frau; und die Erfahrung stand im Widerspruch zu den heiligsten Regeln seines Glaubens. Aber indem er mich zu demütigen suchte, hatte er es mit etwas zu tun, was er nicht verstand: unmöglich für ihn, einen Faschisten obendrein, zu verstehen, daß jemand keine Angst hatte: das Metall, aus dem sie ihr Ich schmiedeten. Er konnte mir Unannehmlichkeiten bereiten, mich aus der Fassung bringen, das Leben auf der Insel ›unmöglich‹ für mich machen, mich peinigen, aber nicht, niemals konnte er mir Angst machen.

Mehr denn je zuvor, klang es ernst diesmal. Ich beherrschte mich mühsam und sagte nichts, wo es doch so vieles gab, was ich hätte sagen können; und das einzig Vernünftige, schien mir, wie immer zu verfahren und mich so weit wie irgend möglich zu entfernen, wenn nicht weiter. Als ich nach Schulschluß zum Albergo zurückkam, nicht ohne unwirkliche Befürchtungen, war zumindest die Straße von meinem verrufenen Plunder frei; aber im Zimmer lagen die Kisten und Kästen absichtlich auf mein Bett getürmt, als unmißverständlicher Hinweis darauf, daß ich mich zu packen habe. Ich warf sie ebenso absichtsvoll wieder auf den Schrank zurück. Diese Übung wiederholten wir einige Male, ohne jemals ein Wort darüber zu verlieren, bis die Kirche endlich die Waffen streckte, und ich ihn einmal hörte, wie er sich über die Dickköpfigkeit der Engländer ausließ.

18

Mitten in diesen Scharmützeln kam das Telegramm, das mich nach England zurückrief und so, nicht gerade elegant, mir die Entscheidung aus der Hand nahm. Ich wußte nicht, wie ich reagieren würde: ich wußte, daß ich gehen mußte und dachte, daß ich wollte. So vieles in England zog mich an und stieß mich gleichzeitig ab, aber das Abstoßen war stärker; obwohl meine Kinder an der baumelnden Schnur zogen und ich nicht nein sagen konnte, ich hatte keine Wahl. So war ich selbst überrascht, als ich den Umschlag nahm, ihn mit spitzen Fingern wie eine tote Maus entlang der Mineralienküste trug und zögernd auf einem Felsen öffnete, während Panik und Tränen mich würgten.

Als ich Joseph das nächste Mal traf und meine Bombe platzen ließ, war er äußerlich ungewöhnlich ruhig: unmöglich zu erraten, was in ihm vorging, das war das Faszinierende an ihm; er sagte nur, wir müßten soviel Zeit wie möglich zusammen verbringen und in den verbleibenden Tagen schöne Ausflüge unternehmen; und er nahm sich vier Tage frei. Da ihnen nur zwölf bezahlte Ferientage im Jahr zugestanden wurden, und er schon sechs genommen hatte: im allgemeinen hob man sie für den unerträglich einladenden Sommer auf, war es kein kleines Opfer, und doch war ich nicht zufrieden. Noch einmal wollte ich ihn sagen hören: »Es ist unmöglich«, wenn ich davon sprach wegzugehen, mit diesem stockenden, bemühten Akzent auf der falschen Silbe, wodurch es mir wirklich unmöglich wurde.

Wir verlebten zwei fast harmonische Tage mit dem Diminuendo der Erregung als Begleiterscheinung. Dann machten wir uns endlich, nach vielerlei Ausflüchten und Ausreden, auf den Weg zum unsterblichen Haus von Josephs Onkel in den dunstigen Bergen. Es war einer dieser Tage, an denen all die schlimmen Dinge: eine rotgeschneuzte Nase, Blasen auf der

Backe, vor Kälte verkrampfte Hände in den Handschuhen, umknickende Schuhe, zerrende, klebende Gummiröcke, sich bauschende, blähende Mäntel, in die der Wind fährt, und die völlige Abstumpfung aller fünf Sinne – durch irgend ein Versehen nicht geschehen. Gott war unaufmerksam und das Wetter milder. Wir gingen: und gingen: und gingen, eine Ewigkeit; ich dachte schon, Joseph hätte das Haus erfunden, in dieser seltsamen, dunstigen, unbewegten Gegend aus der fernen Vergangenheit, bis wir in einem Tal, unterhalb der Straße, darauf stießen. Es war die typische primitive Steinhütte, mit einem riesigen schwarzen Schlüssel, um die knarrende Holztür aufzuschließen. Das Innere war nur spärlich erhellt von den winzigen, abgedichteten Fenstern, aber ich konnte doch einige heftige Putzspuren auf den Fliesen ausmachen, sauber aufeinandergestapelte, rostige Gerätschaften und einen großen Berg Feuerholz neben dem Kamin: Josephs tapfere Bemühungen am frühen Morgen. Wir waren nervös, und versuchten, es nicht zu sein, und unsicher, was wir jetzt tun sollten, und hielten uns möglichst weit voneinander entfernt. Ich schlug vor, Feuer zu machen, und im Nu hatte Joseph mit dem trockenen Holz eine hochaufschießende Flamme entzündet, und dichte, rußige Rauchschwaden hüllten uns ein und wurden von Minute zu Minute dicker. Dafür nahm unsere Spannung ab, als wir tränenden Auges blind umhertappten und -stolperten; und ich packte den Korb aus und saß in einer rauchigen Ecke und machte den Wein auf. Dann fanden wir eine alte Pfanne, schütteten zentimeterhoch Olivenöl hinein, jede Menge Salz, schlugen sechs Eier auf und schoben das Ganze in die schwelende Glut. Ich schämte mich, Joseph zu zeigen, wie wenig ich vom Kochen verstand, mit seiner guten Küche zu Hause, aber er war sehr verständnisvoll und nicht viel klüger als ich. Als wir die Pfanne wieder herauszogen, nachdem wir sie zwischenzeitlich vergessen hatten, trieb ein fester gelber Klumpen in dem Öl, und als ich ihn tropfend zwischen die langen Brote schob, war das das Beste, was wir je gegessen hatten, wie wir beide meinten; und es war wirklich köstlich.

Und nachdem wir unsere Mägen gefüllt und gewärmt hatten,

mit den verbrannten Fladen aus dem spuckenden Feuer, und wir Josephs Geburtstagskuchen versuchten: eine schwere Mischung aus öligen Kirschen und klebrigem Teig, die wir noch mit Wein anreicherten, um sie interessanter zu machen, fühlten wir uns langsam besser, lachten ein wenig, streiften uns mit einem ›mütterlichen‹ Kuß und legten uns schließlich auf das zerfetzte, löcherige Sofa an der Wand. Später hielt ich Joseph im Arm, während er unruhig, verquält, in sich hineinstöhnend schlief und gegen mich und seine eingekerkerten Bedrängnisse kämpfte, und ich fühlte mich ihm näher denn je zuvor, mit einer Liebe, die in dieser Zeit des Haltens und Vergehens völlig selbstlos war: sie hatte mit meinen sich krümmenden Nöten ebensowenig zu tun wie Colms goldener, Fußball-träumender Schlaf, der nichts von mir wollte, nur mein ganzes, ungeteiltes, unsterbliches Leben. Und so überlegte ich – während bereits drei junge Leben an meinem schiefen, schwankenden, wellenschaukelnden Floß hingen; denn weit und breit war kein anderes untergehendes Floß in Sicht, an das sie sich hätten anklammern können; und wenn eines auftauchen sollte, wäre ich schnell genug verlassen – ich muß diesem Jungen helfen.

Auf diese Weise spielte ich mich auf und romantisierte meine Rolle; und wie hatte ich diesen Jungen denn gerettet, außer daß ich zu seiner Unzufriedenheit beigetragen hatte? Aber ich konnte nicht, wollte nicht glauben, daß alles hier enden sollte; es mußte doch eine Fortsetzung dieses Romans geben; er war viel zu fesselnd, um ihn einfach abzubrechen.

Ich stand auf, suchte nach meinen Strümpfen und Stiefeln und tappte barfuß durch den rauchig bösen, von Sonnenstrahlen anklagend erhellten Raum; während Joseph weiterschlief, als würde er nie wieder aufwachen.

Als wir am Tag darauf gleichgültig und geläutert die neue, halbfertige Straße hinaufwanderten, sprach er mit einem Fatalismus, der ebenso tief war wie dieser Schlaf und der mich verwirrte und mir total gegen den Strich ging; ich war nicht wie er darin geschult, die unbegreiflichen Unglücksfälle und das Leid, das offensichtlich ohne Unterschied vom Himmel fiel, klaglos hinzunehmen. Hoffnungslos, verbissen bekämpfte ich sie, und immer noch wollte ich, konnte ich meinen unannehmbaren Schmerz nicht hinnehmen, würde ihn niemals akzeptieren.

Ebenso haßte ich die Art, wie Joseph es einfach hinnahm, daß er unglücklich war, seine Resignation: ich wollte eine Auflehnung aus ihm herausschütteln, wenn er ruhig sagte: »Ich werde dich nie wieder sehen, für die nächsten vierzig Jahre werde ich in meinem Stollen verrotten, bis es aus ist mit mir und ich verrecke«; ich wollte ihn umbringen dafür. Alle Orte, an denen wir zusammengewesen waren, würde er besuchen, unseren sehnsüchtigen Schatten nachhängen und zufrieden sein mit der Erinnerung an uns und nichts mehr wollen. Das war leeres Gerede für mich, ich wollte nichts mehr, als seinen lebendigen Körper neben meinem fühlen, jede Nacht, und was die Erinnerungen, Nostalgien, Sehnsüchte betraf: von denen hatte ich schon den ganzen Bauch voll, mehr brauchte ich nicht. Ausnahmsweise einmal war er wehrlos; meine unvermeidliche, unverdrossen näherrückende Abreise schnitt all unser Tun schon an der sterbenden Wurzel ab. Die Zeit war abgelaufen, kein Sticheln, auf die Probe stellen, Peinigen mehr, das eifersüchtige Gewürz der Liebe. Joseph schmierte dick und tropfend auf, er war bezaubernd, gewinnend, viel zu wunderbar, wie er einmal zu meiner Bestürzung zu mir gesagt hatte; hilflos sah ich zu, wie seine italienische Beredsamkeit, die so reichlich, poetisch und irgendwie bedeutungslos dahinfloß, ihn weiter und weiter von mir wegtrug. Starr und stumm stand ich unter diesem sanften Schaumbad, das uns auseinanderschwemmte. Ich wollte schreien, ein Messer in seinen unpersönlichen Wortschwall rammen, der nichts mit uns zu tun hatte, auf jeden anderen genauso gepaßt hätte. Ihn zornig machen, ihn dazu bringen, mich zu schlagen, notfalls, einen Klaps auf die Backe, wie er es manchmal tat, wenn ich ihn beleidigt hatte. Alles, nur nicht diese Ernsthaftigkeit, diesen unverdünnten Süßholz-Sirup, der mich ausgesetzt, allein ließ auf meinem kauzig-verschrobenen, kriegerisch-mürrischen, glänzenden, grausam zerfressenen Caitlin-Felsen.

Wie Raben und Krähen ihre Katastrophen in gellenden

Höhen krächzen, war an diesem Abend eine andere Beerdigung. In der letzten Zeit war fast täglich eine gewesen: die alten Leute, von denen es ungewöhnlich viele in Rio gab, hatten es eilig, noch vor dem Sommer zu sterben, als müßten die Winterreste rücksichtslos beseitigt werden. Immer wieder rannte ich beim Dröhnen der Blechmusik zum Fenster, weil ich irgendein neues Fest erwartete; und immer wieder sah ich die gewohnte Prozession der schwankenden, blassen Madonna, den Glucken-Priester mit seiner Brut von Zeremonien-Jungs, dieselben alten billigen, blechernen, rot-bebänderten Lorbeerlaub-Gebinde, die wackelnd hochgehalten wurden; die zufällig Herumstreichenden, die die Eintönigkeit des Nachmittags unterbrachen, ihre Stumpen wegsteckten und die Mütze zogen. Und irgendwo, immer irgendwo, verborgen oder sichtbar, die kleine billige Kiste. Der Tod war entschlossen, mir seine verlogene Nichtigkeit unter die Nase zu reiben, als wenn sein durchdringender Gestank mir nicht schon genug die Nüstern verpestete.

Dem Gewühle der schwarzen Käfer folgend, ging ich mit Rita eines Tages zum katholischen Friedhof. Rita war die mittlere Tochter der Bartfamilie, ein Jahr älter als meine eigene Tochter, aber obwohl sie äußerlich ein ähnlich kompakter, mit beiden Beinen fest auf dem Boden stehender Typ war, lag ein rassenweiter Unterschied zwischen beiden. Rita war Frau von dem Tag, als sie geboren wurde, war nie Kind, mit einem klaren Sinn für Verantwortung, absichtsvoll geformt und ausgerichtet auf ihre einzige Funktion: einem Mann und seiner Familie zu dienen. Körperbewußt, unerschrocken ging sie großen Schrittes auf ihre untergeordnete, statisch feste Rolle zu. Ich erinnerte mich daran, wie sie einen ganzen Tag lang an meinem Bett gesesssen hatte, als ich krank war, beinahe ohne sich zu rühren und ohne sich etwas dabei zu denken. Während Aeron, mein Mädchen, verwöhnt, eigensinnig, ungeheuer ichbezogen in einer Kinderwelt lebte, die man erforschen mußte, die märchenhaft vergrößert, grenzenlos war, wo der bedrückende Schatten des Frau-Seins nur als weit entfernte Drohung am Horizont stand.

Wir gingen an der hohen Einfriedung entlang, die aus großen Platten gemauert war, wieder und wieder zurück, um die Namen auf den Steinen zu lesen und die Fotografien der Bewohner anzuschauen, die sich auf Dauer dahinter zurückgezogen hatten. So viele Guiseppes und Giovannis, Onkel und Tanten, Neffen und Nichten, Cousins und Cousinen der Kirche und Josephs, die mir klarmachten, daß ich hier nicht hingehörte und nie hingehören würde. Einige waren grausig in die Mauer einzementiert: der Stein wurde herausgenommen, ich weiß nicht wie, die Knochen des vorhergehenden Bewohners, der schon länger als zehn Jahre darin gelegen hatte, wurden in einen großen Gemeinschaftssarg darüber geworfen: der nach einer bestimmten Frist ebenfalls geleert wurde, obwohl ich nicht weiß, wohin diese staubige Mischung pulverisierter Persönlichkeiten dann gestreut wurde. Der neue, glänzende, frisch aus der Welt kommende Sarg wurde in die enge Höhlung geschoben und der Stein zurückgesetzt, mit einem neuen Namen darauf und einem anderen Foto. Rita und ich, wir waren uns einig, daß wir lieber in der freundlichen Erde im Mittelteil des Friedhofs liegen würden, mit den Bäumen und Blumen um uns herum; aber selbst diese Näher-zum-Licht Milderung erschien mir nicht so anziehend, wie Rita sie darstellte, als sie ekstatisch ihre Märchen-Unterwelt beschrieb. Irritiert dachte ich wieder einmal: ›Ich werde diese Italiener nie verstehen können.‹ Meine Knochen sollten von allen Gipfeln in alle Windrichtungen fliegen.

Als wir uns auf dem Rückweg wieder dem Tor näherten, verspürten wir den schweren Geruch berauschender, halbverwelkter Blumen, Wachskerzen und etwas Unbestimmtes. Neben dem Tor war eine leuchtende Kammer für die zuletzt Eingetroffenen reserviert, und der Raum strahlte etwas von einer Party aus, die gerade zuende gegangen ist; frische Gefühle klopften und pochten, beschwert von Gebeten, Angst und der Massenhysterie des Schlachthauses, das mich in Chicago so mitgenommen hatte. Dies war der Vorraum des Todes, wo die letzten Unterscheidungen vorgenommen wurden, selbst im Tod dürfen die Klassen nicht vermischt werden. Die Reichen zu ihrer Kühlhaus-Familiengruft mit den weißen Marmorstatuen und den eingravierten Gedenktafeln; die Armen zu ihren Holzkreuzen und überfüllten Parzellen, zusammengepfercht, wie sie es im Leben gewohnt waren, und den Marmeladengläsern mit verwelkten Blumen. Den künstlichen, kränklichen Ausgeburten unter Glas, den katholischen Requisiten.

Mit unseren unterschiedlichen Ängsten streiften wir weiter durch Bambushecken und seifige Bäche, vorbei an dem einzelnen Mann, der in den sauber instandgehaltenen Feldern arbeitet und dem die Frauen sein Essen bringen; zu der winzigen Kirche San Giuseppe, Josephs Kirche. Wir naschten saure Orangen, pflückten Gänseblümchen und knackten die harten Mandeln mit einem Stein und liefen wie zwei schwänzende Schulmädchen zu der aufmerkenden Stadt zurück.

Der neunzehnte April kam heran, San Giuseppe, ein Feiertag und Festtag für Joseph, so wollten wir natürlich etwas zusammen unternehmen. Wegen der üblichen Ausflüchte und Palaver verpaßten wir den Bus um zwölf; und als ich Joseph dann endlich bei Gigi traf, war er wütend, weil er den ganzen Morgen auf uns gewartet hatte und wollte nicht einmal mit uns reden. Aufgebläht von ungesagten Beleidigungen, gingen wir zu den Bergwerksstränden: ich versuchte, mit ihm zu scherzen, er war eisig nicht amüsiert, nicht der Schimmer eines Lächelns zeigte sich; ich versuchte, seine Aufmerksamkeit durch weitschweifige Erörterungen auf englische Aussprache und Rechtschreibung zu lenken, gewöhnlich ein sicherer Tip für höchste Anteilnahme; keine Antwort, nur starres Schweigen; ich gab es auf, steif gingen wir weiter, ohne ein Wort. Wir schlängelten uns die schroffe Klippe hinunter, unsere Füße glitten ab; wir saßen auf den eisenfleckigen Kieseln, mit meterhoch artkischem Schnee zwischen uns; ich küßte ihn ungeschickt, weil es mir doch zuviel ausmachte, er blieb apathisch, nicht einmal abwehrend, aber so hart wie gefrorenes Hammelfleisch; dann plötzlich schoß er hoch und schrie, ich könnte tun, wie mir beliebte. Ich rührte mich nicht, blieb, wo ich war und sah ihm nach, wie er, zutiefst von seiner eigenen Richtigkeit überzeugt, davonstürzte und kam zu dem Schluß, daß ich allein besser dran sei. Aber als ich mir nach dem Mittagessen den windigen Badeort vorstellte und wie ich dort ganz allein und ohne eine Ahnung, wie ich zurückkommen sollte, herumstapfen würde, ging ich mit Colm zu dem Café hinunter, um auf den Bus um zwei zu warten. Und da war Joseph, lächelnd, freundlich, als hätte nie eine Runzel des Zorns unser sonniges Verhältnis gefurcht; und wir folgten ihm gehorsam die Straße hinauf, um den Bus abzufangen.

Sobald wir im Bus saßen und uns von den kritischen Augen und nörgelnden Stimmen Rios entfernten und die Ziehharmonikas mit Feiertagsmunterkeit hinten spielten, überkam mich ein plötzliches Hochgefühl, eine gesegnete Indifferenz Vergangenheit und Zukunft gegenüber, so selten beide und so unvorhersehbar die Augenblicke ihres Auftretens. In einem Riesensprung setzte ich über diese Bibliothek der Jahre hinweg zu meinen jungen Tagen in Irland, bevor ich in das Austernlicht der Ehe tauchte. Als ich Dinge tat, nicht weil ich mußte, weil mir nichts anderes übrigblieb, als sie zu tun, sondern weil ich mich in dem kuriosen Irrtum befand, daß ich einzigartig sei, auserwählt, um eine große, irgendwie unbestimmte Mission zu erfüllen. Als ich alles, was ich tat, glühend intensiv tat, mit meiner eigenen, ganz bestimmten Intensität. Woher sollte ich wissen, daß ich zum Kinderkriegen bestimmt war?

Der Ton der irischen Ziehharmonika und Mundharmonikas, der Flöten und Geigen kam mir wieder zurück, als zahme Imitation aus dem rückwärtigen Teil dieses italienischen Busses; und das gedämpfte Rollen, der Taumel des Blutes sickerte durch die Schlösser der Jahre und kitzelte meine Nervenenden. Und genauso, wie ich erst später das Glück dieser dunstig fernen, unschuldigen, lachend-kommt-der-Sommer Zeit begriff, und der *Falls Ennistymon*, erstes Kapitel; so war jetzt, in diesem italienischen Bus, mein Glück vorbei, noch ehe ich danach greifen konnte. Bevor ich wußte, wie mir geschah, stand ich auf der Straße und schlich mit Colm zu den windigen, touristenleeren Stränden der toten Saison, während Joseph nach seinen Freunden suchen wollte, den alten Musikanten, um für *divertimento* zu sorgen. Wir hätten sie am Morgen treffen sollen und waren nun zwei Stunden zu spät gekommen.

Eine Ewigkeit, so schien es, lagen wir auf dem zuckrigweißen Touristensand, den der Wind uns in die Augen blies, vor den biegsamen, erbärmlichen Bäumen, die uns beschirmen sollten, bis Colm endlich Joseph ausmachte und eine winzige, wankende Figur, die unter einer viel zu schweren Last auf uns zu stolperte. Als sie langsam näherkamen, konnte ich sehen, daß Joseph wegen der unsicheren Verfassung seines Freundes beunruhigt war; in England hätte sie ein wohlwollendes Lächeln hervorgerufen, in Italien dagegen sog man schockiert die Luft ein, als sei der arme Mann rettungslos verloren.

Wir schickten Joseph für einen *fiasco* Wein zurück: das Bedürfnis nach Wein zu allen Tageszeiten konnte er nie verstehen, und zogen weiter zu einer kleinen, geschützten Bucht, und der alte Mann, der seinen älteren Partner in der langen, weintrinkenden Morgen-Warterei verloren hatte, setzte sich auf einen Felsen und schälte peinlich sorgfältig seine Ziehharmonika, die älter als er selber war, aus einem zerrissenen Baumwollfetzen und begann wahnsinnig schnell eine wilde hüpfende Melodie zu spielen. Ich war so ausgehungert nach Musik, die sehr viel unentbehrlicher als Lesen für mich ist, so lebensnotwendig wie Brot und Wein, daß ich berauscht war, hypnotisiert, bereit sitzenzubleiben und seinen direkt-aus-der-Jugend-ausgegrabenen Liedern glücklich bis ans Lebensende zuzuhören. Dann kam Joseph mit dem Wein zurück, wir tranken und er setzte sich, ein Vorgang, der so kompliziert war, als wollte er für sein Portrait posieren, mit einer geliehenen, altersschwachen Gitarre und fing mit großer Hingabe zu klimpern und zu tönen an. Er war wunderschön an diesem Tag und ich beobachtete ihn, da ich wußte, daß er jetzt keinen Blick für mich hatte, und bemühte mich, die traurige, vergängliche Vision unversehrt in mir zu bewahren. Aber sein angestrengtes Spielen wollte nicht zusammengehen mit dem fieberhaften Fingern und Quetschen des alten Mannes, und ein starrer verächtlicher Zug voller Verdruß erschien auf seinem Gesicht.

Auch Colm langweilte sich inzwischen, er schmiß sich vom Felsen ins Wasser, um die Aufmerksamkeit auf sich zu ziehen; und der Alte schlummerte immer wieder ein und nickte mit dem Kopf über seiner Ziehharmonika, so überließen wir ihn seinem musikalischen Schlaf und wanderten auf einem Umweg zur Stadt zurück.

Das bißchen Zauber verschwand, sobald wir in die Feiertagsknoten mutmaßender Leute gerieten, und die irdische Befangenheit von Identität und Schicklichkeit sich wieder einstellte. Wir saßen freudlos in einem Café und tranken Tee oder Kaffee, meiner automatisch mit einem Schuß Branntwein darin, keiner Sprache mächtig, obwohl wir eben noch ganz fröhlich miteinander geschwatzt hatten. Dann fiel mir ein, nach dem nächsten Bus zu fragen, und zu meiner Bestürzung erfuhr ich, daß wir ihn gerade verpaßt hatten und der nächste erst um zehn Uhr abends gehen würde. Mein ganzer mütterlicher Zorn erhob sich in Verteidigung Colms, der sich schon nicht mehr auf den Beinen halten konnte und bis zu diesem unerträglich quengelnden, launenhaft kreischenden oder näselnd schmeichelnden Stadium jenseits von Bestechung oder Korruption oder selbst Josephs geduldigem Charme vorgedrungen war, wo er den Bus, und nur noch den Bus verlangte. Meine Verzweiflung richtete sich gegen Joseph und ich machte ihm hemmungslos Vorwürfe, daß er mir die verdammten Abfahrtszeiten nicht gesagt hatte. Ich konnte sehen, wie ein Ausdruck des Entsetzens in seine Augen stieg, der jedem Mann eigen ist, jedem Mann meiner Bekanntschaft jedenfalls, wenn er befürchtet, seine Frau wird jeden Augenblick eine Szene machen oder sich sonstwie verboten aufführen. Aber obwohl ich überdeutlich sah, daß ich meinem romantischen Status irreparablen Schaden zufügte, konnte ich nicht aufhören, sondern machte es gerade deshalb noch schlimmer.

Nachdem wir einige Male nutzlos hin und her gelaufen waren wie heimliche Verschwörer, stießen wir ganz zufällig auf Rosso: Kapitalist und Fahrer aus Rio, der zustimmte, seine Arbeit für eine halbe Stunde sausen zu lassen, um uns nach Hause zu bringen: für diesen glänzenden Köder, ein paar Lira nebenbei.

Ungeachtet dessen, daß er einer der reichsten Männer von Rio war, dem eine feine Luxusvilla auf der unverseuchten Seite der Stadt gehörte, und eine Flotte von Lastwagen. Aber die geheiligte Gewohnheit des Geldverdienens war ihm so zur zweiten Natur geworden, daß ihm die Früchte seiner Arbeit nebensächlich geworden waren, und er nicht die Zeit erübrigen konnte, sie zu genießen; der Kitzel lag in dem Geldscheffeln selbst. So kamen wir spät und benommen an und trugen Colm die Straße hoch wie einen umgekippten Sack schnarchender Kartoffeln.

Als wir noch ruhig und müde miteinander redend am Fuß der Treppen zum Albergo standen, dabei zu entscheiden, wo wir uns morgen treffen sollten, schoß die Kirche aus dem Café des Nachbarhauses, wies mich schroff die Treppen hinauf und befahl Joseph grob zu gehen. Joseph drang aggressiv ein paar Schritte auf ihn ein, gab Widerworte und gestikulierte. Nichts ging mir mehr gegen den Strich, als bei einer Auseinandersetzung das Feld zu räumen oder gar einer sich anbahnenden Handgreiflichkeit, aber mit außerordentlicher Charakterstärke schleppte ich mich weiter, die Stufen hoch, da ich genau wußte, daß meine Anwesenheit in diesem Fall mehr schaden als nützen könne.

Ich war gerade angekommen, als ich einen splitternden Krach hörte und das Bersten von Glas; und ein paar Augenblicke später öffnete die Kirche meine Tür einen Spalt und wisperte eindringlich: »Ich habe eine Flasche nach dem *cretino* geworfen; aber er ist entkommen; das wird ihm eine Lehre sein, mehr davon morgen früh.« Und unvermittelt war er gegangen.

19

Jetzt war es schon weniger als eine Woche, jetzt waren es noch drei Tage, bis ich abreisen mußte, und immer noch fehlte mir der Mut, meine Kleiderhaufen, die sich in den unterschiedlichsten Dreckstadien befanden, zu sortieren; Briefbündel, Papiere, der verschiedenste Abfall, der sich in den anonymen Hotelmonaten angesammelt hatte. Was ich behalten, was ich wegwerfen sollte; um am Ende in einem Anfall von Ekel alles wegzuschmeißen. Zu gleichen Teilen hatte ich einen Widerwillen gegen Besitztümer und die Gier, weitere anzuhäufen; mit dem Packen zu beginnen und die Wunde meines Weggehens aufzureißen. Und die Sonne schien mit einem permanenten selbstgefälligen Grinsen, als würde sie sich die kleine, sich ständig verkürzende Zeitspanne über, die mir noch blieb, an meiner Abreise weiden, und als wollte sie sagen: ›Ich bin immer hier, aber nicht für dich, also hau ab!‹

Und damit es nicht so aussehen sollte, als würde Gott in seinen ewig-wachsamen Aufgaben nachlassen und mir zu viele Ruhepausen genehmigen, ließ er Colm rot anlaufen und blies ihn auf wie einen gesprenkelten, fleckigen Kürbis. Statt ihn also morgens in die Schule jagen zu können, um die letzten kostbaren Stunden in der blühenden Landschaft der Umgebung für mich zu haben, blieb mir nichts übrig, als ihn im Bett zu halten. Das Mitleid für ihn, der grotesk unkenntlich, dabei aber ganz munter war, zerriß mich, und zugleich stöhnte ich innerlich in Erwartung der unüberwindlichen Schwierigkeiten, die es bereitet, ein Kind im Bett zu haben, das nicht unmittelbar im Sterben liegt: wie sollten wir die langen bettlägrigen Stunden des Tages aushalten und den Dämon Zeit totschlagen.

Am Abend vorher hatte ich, ganz zu schweigen von Colm, ein strapaziöses Erlebnis mit seinem Zahn hinter mich gebracht. Beide hatten wir das Schreckliche so lange wie möglich vor uns hergeschoben; aber er litt große Schmerzen nachts, und wir konnten es nicht länger aufschieben, und ich befürchtete auch, daß es auf der Reise schlimmer werden könnte. Als also der kurze, runde, fidele Doktor oben im Bart-Haus war, um dem Babbo seine gewohnte Spritze zu geben: Spritzen waren die große Mode hier, sie wurden unterschiedslos für jedes Leiden der Alten verschrieben und halfen, so effektiv wie die meisten Heilmittel und einen Stich schneller als Mutter Natur, die Patienten abzumurksen – fragte ich ihn nicht zu vertrauensvoll, ob er Colm als nächstes behandeln, seinen verfaulten Zahn herausziehen würde? Er war einverstanden, sagte aber, daß wir uns beeilen müßten, weil sein Abendessen warte. So marschierten wir alle, einschließlich der Kirche, der Abrechnungen mit mir durchgehen wollte, eine glaubhafte und ständige Entschuldigung für seine Anwesenheit und eine Sache, die irgendwie nie zum Abschluß kam, hinter dem geschäftigen Doktor die Treppen hinunter zu seinem Behandlungszimmer.

Als wir uns der Tür näherten, zögerte Colm instinktiv, wie Vieh, das vor dem Schlachthof das Blut schon riecht; die hilfreichen Kinder verschwanden, und ich blieb allein mit der Kirche zurück, für dessen aufmunternde Gegenwart ich für einmal sehr dankbar war: er zog und zerrte Colm und redete ihm gut zu, während der Doktor seine Instrumente schliff. Da er meine zitternden Nerven sah (ich wäre dumm genug, in Ohnmacht zu fallen, fürchtete ich) bot er mir an, Colm allein hineinzubringen, aber das kam natürlich nicht in Frage: Mütter haben dabeizusein, wenn ihre Kinder leiden. Ich wußte nur zu gut, daß dies eine der Heimsuchungen war, die ich persönlich durchzustehen hatte, obwohl ich hundertmal lieber mich auf dem Stuhl gesehen hätte als ihn. Wir kamen in den kahlen, grün beleuchteten Raum, setzten ihn auf einen Stuhl am Ende des Operationstisches und hielten ihn zwischen uns fest. Der Doktor tapste herbei, klopfte pfiffig auf den Zahn und rief: »Aha, das ist er«; und gerade noch rechtzeitig wies ich darauf hin und beharrte darauf, daß der schlechte unten saß, nicht oben. Unbeirrt behauptete er: »Also haben wir zwei schlechte, wir werden sie beide ziehen«, und wieder mußte ich darauf bestehen, »Nur den unteren für heute, bitte.«

So näherte er sich und hielt die Zange versteckt in der Hand, und Colm kriegte Panik und begann zu zappeln, aber er schwur, da sei nichts in der Hand, und er würde nur gucken. Schließlich öffnete Colm zögernd seinen Mund. Worauf der Doktor seine Hand hineinzwängte, den Zahn mit der Zange packte und mit aller Kraft zog. Unnötig zu erwähnen, daß der Zahn sich nicht so leicht herauspulen ließ wie eine Erbse aus der Schale, was sie uns immer weismachen wollen; sondern sitzen blieb und krachte und eine Blutfontäne hochspritzte. Colm schrie gellend wie ein abgestochenes Schwein, und wir drückten ihn runter und der Doktor zog ihn hoch und zwischen uns beiden schienen wir ihn in Stücke zu reißen. Als der Zahn endlich nachgab und Colm fast erstickte an Blut, Elend, Schrecken und Schmerz, entdeckten wir, daß es in dem ganzen Operationszimmer nicht einen Tropfen Wasser gab, mit dem wir ihm den Mund hätten auswaschen können; und natürlich ließ er den Arzt nicht mehr in die Nähe, um die Wunde zu desinfizieren, so mußte ich ihn in dem erbärmlichen Zustand, in dem er sich befand, zum Albergo zurücktragen.

Kein Wunder also, daß ich am nächsten Morgen, als ich seine Verwandlung sah, fieberhaft an Blutvergiftung dachte. Die Signora Bart beharrte auf Mumps, der gerade in der Stadt grassierte, und wirklich sah es verdächtig so aus, mit dem monströs angeschwollenen, scharlachroten Gesicht und Nakken, und ich glaubte ihr beinahe. Mindestens acht Tage müßte er im Bett bleiben, sagte sie und ich stöhnte ›Allmächtiger‹, während eine winzige, abscheuliche Stimme frohlockte: ›Das heißt, daß du nicht fahren kannst.‹ Aber der Arzt behauptete, nein, es sei nichts, nur eine kleine Unpäßlichkeit, und verschrieb einen Haufen teurer und nutzloser Pillen: wie üblich ohne Gebrauchsanweisung, wie man sie in das Kind hineinbringen sollte. Und Pulver und Abführmittel, wobei sich die letzteren am nützlichsten erwiesen; und leichthin, als sei es die einfachste Sache von der Welt, fügte er hinzu: ›Lassen Sie ihn eben ein paar Tage im Bett.‹ Und ich fragte, warum Colm so aussah, wenn er nichts hatte?

Aber nach zwei oder drei Tagen unappetitlicher Schlafzimmer-Farce, in denen das Bett versank unter
Aranciata,
Tee,
Kekskrümeln,
festgepappten Süßigkeiten,
langgezogenem oder zu Kugeln gerolltem Kaugummi,
glitschigen Fladen von ausgelutschten Obstresten,
Bauklötzen,
Comic-Heften,
aufziehbarem Spielzeug,
Booten und
Bartkindern
schnurrte Colm wieder zu normaler Größe und Farbe zusammen; es war zu spät, um ihn noch einmal zur Schule zu schicken: nur ein Wochenende hatten wir noch vor uns, und am Montag im Morgengrauen sollten wir abreisen.

20

Diesen letzten Samstag war ich weder in Italien noch in England, steif und störrisch stand ich zwischen beiden Unwirklichkeiten und wiederholte: ›Nein, nein, nein, ich hasse es, hasse es, hasse es, ich will nicht, will nicht, will nicht.‹

Aber ich mußte packen, ich konnte es nicht länger hinausschieben. Ich schickte Colm, der immer noch blaß gesprenkelt war, in den zu hellen Tag hinaus und begann zwischen Asche und Aleatico, den ausgebrannten Resten meines schon entschwindenden Aufenthalts und dem äußersten Abscheu, Schubladen aufzuziehen, Arme voll überflüssiger Kleidung daraus hervorzuzerren, mit zwei linken Händen zusammenzufalten und ungestüm alles in den großen Koffer zu pressen, den ich nie im Leben zukriegen würde. Und rannte immer wieder zum Fenster hin, um auf die Straße hinunterzustarren: Eolo war zu sehen, unser freundlicher, analphabetischer Kellner im Albergo, bis er sich bei einem Unfall mit der Vespa den Arm brach und jetzt fett wurde in zufriedener Trägheit; er kam gerade rosig und mehlbestäubt aus seinem Backhaus wie ein Baby aus einem heißen Bad. Und Nacco, der sicher der älteste Mann in Rio war, wenn man den Babbo nicht mitzählte, der streng genommen schon nicht mehr von dieser Welt war, gerade noch seinen letzten Besuch absolvierte; tiefgebückt unter einem riesigen Sack; er war vermutlich auch der Stärkste und einer der Ärmsten in der Stadt; seine Altersgenossen saßen bei jedem Wetter den ganzen Tag über auf einer Bank auf dem Platz, starrten vor sich hin und warteten, daß die Erde sich öffnen möge, um sie zu verschlingen; er bettelte immer um fünf Lire, die er in Wein umsetzte, wofür er sich aus den Cafés schmeißen ließ, umherstoßen, sein Haar, das wie frisch gemähter, grau aufsprießender, borstiger Rasen auf seinem Kopf wuchs, gegen den Strich bürsten, Zigaretten in die Ohren stecken, in die Nase zwicken; und er zog eine phantastische Zitternder-Alter Nummer ab mit seinen fleckigen Händen, vor allem, wenn er um Geld bettelte, aber niemals verschüttete er einen Tropfen aus seinem Glas. Als eines Tages ein heftiger Sturm tobte, bat ich ihn, einen Sack Kohlen für mich zu meinem Haus zu tragen, und er tappte verbissen, unbeeindruckt von dem Wetter, in gemessenem Abstand hinter mir her. Als wir schließlich durch den strömenden Regen hochgestiegen, dem peitschenden Wind ums Haus herum entkommen waren, und er seine Last in der mäuseverpesteten Küche fallengelassen hatte, schielte er mich unglaublich und ungläubig verschlagen aus den Augenwinkeln an und forderte stümperhaft drohend tausend Lire. Spaßeshalber und weil Gott es wieder mal zu weit trieb und mich albern machte, gab ich sie ihm ohne zu handeln; vor Schrecken wäre er beinahe tot umgefallen und ein unverfälschter Ausdruck von Panik darüber, auf diese stümperhafte Weise zum ersten Mal Erfolg gehabt zu haben, zeigte sich auf seinem Gesicht, und er sprang auf die Tür zu, bevor der Zauber brach, und ich riß es ihm wieder aus den Händen. Noch lange danach vermied er ein Zusammentreffen mit mir und schlich sich schuldbewußt davon, sobald er mich von weitem sah.

Ich mußte noch ordentlich Abschied nehmen, und Joseph war mit Recht besorgt, daß ich zuviel trinken, mich übernehmen, zu weit gehen: kurz, ihm Schande machen würde, mein Wohlergehen stand nicht zur Debatte; aber er hätte nicht einfühlsamer sein können, er riet mir, mir nicht zu viel auf einmal vorzunehmen, die Sache langsam anzugehen. Aber wie das so ist mit gutgemeinten Ratschlägen, man erreicht das Gegenteil von dem, was man gewollt hat und bringt eine spanische Fliege Perversität in die bis dahin passive Seele. Voll und ganz stimmte ich mit seinen klugen Meinungen überein, dachte ich, und besuchte als erstes die ›lustige Witwe‹ mit ihm. Sie befand sich im selben verlassenen Boot wie ich, nur daß sie von den Zehen bis zum Kinn pechschwarze Segel aufgezogen hatte, während meine bunt waren. Ich erging mich in rosigen Perspektiven und goldenen Lügen darüber, wie ich Häuser kaufen und den Rest der Familie herüberholen, kurzum, ein erstklassiges Domizil für uns alle im Sommer einrichten würde. Indem ich mich dem Mythos meiner guten Verhältnisse entsprechend verhielt, glaubte ich bald selbst daran und machte mir vor, daß die phantasievollen Wunschgebilde, die ich da entwickelte, wirklich im Bereich des Möglichen lägen. Aber wenn ich jemals den Mut hatte, heimwärts zu blicken, sah ich, durch die Vorhänge meiner Unwilligkeit dorthin zu gehen, preisgegeben den Wellen, bemannt mit Ratten, untergegangen im lecken Nabel von Wales, die vom Himmel zerstörte und vernichtete, zugrunde gegangene Baracke, die einst mein Heim war, als Dylan in jenen weit-entfernten, noch immer nahen Tagen dort schlief; und die jetzt weniger angenehm als eine Kreuzigung war: dann wußte ich, daß das Spiel zu Ende war. Großartig kaufte ich Wein für die Runde und bezahlte für die zweifache Beliebtheit, Geld herzugeben und wegzugehen, eine unfehlbare Kombination. Ich notierte die Anschriften von Leuten, denen ich nie schreiben würde, machte großzügige Versprechungen, die ich nie halten würde, gab mich gnädig in meinem königlichen Überfluß; während ich in Wahrheit eigentlich nichts anderes tat, als mich an meinen schwindenden Strohhalm der Auferstehung zu klammern, um ihn zu kämpfen und ihn letztlich doch zu verlieren.

Und Unsinn auf Unsinn häufend, zu Gigi, wo wir dasselbe Spielchen wiederholten, ein wenig übertriebener vielleicht, und Joseph begann ein bißchen beunruhigt auszusehen, vielleicht mochte ich ihn so am liebsten, und mir begann es nichts mehr auszumachen. Eine Gruppe meiner Tischnachbarn vom Albergo: die höheren Chargen in dem unumgänglichen Bergwerks-Geschäft, war an diesem Sonntag abend, dem Feiertag, nur lärmende Lustigkeit, Lächeln und lüsterne Blicke. Ich setzte mich zu ihnen, was vielleicht auch nicht sehr weise war; und Joseph blickte noch unglücklicher drein.

Dann zitterte Mister herein, so neurotisch wie ein Dichter mit seiner dunklen Brille und dem hastigen Geschnatter, er verärgerte Joseph so sehr, daß er seine fleißig gelernten, aber nur halb verstandenen ›stehenden Redewendungen‹ an ihm praktizierte und selbstsicher auf Englisch zu ihm sagte: »Du gehst mir auf den Geist, verschwinde dich«, worauf Mister in seiner oberflächlichen Kenntnis des *americano* so liebenswürdig wie immer antwortete: »O.K., Dummkopf«. Und von denen, die es mitkriegten, war allein ich pikiert.

Die Bonzen warteten in der Oberstadt, und schließlich riß ich mich los: es war zugleich lachhaft und rührend für mich, daß ich, die in all den Jahren mit Dylan den Moralapostel gespielt, ihm gesagt hatte, was er zu tun und zu lassen habe, ihn zur Mäßigung in seinen Genüssen angehalten hatte, nun einen Jungen im Schlepptau nachzog, der beinahe mein Sohn sein konnte, und der jetzt versuchte, mich auf dem rechten Weg zu halten. Um die Situation noch absurder zu machen, gab es da die Kirche, der mich mit Suchgruppen vor den Laster-Zirkeln der Unterstadt rettete, wenn ich von den respektablen Treffen abkommen sollte. Schon einmal, als wir auf der Suche nach einem anderen Café, in dem man Musik machen konnte, uns: Joseph, ich, Mister und Ernesto, in der traurigsten Höhle, leer und anheimelnd wie eine nicht funktionierende Bedürfnisanstalt – auf der unbeliebten Seite der Stadt – niedergelassen hatten und Joseph grimmig klimperte und Ernesto von seiner Inbrunst murmelte, während Mister und ich bitter am weißen Essigwein nippten, trat der Besitzer an mich heran und wisperte mir ins Ohr und führte mich geheimnisvoll zur Küche, wo auf einmal verschreckte Barts voll düsterer Prophezeiungen über mein dunkles Schicksal über mich herfielen. Sie hatten schon die Hälfte aller Cafés in Rio abgeklappert gemäß den diktatorischen Anweisungen der Kirche und führten mich nun als Gefangene, die keinen Widerstand leistete, zwischen sich zurück in die Zivilisation.

Wir erreichten die exklusiven Viertel, die eine Stufe höhere Gesellschaft des Colonellos, Engländers, Doktors, der Kirche und seiner geliebten Streifen, des Maresciallo; Joseph verdrückte sich, nachdem sie es augenfällig machten, daß seine Gesellschaft nicht erwünscht sei. Die Differenzierung nach Klassen blieb etwas dunkel, da Pietruschka stillschweigend akzeptiert wurde, obwohl er wie Joseph im Schacht arbeitete und aus einer ähnlichen Familie kam; aber meisterhaft konnte er seinen beflissenen Charme in alle einträgliche Richtungen hin verströmen lassen, während Joseph seit dem Tag seiner Geburt aufbegehrte.

Inzwischen waren wir bei dem guten alten Spumante angelangt, und der rötliche Glanz des Sonnenuntergangs färbte alles Nachfolgende. Der Engländer erbot sich, mich auf dem Schiff morgen zu begleiten; wir forderten die Kirche auf, mit uns zu kommen, aber er hatte zu viel Angst vor seiner Frau, und die ganze Zeit dachte ich unglücklich: ›Wenn ich doch nur Joseph mit mir nehmen könnte.‹ Aber wie auch immer die emotionalen Höhen und Tiefen aussahen, das Essen mußte weitergehen; bis einer nach dem anderen verschwand und wie üblich der Engländer und ich allein zurückblieben, die verlassenen nordischen Überlebenden auf einer wüsten Insel. Als Verkörperung von Vernunft und Zurückhaltung ließen die lieben Italiener uns höflich allein.

Als alles vorbei und Colm im Bett war, zwischen überquellenden Kisten und Kasten; und ich mich gar nicht gut fühlte und es gefährlich spät wurde, stürzte ich mich wild auf die Tür. Die Kirche fing mich auf der Treppe ab und hielt mich mit dem Griff eines Wahnsinnigen an den Handgelenken fest und verbot mir drohend hinauszugehen. Aber ich war so wahnsinnig wie er, und fest umschlungen wie zwei Irre standen wir auf der Stelle; bis seine kuhgleich duldsame Frau, für die ich heimlich große Zuneigung und Bewunderung hegte, dazwischenging und ihm befahl, er solle mich in Ruhe lassen und überhaupt, was er damit zu tun habe.

Als ich auf die beinahe menschenleeren Gassen hinauskam, schlossen die Cafés gerade, und Massimo streute Sägemehl auf den Boden, um zu kehren; ich bestellte Kaffee und sah niemanden, nur Mister, der um mich schwirrte und surrte wie eine hartnäckige Stechmücke, und zum Verrücktwerden wiederholte: »Aber wo steckt Joseph denn?«, als wenn *ich* das nicht wissen wollte. Als wenn unsere Liebe sich in einen festen Ball aus Kränkung und Sehnsucht gerollt hätte, der uns auseinanderhielt, und keiner von uns konnte ihn umgehen; und empörenderweise mußte ich auch noch Gleichgültigkeit heucheln und sagen: *»Non so«*, als sei es völlig nebensächlich für mich.

Wir streiften durch die Stadt, die sich anschickte, ins Bett zu gehen, gaben vor, nicht nach ihm zu suchen, tranken die letzten Gläser Wein, waren leichtfertig, frivol, voll falscher Fröhlichkeit. Aber nirgends war eine Spur von ihm, und ein widerlicher Schmerzklumpen setzte sich unverrückbar fest in die Mitte dessen, was ich für mein Herz hielt. Und ich trug diese schmutzige Last mit mir zum Hotel zurück, um sie später zu begutachten, nur daß es schmerzte, wußte ich.

Wieder einmal war sein erbärmlicher kostbarer Stolz im Spiel: ›aber doch nicht jetzt‹ bettelte ich in die Stoffohren meiner Leere hinein und biß in den Klotz meines Holzkissens. ›Morgen würde ich ihm alles erklären‹, tröstete ich mich selbst und vergaß, daß ich ihn gebeten hatte, nicht zu kommen.

Denn Joseph zu treffen, war mehr Schmerz als Vergnügen geworden: wir waren uns der Unwiderruflichkeit so sehr bewußt, daß wir keine Freude mehr empfinden konnten, und wie Leute am Bahnsteig beten, daß der Zug endlich abfahren und ihre dick aufgetragenen Vergeblichkeiten beenden möge, so wollten wir ungeduldig das Schlimmste hinter uns bringen, um uns in Ruhe unserem schmerzhaften langen Leiden zuwenden zu können. Ich hatte ihn gebeten, mich *nicht* zum Schiff zu begleiten: dabei hatte ich diese frühe Stunde vor Augen gehabt, geplagt von Taschen, Fahrscheinen, Geld, all den unvermeidlichen Schwierigkeiten stümperhafter Abreise; und höchst wahrscheinlich einen betäubenden Kater obendrein. Und wie ich mich bemühte, durch diesen Nebel schikanöser Bagatellen hindurch, meine Liebe für Joseph rein zu bewahren, unbelastet, unerschrocken darüber schwebend; die richtigen Worte zu finden, die beherrschten Gesten. Zweifellos würde ich meine Arme um ihn schlingen, ihn nie mehr gehen lassen, und seinen Ruf für immer ruinieren; und er war es schließlich, der hier leben mußte, nicht ich, wie er mir einmal vorgeworfen hatte. Nein, die Szene war zu ungeheuerlich: sie mußte rücksichtslos gestrichen werden. Aber jetzt hatte ich das alles vollkommen vergessen und suchte verzweifelt mit den Augen nach ihm, zwischen all diesen Leuten, die mir plötzlich wie ebensoviele Fremde vorkamen, und wagte es nicht, zu offensichtlich zu suchen. Nur einen Blick von ihm, ich konnte nicht glauben, daß er nicht kommen würde, und das Allerschwerste war, mich bis zum Ende dieses Landungsstegs zu schleppen, der mir Entsetzen einflößte; und nicht zurückzustürzen, sein Haus zu stürmen und mich in sein schlafschweres Bett zu werfen.

Warum passierte alles immer zur falschen Zeit und mit den falschen Leuten? Ich verfluchte mich selbst, daß ich immer den Höhepunkt vermied: ihn umging, vor dem entscheidenden Moment zurückschreckte, feige Anstrengungen, zerstörerische Exzesse ersann, um die endgültige Verpflichtung zu vermeiden, das Festnageln, die bindende Treueerklärung. Die Dauer, die nach Tod roch.

Und warum waren die einfachen Dinge immer so schwer für mich; warum lernte ich so langsam und mühsam und schmerzhaft, all die Dinge, die Dylan bereits in sich hatte, ohne sie je lernen zu müssen. Die Art, wie er etwas beschrieb, das er nie gesehen hatte, als wäre es schon immer bei ihm gewesen und er brauchte es nicht zu sehen. Ich hatte das nicht beneidenswerte Gefühl, daß er all dies schon im voraus gewußt hatte, und dort lag und mich schläfrig musterte, mitleidig und liebevoll und gönnerhaft sagte: ›Das wolltest du also‹; denn niemand konnte grausamer sein als er, wenn *er* wollte, obwohl nur Wenige das vermutet hätten; und ich fühlte mich niedriger und krummer als jeder Wurm in seinen Gedichten.

Aber es war nicht gut, an Dylan zu denken: dann sah ich seine Hände wieder, schlaff, gefaltet, unschuldig schlafend: wie ein verdammtes Baby; und das ließ eine Sehnsucht ganz anderen Ausmaßes in mir aufsteigen. Nicht wie die Sehnsucht nach Joseph, die unmittelbar und leidenschaftlich war, mit der Aussicht auf irgendeine Befriedigung irgendwann; obwohl mir auch das bald genommen würde. Aber eine Sehnsucht, die verbittert und verwirrt war und sich doch nicht unterwerfen wollte, nicht nach einem Jahr, in dem die Steine unaufhörlich meinen Kopf getroffen hatten; und die keine Hoffnung hatte, keine: keine: keine; ihn wiederzusehen; außer, daß ich ihn in meinem Innern immer sehen, immer neu erschaffen sollte. Aber was ist das für eine Befriedigung, es hilft nichts, das zu behaupten, nicht, wenn du den heißen, sterblichen Körper auf dir fühlen willst. Und eine Welle von Wut und Abscheu schlug über mir zusammen, wenn ich an diesen gemeinen Tod im November dachte, der so schändlich und blutrünstig war: bei dem ich nicht einmal dabei sein konnte, weil man mich an diesen Ort mit den Riegeln und Netzen gebracht hatte, der so geschmackvoll grau getarnt war. Als sie angeschlichen kamen, es mir zu sagen: war es die abgedroschenste Neuigkeit, die ich je gehört hatte. Und ein Abscheu gegen mich selbst, für das, was ich war, gewesen war, sein würde; die sinnlose Wiederholung des letzten Aktes. Wie sehr ich mich auch wand und drehte und davonzukommen suchte, ich konnte den lästigen, unvermeidbaren Zerfall nicht aufhalten, noch das krauchende Ungeziefer-Bett.

Zu der krauchenden Nacht, die schneller als der Schlaf und vorbei war, ehe sie tropfend begonnen hatte; in die die grausame Kirche einbrach, das unverschämte Tageslicht und die ungehörige Zeit von sechs Uhr morgens. Das Monument eines Felsens, der größte überhaupt, lag auf meiner Brust; als die Alpträume hinter und vor mir mitleidslos durch mein Hirn taumelten. Es war fast so unmöglich, mich zu bewegen, wie damals in New York, als ich aufstehen sollte, um Dylan in seiner Kiste zu begleiten, auf dem Schiff. Gelähmt, wie in Trance lag ich, und der Raum füllte sich mit Barts, die quengelten und drängelten und nervös zur Eile mahnten: gerade eine halbe Stunde blieb mir noch, und bis jetzt war nichts getan. Knarrend kroch ich aus dem Bett und begann, sinnlos zu hantieren: der Sieg des Bewußtseins über das protestierende Sein, das sich zur Faust der Verneinung geballt hatte.

Irgend jemand steckte Colm in seine Kleider, umständlich, schwerfällig kam ich in meine eigenen, und während ich die Brücken hinter mir säuberte, kämpfte die Signora mit den Resten, sortierte zu hinderliche Kleidungsstücke aus und stopfte sie in eine große, geräumige Tasche, die sie mitgebracht hatte. Schnell eine Tasse kochenden Kaffees hinuntergeschluckt, und wir mußten *unbedingt* los. Die Kirche, der ruhig beobachtet hatte, wie wir uns im Kreis herumdrehten, stand wartend an der Tür; ich dachte: ›Es kann doch nicht wirklich vorbei sein, ich kann ihn doch nicht einfach so lassen‹, und hielt ihn fest für einen Augenblick und wünschte, ihn niemals gehen zu lassen. Aber sobald ich auf die Straße hinaustrat, mit meinem Aufzug hinter mir, dachte ich nur noch an Joseph, und wo war er?

Ganz offensichtlich war ich noch nie so früh auf gewesen und hatte keine Ahnung, wie voll und betriebsam es um diese Zeit war. Wir gerieten in das Gedränge der Männer, die zur Arbeit gingen und der Busse, die sie abholten, und das Café lief auf Hochtouren und war geschäftiger als nachts. Aber unter all diesen arbeitsgeprägten Gesichtern und der Arbeitskleidung konnte ich Joseph in seiner Wilderer-Montur nicht entdecken, mit seinem Korb unter dem Arm und dem tragischen Waisen-Gesicht unter der spitzen Mütze. Sie zerrten mich unnachsichtig weiter; ich kaufte Fahrkarten für den Dampfer; automatisch, gegen meinen Willen, begaben wir uns zum Landungssteg. Die Ruderboote übernahmen die erste Ladung Passagiere; meine Hoffnung starb und ich konnte nicht sprechen.

Als sie das zweite Boot mit meinem Berg von Kisten beluden, schlenderte der Engländer in Burberry und Fischerkappe, eine Mappe mit schottischen Broschüren unter dem Arm, heran; so kühl und gleichmütig wie der vollendetste, lässige Engländer: und als er unerschrocken ins Boot stieg, meinte er beiläufig: »Geht einem doch etwas unter die Haut.«

Ich drückte alle Barts, schüttelte höflich Misters Hand, als hätte ich ihn nie zuvor gesehen, gab abwesend Trinkgelder, hielt Titis scharfe Schulterblätter bis zum letzten Augenblick umspannt: er war der Abgerissenste in Colms Bande, sein Hintern hing ihm buchstäblich nackt aus der zerrissenen Hose; ich rief: »Arrivederci, Titi«, als sei er mein einziger Sohn und mein Herz dabei zu brechen, und es brach. Schnell entfernte sich das Boot vom Pier: diesem Pier, der so viele ausgreifende Wünsche von mir gesehen hatte, der mich mit dem Wiegenlied des Entkommens jenseits des Jenseits beruhigt hatte; jenseits des kleinen Horizonts meiner allzu einwärts gekehrten Welt. Jetzt klammerte ich mich an ihn, an jede glitschige Steinplatte, die ich nicht festhalten konnte; und mein Körper, der in dem kleinen, schwankenden Boot auf und ab schaukelte, wurde systematisch auseinandergerissen.

Eine einzige, winzige Gnade war mir gewährt: ein leichter Nieselregen, statt der frohlockenden Sonne; und es war zu früh für diese nostalgisch frohlockenden Hähne, die meine Jugend herbeikrähten; oder sie hatten sich verschlafen; oder vielleicht waren wir auch schon zu weit entfernt, um sie noch zu hören: zuviel See zwischen uns. Ich stand auf dem kahlen Deck, versuchte durch den Sprühnebel hindurch etwas zu erkennen und betete ein nutzloses Gebet: ›Laß ihn mich noch einmal sehen.‹ Wäre er da gewesen, ich hätte ihn höchstwahrscheinlich gar nicht sehen können; aber ich betete trotzdem. Und als das Meer zwischen uns zu breit wurde, zwang ich mich zu sagen: ›Ich werde ihn nie wiedersehen.‹ Und jetzt ertrank ich wirklich; das Wasser schlug über mir zusammen, durchnässte mich bis auf die Knochen, und ich stand tropfend und blind und wartete auf die nächste Welle, die mich umwerfen würde. Colm war blau angelaufen, ohne Mantel, seine Haare immer noch nicht gekämmt; und in meinem schmutzigen Rattenschwanz-Kummer wußte ich doch, welch ein Wunder es war, daß ich ihn hatte retten können: das lebende Zeugnis, das so viel von uns beiden hatte, von Dylan und mir – von der Insel, auf der ich meine ersten Schritte in einer neuen, dunklen Welt gemacht hatte: daß er meine Geißel und mein Wunder war.

Der Engländer bewies ein goldenes Gemüt und tat alle die richtigen Dinge. Er antwortete auf die Millionen Fragen Colms, auf die ich nie etwas zu antworten wußte, mit der peinlichsten Genauigkeit; und zu mir bemerkte er: ›Sie scheinen etwas abwesend, meine Liebe, Sie haben nicht ein Wort von dem mitbekommen, was ich gesagt habe: Sie sollten den Burschen schleunigst vergessen... ist nur ein Itaker schließlich, und Sie sind alt genug, um seine Mutter zu sein.«

Wir liefen im Hafen auf dem Festland ein, und dieser längste aller Morgen auf dieser mörderischen Welt zog sich fort und fort. Wir tranken bitteren Campari, der meine Depression vertiefte; und Colm bettelte unaufhörlich um Geld. Das war das einzige, schloß ich reuevoll, woran er wirklich interessiert war; seine Schwäche dafür war beschämend und ständig klimperte er mit Münzen herum, die er tyrannisch jedem, der seine Ruhe vor ihm haben wollte, ausnahmslos aus der Tasche zog. Es war nicht einmal der Klebes, den er überall hinschmierte, über sich, den Tisch, die Stühle, das fleckenlose Spiegelglas-Fenster, auf dem er er seine verräterischen Spuren hinterließ – der ihn lockte, das Geld selbst zog ihn an. Ich weiß nicht, von welchem Waliser Onkel er die Habgier erbte, Dylan und ich waren dem Geld zwar sehr zugetan, für das, was man damit anfangen konnte, aber keiner besaß das Talent, es zu erwerben oder gar das kleinliche Genie, es zu behalten.

Beim Mittagessen schließlich schlief er in meinen Armen ein; ein schmieriges Kraftpaket, das tapfer das Sterben des Lichts bekämpfte: mein Wunder. Allmählich rückte der Nachmittag vor, durch viele Gläser Mandarini-Punsch hindurch: eine Neuentdeckung des Engländers, die unsere Gefühle aufheizte und rote Kohlen auf die trübe Abschiedsstimmung häufte. Dann, ganz ohne Tusch, war es vier Uhr und Zeit, zum Zug zu gehen. Um die aufflackernde Regung, auszubrechen, etwas Gewalttätiges zu tun, in mir zu ersticken, umarmte ich den Engländer, der aufgeschreckt zurückwich; und man half uns über die hohen Stufen in den Express hinein, mit dem geduldigen Fahrrad hinterdrein.

Schluß jetzt, das ist das Ende, sagte eine geschlagene Stimme in mir; und der Zug begann zu rollen und zu stampfen und zu dröhnen:

Lasset uns heimgehen, lasset uns heimgehen;
wohin denn heimgehn, kein Heim zum Heimgehn;
lasset uns heimgehen, zu keinem Heim gehen;
kein Heim, kein Dylan, kein Dylan kein Heim, kein Dylan…
Und alle die Berge, die ich je erstiegen,
stürzten vor meine Füße und blieben dort liegen.

Und alle Pferde des Königs, seine Männer und Frauen, konnten Caitlin Thomas nicht wieder zusammenbauen.

FINITO